VERHEXT UND VERFLUCHT

MISS MATCHED MIDLIFE DATING-AGENTUR

BUCH DREI

DEANNA CHASE

Übersetzt von

ANNA DRAGO

ÜBER DIESES BUCH

Willkommen bei der Miss Matched Midlife Dating-Agentur, wo Marion Matched bereit ist, Ihnen dabei zu helfen, die wahre Liebe zu finden! Ein paranormaler Frauenroman.

Gerade als Marions Beziehung Fahrt aufnimmt und ihre Partnervermittlung vor Kunden nur so brummt, taucht ihre entfremdete Schwester Charlotte auf – nachdem sie versehentlich alle Männer in der örtlichen Bar mit einem verbotenen Fluch belegt hat. Mit behandlungsresistenter Akne und Erektionsstörungen als neuem Normalzustand für die meisten Männer in der Stadt steht Marions Partnervermittlung in Premonition Pointe vor größeren Herausforderungen als je zuvor. Nun, da ihre Schwester bei ihr wohnt, muss Marion nicht nur mit ihrer angespannten Beziehung klarkommen, sondern auch Charlotte helfen, den Fluch rückgängig zu machen – bevor ihr Geschäft den Bach runtergeht oder die Behörden an ihre Tür klopfen.

Als sich herausstellt, dass da draußen mehr als nur ein versehentlicher Fluch lauert, sehen sich die beiden Schwestern mit alten Traumata konfrontiert, die sie beide zu zerstören drohen. Das Leben, das sie in Premonition Pointe aufgebaut haben, steht auf dem Spiel, und sie müssen lernen, zusammenzuarbeiten, oder sie riskieren, alles zu verlieren – einschließlich der neu entdeckten Geschwisterbindung, die keine von beiden je erwartet hätte.

KAPITEL 1

D ie kleine braun-schwarze Mini-Chihuahua-Hündin flitzte durch mein Haus ins Esszimmer, direkt auf meinen Freund Jax zu, ihr schrilles Bellen zerrte an meinen Trommelfellen.

„Minx, Baby", säuselte Charlotte, meine rothaarige Halbschwester. „Komm her. Ich hab' einen Leckerbissen für dich."

Minx ignorierte ihre Besitzerin und sprang prompt auf Jax' Schoß, knurrte ihn an und fletschte die Zähne.

„Heilige Scheiße", murmelte Ty, der junge Mann, den ich als meinen Sohn betrachtete, und fuhr sich durch seine dunklen Locken.

„Das kannst du laut sagen", fügte Kennedy, sein Partner, hinzu.

„Oh, sie ist süß, solange sie ihm nicht das Gesicht abkaut", sagte Tante Lucy.

Mein Vater, seine Freundin Tazia und Tante Lucys Freund Gael beobachteten die Szene mit großen Augen. Wir waren gerade beim Abschluss eines Familienessens, als meine

Halbschwester Charlotte plötzlich unangekündigt und ohne Vorwarnung aufgetaucht war.

„Jetzt sei brav, Baby", sagte Charlotte in geduldigem Ton und sah ihren Hund liebevoll an. „Wir wollen uns nicht schon in den ersten fünf Minuten unbeliebt machen."

Jax warf mir einen Blick zu und sah dann den Hund an, der mit den Pfoten auf seiner Brust stand und so aussah, als würde er ihm gleich die Nase abreißen.

„Charlotte, kannst du deinen Hund holen, bevor er Jax beißt?", sagte ich und ging auf die beiden zu.

„Ach, sie bellt nur, beißen tut sie nicht", sagte Charlotte und warf ihre langen roten Locken über eine Schulter. „Kein Grund zur Sorge."

„Du hast leicht reden", brummte Jax und lehnte sich zurück, um dem Maul des kleinen Hundes auszuweichen. Seine dunklen Augen musterten das Tier wachsam.

„Setz sie einfach runter." Charlotte ging in die Küche und benahm sich, als wäre sie hier zu Hause, indem sie den Schrank öffnete und eine Tafel Schokolade herausnahm, die ich für Notfälle versteckt hatte. Sie riss die Verpackung auf, biss hinein und schloss genüsslich die Augen, als die Schokolade ihre Zunge berührte.

Jax wollte den Hund packen, der immer noch auf seinem Schoß knurrte, aber Minx schnappte nach seiner Hand und verfehlte nur knapp einen seiner Finger. „Verdammtes Mistvieh", murmelte er und betrachtete den Hund misstrauisch.

„Charlotte!", rief ich und streckte die Hand nach Minx aus.

Der Hund kauerte sich hin, und bevor ich Jax retten konnte, pinkelte sie direkt auf seinen Schoß.

„Fuck!", fluchte er und sprang abrupt auf, gerade, als ich das winzige Tier in meine Arme riss.

„Das tut mir so leid, Jax", sagte ich und hielt den Hund, der sich glücklich an meine Brust schmiegte, als hätte er nicht gerade versucht, meinen Freund zu fressen.

Er warf Charlotte einen bösen Blick zu und stapfte dann in mein Schlafzimmer.

„Na, das war ja ein Auftritt", bemerkte mein Vater milde.

Der Rest meiner Familie nickte zustimmend.

„Hi, Pops", sagte Charlotte und strahlte übers ganze Gesicht, ohne die geringste Spur von Reue. „Du kennst mich. Ich liebe eine gute Show."

„Charlotte", sagte mein Vater mit einem Nicken. Ein kleines Lächeln umspielte seine Lippen, als wäre er amüsiert. Ein Funke Ärger flammte in meinem Bauch auf. Sollte er nicht stinksauer sein? Er hatte alles für sie getan, und kaum war sie achtzehn, war sie abgehauen, ohne auch nur einen Blick zurück. Soweit ich wusste, rief sie ihn nur an seinem Geburtstag und zu Weihnachten an. Das war nicht viel Dank für den Mann, der sie wie seine eigene Tochter behandelt hatte. Wo war sie gewesen, als er dachte, er könnte Krebs haben? Oder als er sich bei diesem Autounfall ein Bein gebrochen und zwei Monate lang jemanden gebraucht hatte, der sich um ihn kümmerte, weil er nicht laufen konnte?

Ich drehte mich um und funkelte meine Schwester an. Sie trug eine knallrote Seidenbluse, die ihre üppigen Brüste betonte, und eine hauteng Jeans mit den süßesten rot-schwarzen Mary-Janes dazu. „Was machst du hier, Charlotte?"

Sie hob den Kopf und erwiderte meinen Blick. Enttäuschung blitzte in ihren Augen auf, bevor sie die Schultern straffte und fragte: „Brauche ich einen Grund, um meine einzige Schwester zu besuchen?"

„Nein, aber da es schon eine Weile her ist, hätte ich angenommen, dass du vorher anrufen würdest", sagte ich und bemühte mich, diplomatisch zu klingen. Ich hatte seit zehn Jahren nichts von Charlotte gehört. Ich war mir nicht einmal sicher, woher sie wusste, wo ich jetzt wohnte, obwohl Dad es ihr vermutlich beim letzten Gespräch erzählt hatte.

„Es ist zu lange her, findest du nicht? Ich war in der Gegend und habe mich entschieden, dich zu überraschen." Sie streckte die Arme aus und nahm Minx, die sich inzwischen aus meinem Griff zu winden versuchte. „Aber wenn es ein Problem ist, können Minx und ich uns ein Hotelzimmer suchen." Sie runzelte die Stirn. „Kennst du irgendwelche haustierfreundlichen Hotels hier in der Stadt?"

Ich schloss die Augen und versuchte, meine Frustration über sie in den Griff zu bekommen.

„Marion würde dich nicht in ein Hotel schicken", sagte mein Vater und warf mir einen Blick zu, der alles sagte, was ich wissen musste. Wenn ich sie wegschickte, würde er ein Wörtchen mit mir reden.

Wäre ich eine gemeine Tochter, hätte ich vorgeschlagen, sie solle zu ihm gehen. Nur wohnte er mit meiner Tante Lucy zusammen, und meiner Lieblingstante Charlottes Chaos zuzumuten, war nichts, was ich getan hätte.

„Natürlich nicht", sagte ich. „Das Gästezimmer ist frei."

Charlotte grinste mich an. „Minx und ich sind dankbar."

„Solltet ihr auch sein", murmelte ich vor mich hin.

„Was war das?" Charlotte kniff die Augen zusammen, denn sie hatte offensichtlich gehört, was ich gesagt hatte.

„Ich sagte, will Minx einen Keks?" Ich zog eine Schublade auf, in der ich Leckerli für Tys und Kennedys Hund, Paris Francine, aufbewahrte, und wedelte mit der Tüte in ihre Richtung.

„Oh, nein danke. Minx hat einen empfindlichen Magen. Sie bekommt nur selbstgemachte Bio-Leckerli von der *Barkery*."

Ich hielt ein Schnauben zurück. Wenn sie sie in der *Barkery* kaufte, waren sie per Definition nicht selbst gemacht.

Minx winselte, als ich die Tüte zurück in die Schublade legte.

„Tut mir leid, Baby", sagte ich zu dem Hund. „Ich hab's versucht."

Charlotte stieß einen übertriebenen Seufzer aus. „Jetzt wird sie die ganze Nacht schmollen, wenn ich ihr keinen gebe."

„Dann gib ihr doch einen", schlug Ty vor, während er und Kennedy aufstanden und auf mich zukamen.

„Sie muss bis morgen warten. Wir wollen ja nicht ihre Figur ruinieren, oder, Minx?" Charlotte hielt ihren Hund hoch und machte Küsschengeräusche in seine Richtung.

Ich versuchte, nicht die Augen zu verdrehen.

Ty machte sich keine Mühe, sein Lachen zu verbergen, und hielt sich nur mühsam zurück, als er mir einen Kuss auf die Wange gab und sagte, dass er und Kennedy sich für den Abend in die Studio-Wohnung zurückzögen. Nachdem Kennedy mich umarmt hatte, verschwanden die beiden schnell zur Haustür hinaus. Tante Lucy und Gael folgten.

Während Lucy mich zum Abschied umarmte, flüsterte sie: „Ruf mich später an und erzähl mir den ganzen Klatsch."

Ich versprach ihr einen vollständigen Bericht, und als sie weg waren, blieben nur noch Charlotte, Dad, Tazia und ich. Jax war immer noch nicht aus meinem Schlafzimmer zurück.

„Charlotte", sagte Dad mit seinem Vater-Ton, der mich als Kind immer dazu gebracht hatte, mich zu benehmen. „Was verschweigst du uns?"

Sie warf ihm einen Blick zu, der schrie: *Wer, ich?*

Er hob eine Augenbraue. Das hätte gereicht, mich dazu zu bringen, ihm all meine Geheimnisse zu offenbaren. Aber das war Charlotte. Schon als Teenager hatte sie sich nicht unter seinem wachsamen Blick gewunden, obwohl er natürlich wusste, wie er sie zum Reden bringen konnte. Und selbst nach all der Zeit hatte er diese Gabe noch. „Charlotte Ray, du bist kein Teenager mehr. Wäre es nicht leichter und weniger kompliziert, einfach offen zu sein? Du bist aus einem bestimmten Grund nach Premonition Pointe und ins Haus deiner Schwester gekommen, oder?"

Charlottes Wangen wurden rot, als sie den Blick abwandte. „Ich ... äh, na ja, es sieht so aus, als bräuchte ich Hilfe."

„Wobei?", fragte ich und kniff die Augen zusammen.

„Bei dem Fluch, mit dem ich versehentlich die Männer im *Hallucinations* belegt habe." Sie biss sich auf die Unterlippe und verzog das Gesicht, während sie versuchte, unschuldig zu wirken, und kläglich scheiterte.

Ich stieß einen übertriebenen Seufzer aus, setzte mich an den Tisch und presste die Fingerspitzen an die Schläfen, um den aufkommenden Kopfschmerz zu lindern. „Warum verfluchst du überhaupt jemanden, geschweige denn eine ganze Bar voller Männer?"

„Ich wollte sie nicht verfluchen", sagte sie und ließ sich auf den freien Stuhl neben mich fallen. „Ich habe versucht, einen Liebeszauber auf einen bestimmten Mann zu wirken, und dann ..." Ihre Lippen verzogen sich zu dem Schmollmund, den sie als Teenager perfektioniert hatte. Der, der sie immer aus Schwierigkeiten rausgeholt hatte, bei allen – auch bei meinem Vater. Na ja, bei allen außer mir. Ich durchschaute sie.

Charlotte hatte immer ihren Charme und ihr gutes Aussehen genutzt, um sich aus der Klemme zu befreien. Und viel zu oft war ich diejenige, die hinterher die Scherben zusammenfegen musste. Erst, als ich aufgehört hatte, ihr Leben für sie zu kitten, hatte sie sich von uns zurückgezogen.

6

„Einen Liebeszauber? Ernsthaft?", sagte ich. „Du weißt doch, dass die nie so funktionieren, wie man will."

Dad runzelte die Stirn und zeigte seine Missbilligung, sagte aber nichts, während Charlotte die Hände hob, die Handflächen nach oben, als wollte sie sagen: *Upsie!*

Minx sprang vom Schoß ihres Frauchens und landete bei mir. Sie legte sofort ihren Kopf auf meine Brust und sah mich mit einem bewundernden Blick an. Mein Herz schmolz in diesem Moment dahin. Es spielte keine Rolle, dass ihr erster Eindruck ein Missgeschick auf Jax gewesen war. In diesem Augenblick hatte sie mich mit ihren großen Augen und ihrem süßen Ausdruck um den Finger gewickelt.

„Verräterin", murmelte Charlotte und sah ihren Hund an.

„Sie ist süß", sagte ich und kraulte ihr Ohr. Der Hund schmiegte sich an mich, und ich war mir ziemlich sicher, dass ich mir gerade eine Freundin fürs Leben gemacht hatte.

„Sie ist das liebste kleine Ding", fügte Tazia hinzu und lächelte uns an. Sie hielt Dads Hand und beobachtete uns aufmerksam.

„Und wer bist du?", fragte Charlotte, ihre Stimme neugierig, aber mit einem Hauch Misstrauen.

„Char, das ist Tazia", sagte Dad. „Wir daten."

„Oh." Charlotte spitzte die Lippen. „Echt? Ihr datet?"

„Sie daten. Echt", sagte ich und ließ Dad vom Haken. Kein Zweifel, Charlotte fragte sich, wie ernst Dad das meinen konnte, angesichts seiner Dating-Vorgeschichte. Nachdem Mom uns verlassen hatte, war er ein Serien-Dater gewesen, hatte sich nie wirklich auf jemanden eingelassen, egal wie gut sie zu ihm gepasst haben mochte. Nach all der Zeit versuchte er es nun endlich mit Tazia.

„Das ist super", sagte Charlotte und klang, als meinte sie es ernst. Dann drehte sie sich zu mir und streckte die Hände aus. „Kann ich bitte meinen Hund zurückhaben?"

Ich gab das Hündchen widerwillig her.

„Schön, dass du nach Premonition Pointe gekommen bist", sagte Tazia zu Charlotte. „Irgendwas sagt mir, dass du und Marion Zeit miteinander verbringen solltet."

Ich musterte die Frau mir gegenüber. Ihr kastanienbraunes Haar war zu einem lockeren Dutt hochgesteckt, und sie trug eine Bauernbluse und einen fließenden Rock. Sie sah oft aus, als wäre sie gerade aus einem Modemagazin der 1970er gestiegen. Heute Abend war keine Ausnahme. Aber was man auf den ersten Blick nicht bemerkte, war, dass sie eine Art Seherin war. Sie wusste manchmal einfach Dinge. Die Tatsache, dass sie glaubte, Charlotte und ich sollten Zeit miteinander verbringen, machte mich ein wenig nervös.

„Tazia", sagte ich. „Was genau meinst du damit?"

„Ja, das würde mich auch interessieren", fügte Charlotte mit einem Stirnrunzeln hinzu.

Dad lehnte sich über den Tisch und sagte: „Tazia ist ein bisschen hellseherisch begabt. Wenn sie etwas sagt, sollte man zuhören."

Charlotte sah Tazia mit neuem Interesse an. „Ja, Tazia, erzähl uns, was du gemeint hast, als du gesagt hast, Marion und ich sollten Zeit miteinander verbringen."

Sie lächelte uns an. „Das ist nicht an mir zu sagen, aber ich kann hinzufügen, dass es für euch beide ein wilder Ritt zu werden scheint. Ich kann kaum erwarten, das zu sehen."

„So ist es bei uns immer", sagte ich, ohne die Gereiztheit aus meiner Stimme zu halten.

Charlotte schnaubte. „Bitte. Du tust so, als wäre es immer meine Schuld, wenn was schiefgeht."

„Ist es nicht?", fragte ich und zog eine Augenbraue hoch, während ich sie direkt ansah.

„Verdammt nein." Sie verschränkte die Arme vor der Brust. „Was ist mit dem Trip kurz vor meinem achtzehnten Geburtstag? Wir sind vor Las Vegas mit einem kaputten Dynamo gestrandet, weil du dem Mechaniker gesagt hast, dass die Beziehung zwischen ihm und seiner Freundin keine drei Wochen halten würde. Und als wäre das nicht schlimm genug gewesen, hast du vorgeschlagen, er sollte seinen Kollegen daten."

„Hey, das war alles wahr", beharrte ich, obwohl sie recht hatte. Danach hatte ich gelernt, den Mund zu halten. Es war nicht mein Job, Beziehungen zu sprengen, nur weil ich sehen konnte, ob Leute zusammenpassten oder nicht.

„Sein Kollege war ein *Mann*. Keiner von beiden war bereit, sich zu outen", sagte sie und schüttelte den Kopf.

„Okay", gab ich zu. „Du hast recht. Ich hätte das für mich behalten sollen." Niemand hatte mich nach meiner Meinung gefragt. „Aber lass dir gesagt sein, dass ich ein paar Jahre später gehört habe, dass dieser Typ und sein Kollege tatsächlich zusammengekommen sind. Es hat ein paar Jahre gedauert, aber am Ende hat's geklappt."

„Klar, Marion weiß immer alles am besten", schnaubt sie leise.

Ich ignorierte die Spitze. Charlotte sah mich als die rechthaberische große Schwester, und ich sah sie als die flatterhafte, unverantwortliche kleine Schwester. So würde sich das wohl nicht so schnell ändern. Nach ein paar Sekunden sah ich zu ihr hinüber. „Erzähl mir von diesem Fluch. Was genau ist passiert?"

Charlotte starrte auf ihren Hund und konzentrierte sich darauf, ihn zu streicheln. Dass sie meinem Blick auswich, sagte eine Menge. Reue zeigte sie nur, wenn sie was Ernstes angestellt hatte.

„Char?", sagte mein Vater. „Erzähl uns alles."

Charlotte schloss für einen langen Moment die Augen. Als sie sie wieder öffnete, hatte sie einen entschlossenen Ausdruck im Gesicht. „Ich habe seit etwa einem Monat jemanden locker getroffen, und ich mag ihn echt gern, aber er ist schwer zu durchschauen. Du weißt schon, der Typ, der einen ausführt, interessiert wirkt, aber dann ist tagelang Funkstille. Also dachte ich, ich versuch's mit einem temporären Liebeszauber, um die Sache ein bisschen zu beschleunigen."

„Du bist seit einem Monat hier und kommst erst jetzt vorbei?", fragte ich, mehr genervt davon als von dem angeblichen Fluch.

„Nein." Sie runzelte die Stirn. „Warum denkst du immer das Schlimmste von mir?" Sie schüttelte den Kopf und fügte hinzu: „Vergiss es. Ich hab' ihn in Portland kennengelernt. Er ist gerade hierhergezogen, und ich dachte, ich besuche ihn und dich. Ich bin gestern angekommen."

Ich war mir nicht sicher, ob ich ihr glaubte, aber das hörte sich plausibel an. Es sei denn, der Typ, den sie getroffen hatte, hatte sie abserviert, nachdem er bemerkt hatte, dass er verflucht worden war.

„Hat der Liebeszauber funktioniert?", fragte Tazia, obwohl ich an ihrem Gesichtsausdruck sah, dass sie die Antwort schon kannte.

Charlotte schüttelte den Kopf.

„Du hast von einem Fluch gesprochen", erinnerte ich sie. „Wie ist das möglich, wenn du nur einen Liebeszauber gewirkt hast?"

„Keine Ahnung." Sie seufzte frustriert. „Eben noch wollte ich ihn küssen, und im nächsten Moment hatte Eli die schlimmste Akne, die ich je gesehen habe. Ich meine, schlimmer als bei einem Teenager mit Hormonschwankungen." Sie schauderte.

„Akne vergeht", sagte ich und versuchte, diplomatisch zu bleiben.

„Hoffentlich, denn es war nicht nur Eli. Ich hab' sie jedem Mann in der Bar verpasst. Aber das ist nicht das Schlimmste." Charlotte schlug sich beide Hände vors Gesicht und schüttelte den Kopf.

Ich tauschte einen besorgten Blick mit meinem Vater aus. So hatten wir sie noch nie gesehen. Als Teenager hatte sie ihre Fehler einfach mit einem Achselzucken abgetan, ohne sich Gedanken zu machen. Diesmal schien sie jedoch besorgt.

„Traue ich mich zu fragen, was das Schlimmste ist?", fragte ich.

Sie ließ die Hände sinken. „Ich hab' sie kaputt gemacht. Alle."

Als sie nicht weitersprach, sagte ich: „Charlotte, spuck's aus. Was ist passiert?"

„Sie sind alle aufgestanden und gegangen. Jeder Einzelne. Die, die bei Dates waren, die, die nur zum Flirten da waren, und sogar der, der gerade seiner Freundin einen Antrag gemacht hat. Einer nach dem anderen, ohne zurückzublicken."

KAPITEL 2

„ *D* as klingt mehr nach einem Anti-Liebeszauber",
bemerkte Iris und verschränkte die Arme vor der
Brust, um sich gegen die morgendliche Kälte zu schützen.

„Nimm das", sagte ich und reichte ihr eine Decke, die ich
extra für sie mitgebracht hatte. Es war kurz nach
Sonnenaufgang, und obwohl es schon Ende April war, blieben
die Morgenstunden am Meer kühl. Wir saßen auf meiner
Veranda, weil ich unter vier Augen mit Iris über Charlottes
Fluch reden wollte. Ich musste erst verstehen, wie schlimm das
werden konnte, bevor wir meiner Schwester etwas erzählten.

Nachdem Charlotte am Vorabend ihr Missgeschick
gestanden hatte, hatte ich sie im Gästezimmer untergebracht
und gesagt, dass wir das am Morgen regeln würden. Mein
Vater hatte sich verabschiedet und versprochen, sie bald mal
zum Mittagessen zu treffen. Ich war mir immer noch nicht
sicher, wie ich seine Reaktion darauf fand, dass Charlotte nach
zehn Jahren einfach wieder in unser Leben spaziert war. Er
schien ... froh, sie zu sehen. Ich dagegen war misstrauisch.
Und ehrlich gesagt ein bisschen verbittert. Er hatte sie seit

ihrem achten Lebensjahr wie seine eigene Tochter großgezogen. Dann war sie ohne auch nur ein Post-it am Kühlschrank verschwunden und hatte mich mit den Scherben sitzen lassen.

„Danke." Iris legte die Decke um sich und griff nach der Kaffeetasse auf dem Beistelltisch. „Ich kann kaum erwarten, dass das Sommerwetter endlich einsetzt."

„Geht mir genauso." Ich trank einen Schluck aus meiner eigenen Tasse und wollte gerade fragen, was wir mit dem Fluch machen könnten, als die Haustür plötzlich aufflog und Jax hereingestolpert kam.

„Lass los, du kleines Monster!", befahl er und schüttelte sein rechtes Bein.

Minx hatte ihre Zähne im Saum seiner Jeans vergraben und schüttelte ihren Kopf, während sie knurrte, als wolle sie ihm den Knöchel abbeißen.

„Minx!", rief ich, stand auf und wollte den kleinen Hund hochheben. Doch sie wich zur Seite aus, gerade außerhalb meiner Reichweite.

Raaaatsch!

Der Chihuahua riss ein großes Loch in Jax' Hosenbein und schüttelte wild weiter den Kopf, als wäre das noch lange nicht genug, um sie zufriedenzustellen.

„Verdammtes kleines Mistvieh!", fluchte Jax und schüttelte sein Bein, um den Hund sicher loszuwerden. „Wenn du mich wirklich beißt, werden wir ein ernstes Wörtchen miteinander reden", sagte er zu ihr.

Ich unterdrückte ein Lachen. Die Situation war nicht witzig, aber dass er sich bemühte, nicht die Beherrschung zu verlieren oder etwas zu tun, das Minx schaden könnte, ließ mein Herz vor Liebe für ihn überquellen. Er hatte jedes Recht, stinksauer zu sein, dass der Hund meiner Schwester ihn offenbar auffressen wollte, aber Jax brachte der kleinen Kreatur so viel mehr Geduld entgegen, als man erwarten konnte.

„Das reicht jetzt, Minx!", rief ich mit meiner strengen Stimme. Der Hund erstarrte und sah mit großen Augen zu ihm auf. „Lass los! Sofort!"

Prompt ließ sie Jax' zerrissenes Hosenbein los und zog den Schwanz ein.

„Komm her, Baby", sagte ich sanft.

Der Chihuahua eilte zu mir und sprang praktisch in meine Arme. „Es ist nicht nett, Leute anzugreifen, Minx. Jax ist ein guter Mann. Er wird niemandem wehtun. Du darfst ihm nicht den Fuß abreißen."

Sie vergrub ihr kleines Gesicht unter meinem Arm und versteckte sich vor ihrem kleinen Publikum.

Ich blickte zu Jax auf, der gerade seine zerrissene Jeans begutachtete. „Hat sie die Haut aufgerissen?"

Jax schüttelte den Kopf und verzog das Gesicht, als er den Schaden an seiner Hose inspizierte. „Sie hat nur meine letzte saubere Hose zerfetzt."

„Tut mir leid." Ich schenkte ihm ein kleines, mitfühlendes Lächeln. „Ich würde anbieten, sie zu flicken, aber der Saum sieht nicht aus, als wäre er noch zu retten." Minx hatte den Teil, den sie abgerissen hatte, komplett zerfetzt. „Ich könnte dir eine neue kaufen."

Er sah mich an und runzelte die Stirn. „Warum solltest du mir eine kaufen? Minx ist nicht dein Hund."

„Nein, aber Charlotte ist meine Schwester, und ich kann mir nicht vorstellen, dass sie je eine Entschädigung anbieten wird."

Er schüttelte den Kopf. „Mach dir keine Sorgen. Es ist nicht deine Schuld."

Ich warf einen Blick zur Haustür zurück. „Was ist hier passiert? Warum hat Charlotte nicht verhindert, dass Minx dich angreift?"

„Deine Schwester ist unter die Dusche gegangen und hat Minx mit einer Schüssel Wasser und Futter in der Küche gelassen. Sie war damit beschäftigt, bis ich in die Küche gekommen bin, um Kaffee zu holen. Von dem Moment an war es wie in einem Gremlins-Film. Als hätte sie nach Mitternacht gefressen und den Verstand verloren. Sie hat mich gesehen, die Zähne gefletscht und sich knurrend auf mich gestürzt, bereit, Blut zu vergießen."

„Bereit, Blut zu vergießen?", fragte Iris amüsiert. „Das arme kleine Ding hat kaum Zähne."

Jax kniff die Augen zusammen. „Warte, bis sie versucht, dein Gesicht aufzufressen, dann sehen wir, wie harmlos du ihre Zähne noch findest."

Iris hob beschwichtigend die Hände. „Sorry. Ich weiß, sie hat dein Bein angegriffen. Ich hab's ja mit eigenen Augen gesehen. Es ist nur schwer vorstellbar, dass sie von dem" – sie wedelte mit der Hand zu mir und Minx, die prompt in meinen Armen eingeschlafen war – „zu einem knurrenden Höllenhund wird. Sie wirkt so süß."

„*Wirkt* ist das zutreffende Wort hier", bemerkte Jax trocken.

Ich griff nach seiner Hand und drückte sie. „Es tut mir leid. Ich bin sicher, sie wird sich an dich gewöhnen."

Er warf mir einen skeptischen Blick zu, erwiderte aber meinen Händedruck und sagte: „Ich fahre in die Stadt und hole mir dort Kaffee, bevor ich ein paar Besorgungen mache. Ich ruf dich später an, okay?"

„Klingt gut. Und der Kaffeemangel tut mir leid", sagte ich und fragte mich, ob ich ihn heute Abend sehen würde. Normalerweise aßen wir zusammen, und Jax blieb über Nacht.

Aber nach dem Empfang, den Minx ihm bereitet hatte, und jetzt, wo meine Schwester bei mir wohnte, hätte es mich nicht gewundert, wenn er auf Abstand gegangen wäre. Ich hätte es an seiner Stelle wahrscheinlich auch getan.

„Mir auch." Er schenkte mir ein kleines Lächeln, hob meine Hand und gab ihr einen Kuss. Zweifellos wollte er sich nicht über das Höllentier beugen, um mich auf die Lippen zu küssen, und riskieren, dass sie seinen Hals aufriss, wenn sie ihn bemerkte.

„Sieht aus, als hätte Minx ein Problem mit Männern", sagte Iris.

„Wie die meisten Frauen, die wir kennen, die schlecht behandelt wurden?", witzelte ich.

Iris lachte. „Stimmt. Vertrauen ist schwer, wenn ein Mädchen verletzt wurde."

„Es wird schon, Minx", sagte ich und kraulte ihr Ohr, während ich mich wieder setzte. „Jax ist einer von den Guten."

Minx knurrte leise, schmiegte sich dann aber zufrieden in meine Decke, glücklich, auf meinem Schoß zu sein.

Ich stieß einen Seufzer aus und blickte zu Iris hinüber. „Sie wird sich nicht an ihn gewöhnen, oder?"

„Sieht nicht so aus, als würde das bald passieren", stimmte Iris zu. „Jetzt erzähl mir von dem Fluch, mit dem deine Schwester die ahnungslosen Männer von Premonition Pointe belegt hat."

Ich erzählte ihr schnell, wie Charlottes Liebeszauber nach hinten losgegangen war. „Jetzt haben wir hier in Premonition Pointe eine unbekannte Anzahl an verfluchten Männern."

Iris' Lippen zuckten amüsiert, als sie schnell die Hand vor den Mund presste. „Oh, Marion. Das tut mir leid. Ich weiß, es ist nicht lustig, aber die Vorstellung, dass die Männer im

Hallucinations plötzlich durch einen schiefgegangenen Zauber vom Anbandeln abgehalten werden, ist einfach zu viel."

„Wenn du es so ausdrückst …" Ich schüttelte den Kopf und lachte mit ihr. Dann wurde ich schnell ernst. „Aber was machen wir jetzt?"

Sie zuckte mit einer Schulter. „Nichts. Der Fluch sollte von selbst verblassen. Haben wir dir je erzählt, wie Grace ihren Ex-Mann versehentlich mit Erektionsstörungen belegt hat?"

Meine Augen weiteten sich. „Im Ernst? Wie ist das passiert?"

„Sie war wütend und hat daran gedacht. Manchmal können starke Emotionen Dinge auslösen, auch wenn du keinen Zauber wirken willst. Er hatte es verdient, dieser treulose Bastard. Aber leider verblassen solche Zauber mit etwas Zeit. Ich bin sicher, bald wird alles wieder normal sein."

Ich lachte erstickt. „Grace ist jetzt meine Heldin." Ich presste die Lippen aufeinander, während ich über das nachdachte, was Iris gesagt hatte. „Wenn er ihr Ex war, wie hat sie von seinem … äh, Problem erfahren?"

„Seine neue Freundin hat es ausgeplappert." Iris bebte vor Lachen. „Das war natürlich, nachdem sie ihn verlassen hatte. Ich hab' gehört, er ist immer noch solo. Scheint, als wären die meisten Frauen in einer Kleinstadt wie Premonition Pointe nicht sonderlich scharf darauf, einen Fremdgeher zu daten."

„Wundert mich nicht." Jemand, der die süße Grace Valentine betrog, hatte verdient, was ihm das Karma zuteilwerden ließ.

Iris tätschelte mein Bein und stand auf. „Mach dir um den kleinen Ausrutscher deiner Schwester keine Sorgen. Ich bin sicher, in ein paar Tagen ist alles wieder normal." Sie schmunzelte. „Ein paar von denen konnten sowieso einen kleinen Ego-Check gebrauchen."

Ich lachte. „Das ist kalt, Iris."

Sie zuckte mit den Schultern. „Ich sage nur die Wahrheit."
Iris winkte, während sie zu ihrem Auto ging. „Bis später im
Büro."

Ich erwiderte den Gruß und trank einen langen Schluck
von meinem Kaffee, während ich mich fragte, wie lange ich
noch auf der Veranda sitzen konnte, bevor Charlotte nach mir
suchte.

„Marion!", rief meine Schwester panisch aus dem Haus.
„Wo ist sie? Minx? Wo bist du, Süße?"

„Wir sind hier draußen!", rief ich zurück, stand von meinem
Stuhl auf und ging zur Tür.

Ein lautes Krachen kam aus dem Haus, und ich zuckte
zusammen.

„Alles okay da drin?", fragte ich und hielt Minx an meine
Brust gedrückt, während wir hineinspähten.

„Deine Pflanze war im Weg", sagte Charlotte wütend und
streckte die Hände nach ihrem Hund aus. „Komm zu Mama,
Baby."

Minx schmiegte sich enger an meine Brust, und ihre
kleinen Krallen gruben sich in meinen Arm. „Vielleicht solltest
du dich erst ein bisschen beruhigen, Char. Minx wirkt ein
wenig angespannt."

„Sie ist nicht angespannt. Sie ist aufgebracht, weil sie nicht
wusste, wo ich war." Charlotte zog Minx aus meinen Armen
und hielt sie hoch, um ihr Küsschen zuzuwerfen.

Minx wandte ihr Gesicht ab und blickte zu mir.

Ich schluckte eine Grimasse hinunter. Das würde nicht gut
enden. Wenn Charlottes Hund bei mir glücklicher zu sein
schien als bei ihr, würde meine Schwester ausflippen.

„Ernsthaft? Nach allem, was ich für dich getan habe?",

schnaubte Charlotte. „Jetzt drehst du mir einfach den Rücken zu für jemanden, den du noch nie zuvor getroffen hast?"

Ich machte einen großen Bogen um sie und ging in meine Küche, wo ich eine halb aufgefressene Schüssel Trockenfutter am Boden, eine Tüte unbekannten Kaffees und Kaffeepulver auf der Theke verstreut fand. Verdammte ... ugh. Ich schnappte mir ein frisches Geschirrtuch und machte mich daran, meine Küchentheke zu säubern. Als alle Arbeitsflächen wieder glänzten, blickte ich zu Charlotte hinüber. „Wird Minx das auffressen, oder können wir es wegstellen?"

Sie wedelte gleichgültig mit der Hand. „Lass es stehen. Sie braucht Zeit zum Verdauen. Sie frisst, wenn sie hungrig ist."

Ich biss die Zähne zusammen und wusste, dass Tys und Kennedys süßer Yorkie Paris Francine sich sofort darauf stürzen würde, wenn sie ins Haus kam. Hoffentlich würde ich daran denken, sie zu warnen, falls sie auftauchten. Sie wohnten über der Garage, kamen aber regelmäßig ins Haus.

„Ich bin am Verhungern", sagte Charlotte und starrte in meinen Kühlschrank. „Da ist nur Käse und Salat drin."

„Das stimmt so nicht", korrigierte ich. „Im Gemüsefach ist allerlei Gemüse, und es gibt Joghurt, übrige Lasagne und ein bisschen Speck."

„Das Gemüse kompostiert schon, dein Joghurt ist abgelaufen, und der Speck sieht aus wie ein wissenschaftliches Experiment. Nichts davon weckt mein Vertrauen, dass die Lasagne essbar ist. Außerdem will ich das nicht zum Frühstück."

„Ach komm, so schlimm ist es nicht." Ich öffnete die Kühlschranktür und spähte hinein. Einen Moment später seufzte ich und begann, die abgelaufenen Sachen wegzuwerfen. „Na gut, ich musste meinen Kühlschrank ausmisten. Kein Urteil. Hier." Ich reichte ihr den frisch gekauften Joghurt. „Den habe ich erst vor ein paar Tagen besorgt. Und die Lasagne ist von gestern."

Charlotte lachte selbstironisch. „Wer urteilt hier? Ich habe nicht mal einen Kühlschrank, von vergammeltem Salat ganz zu schweigen. Aber ich hab' keine Lust auf Joghurt. Gibt's hier ein gutes Frühstückslokal?"

„Kein Kühlschrank? Hast du in Portland nicht eine Wohnung?", fragte ich. Hatte sie nicht gesagt, dass sie dort gewesen war, bevor sie den verfluchten Freund besuchen gekommen war?

„Nein. Mein Mietvertrag ist ausgelaufen. Da du, Dad und der Typ, mit dem ich locker was hatte, hier sind, dachte ich, ich ziehe um."

Perfektes Timing, Char, dachte ich mit einer Prise Sarkasmus, behielt es aber für mich.

Ich beendete das Ausräumen des Kühlschranks, und die allzu schwammigen Tomaten landeten mit einem leisen Plumps in meinem Mülleimer. Während ich schnell meine Hände wusch, sagte ich: „Im *Bird's Eye Café* warten Crêpes auf uns. Sei in fünf Minuten fertig."

Die Augen meiner Schwester leuchteten auf. „Ich brauche nicht mehr als zwei."

KAPITEL 3

„Ich kann nicht glauben, dass du drei Sorten bestellt hast", sagte ich und musterte die Teller vor Charlotte.

„Die Wahl war einfach zu schwer." Sie zeigte auf ihre Heidelbeer-Crêpes. „Die sind lecker. Wenn du nicht sofort welche bestellst, gehe ich davon aus, dass du in letzter Zeit einen Schlag auf den Kopf bekommen hast."

„Heute bin ich mit meiner Zimtcreme zufrieden, aber beim nächsten Mal probiere ich die Heidelbeeren." Ich schob mir einen weiteren Bissen der köstlichen Mousse in den Mund.

„Kopfverletzung", murmelte Charlotte und schüttelte den Kopf. „Schade drum."

Ich verdrehte die Augen, konnte aber ein kleines Lachen nicht unterdrücken. Sie war die alte Charlotte, die es immer schaffte, jedem auf den Geist zu gehen.

„Warum schaust du mich so an?", fragte sie und runzelte die Stirn, während sie mich studierte.

„Wie denn?", fragte ich zurück und legte meine Gabel hin, um meinen Mokka-Latte zu trinken.

„So, als wärst du amüsiert. Das ist nicht normal. Früher hast du es gehasst, wenn ich an dir herumgemäkelt habe."

Diesmal war mein Lachen lauter. „Vielleicht bin ich jetzt entspannter. Oder du bist witziger? Vielleicht beides. Jetzt iss. Das Frühstück ist lecker."

Sie schob sich einen Bissen in den Mund, legte dann ihre Gabel auf den Tisch und wurde ernst. „Weißt du, was ich nie verstanden habe?"

Ich hielt inne, bevor ich den nächsten Bissen nahm. „Was denn?"

„Ich habe nie verstanden, warum meine Anwesenheit dich so genervt hat. Egal, was ich gemacht habe, es kam mir vor, als hätte ich dich immer gestört. Lag es an meiner Existenz? Das könnte ich verstehen, weißt du. Es war nicht normal, dass deine Mutter deinen Vater verlassen und ein weiteres Kind bekommen hat, um dann erst zurückkommen und für immer zu gehen. Aber ich hatte keinen Einfluss darauf, daher habe ich immer gehofft, du würdest aufhören, mir die Schuld zu geben." Sie senkte den Blick auf ihren Teller und schob den halb gegessenen Crêpe hin und her.

„Charlotte, das ist nicht –" begann ich.

„Stopp!" Sie hob die Hand. „Bitte versuch nicht, mir zu sagen, das wäre alles in meinem Kopf gewesen. Das war es nicht. Deshalb bin ich gegangen."

Das machte mich sprachlos. Sie war meinetwegen gegangen? „Verdammt, Char. Es tut mir leid", sagte ich und meinte es ernst. „Ich wollte nie, dass du dich so fühlst. Ich habe dir wirklich nie die Schuld gegeben." Das war die Wahrheit. Hatte ich nicht. Auch wenn ich jetzt verstehen konnte, warum sie das dachte.

„So hat es sich für mich nicht angefühlt", sagte sie und sah mir diesmal direkt in die Augen.

Ich holte tief Luft. „Das verstehe ich. Damals …" Ich schüttelte den Kopf. „Als du zu Dad gezogen bist, war ich noch in meinen Zwanzigern und hatte mein Leben noch nicht auf die Reihe bekommen. Dad war ein Wrack. Ich bin nicht sicher, ob du das damals mitbekommen hast, aber er war es. Er hat es wahrscheinlich vor dir verborgen, vor mir aber nicht. Also musste ich mit Moms Abgang klarkommen, Dads Zusammenbruch und dem Versuch, ihm dabei zu helfen, eine Schwester großzuziehen, von der ich gerade erst erfahren hatte. Zu sagen, dass ich das nicht gut gemeistert habe, wäre untertrieben. Es tut mir leid, dass ich dir je das Gefühl vermittelt habe, weniger als willkommen zu sein. Aber glaube mir, ich wollte nie, dass du gehst, und es hat wehgetan, als du es getan hast."

Nun war sie diejenige, die lange seufzte. „Ich musste mir selbst über ein paar Sachen klarwerden."

Ich nickte. „Verständlich. Keiner von uns hatte eine sonderlich stabile Kindheit. Und obwohl Dad super ist, hat Mom uns beiden ganz schön zugesetzt."

„Das kannst du laut sagen", schnaubte sie.

Ich schenkte ihr ein mitfühlendes Lächeln. „Ich bin froh, dass du zurück bist."

„Echt?", fragte sie skeptisch.

Ich lachte. „Ich gewöhne mich noch dran, aber ich bin froh, dich zu sehen."

„Heißt das, ich kann in deinem Gästezimmer bleiben, bis ich einen Job gefunden und mich eingelebt habe?"

Ich prustete in meinen Kaffee und brachte sie zum Lachen. „Du willst weiter bei mir wohnen?"

„Wo sonst? Bei Tante Lucy? Willst du mir zumuten, mir geriatrischen Sex anhören zu müssen? Jetzt, wo sie und Pops beide Partner haben –"

Ich hob die Hand, um sie zu stoppen. „Halt. Das ist keine Vorstellung, die ich gut vertrage. Du kannst bleiben."

Sie grinste. „Super. Freut mich, dass das geklärt ist."

Es lag mir auf der Zunge, ihr zu sagen, dass wir noch etwas wegen Minx' Versuch, Jax aufzufressen, regeln müssten, als ich von einer anderen Besucherin unterbrochen wurde.

„Entschuldigung. Stört es, wenn wir ein paar dieser Stühle mitnehmen?", fragte eine schicke, dunkelhaarige Frau in modischen kniehohen Stiefeln, Jeans und einem weiten Pullover. Bevor ich antworten konnte, hatte sie schon einen Stuhl zum Nachbartisch gezogen und nahm den nächsten.

Ich hob eine Augenbraue. „Würde es was ändern, wenn ich Nein sage?"

Die Frau lachte laut, als hätte ich etwas Witziges gesagt, anstatt sie anzuschnauzen. Zugegeben, ohne guten Grund. Niemand würde sich zu uns setzen. Allerdings hielt sie inne, bevor sie den zweiten Stuhl an ihren Tisch stellte. „Sorry. Ich bin einfach aufgeregt, weil wir Mädelsbrunch haben. Ich kann andere Stühle suchen, wenn Sie die brauchen."

Charlotte wedelte mit der Hand. „Oh nein. Wir brauchen sie nicht. Nehmen Sie sie ruhig. Und entschuldigen Sie meine Schwester. Ich glaube, sie hat letzte Nacht nicht genug geschlafen. Ihr heißer Freund hat dafür gesorgt."

„Charlotte!", tadelte ich sie, genervt, dass mir Hitze in den Nacken und die Wangen stieg. Hatte meine Schwester Jax und mich letzte Nacht gehört, oder wollte sie mich nur mit ihrer frechen Bemerkung in Verlegenheit bringen? Ich konnte nur hoffen, dass Letzteres zutraf.

„Gut für Sie." Die Frau zwinkerte mir zu und setzte sich dann mit ihrer Gruppe.

„Es ist nicht meine Schuld, dass deine Wände nicht

schalldicht sind!", sagte Charlotte, trank einen Schluck von ihrem Kaffee und grinste mich an.

Ich wollte ihr gerade sagen, dass sie selbst dafür zahlen könnte, sie schalldicht zu machen, wenn wir sie störten, als eine blonde Frau neben uns laut sagte: „Mein Mann glaubt, verflucht zu sein."

Sowohl Charlotte als auch ich drehten uns zu den Frauen um.

„Im Ernst? Was für ein Fluch? Einer, der ihn unfähig macht, den Geschirrspüler einzuräumen oder den Müll rauszubringen?", fragte ihre Freundin mit den schicken dunklen Locken und lachte. „Das würde einiges bei meinem Mann erklären."

Die anderen beiden Frauen nickten zustimmend.

„Nein, nein", sagte die Blonde und schüttelte den Kopf. „Das ist es nicht. Ehrlich gesagt muss ich ihm zugutehalten, dass er sich gebessert hat. Seit ich letzten Herbst in den Haushaltsstreik getreten bin, ist er da viel besser. Das hier ist … na ja, er hat plötzlich schwere Akne bekommen, was für ihn gar nicht normal ist, und er hat", sie senkte die Stimme, „ein Schlafzimmerproblem."

„Du meinst, er gibt einem Fluch die Schuld für seine Erektionsstörungen?", fragte die Zierliche mit den schwarzen Zöpfen und Kampfstiefeln mit einem lauten Lachen. „Das ist neu. Was ist das Gegenmittel? Ein Besuch im Stripclub?"

„Nein." Die Blonde wedelte mit den Händen, als wollte sie ihre Bemerkungen wegwischen. „Er war gestern im *Hallucinations* und hat mir sexy Nachrichten geschickt –"

„Hat er dir etwa Nacktbilder geschickt?", fragte eine von ihnen.

Die Wangen der Blonden wurden knallrot, als sie nickte. „Er ist aufs Klo gegangen und hat ein paar Fotos für mich gemacht und war gerade dabei zu gehen, als er sagte, dass was passiert ist. Die Lichter flackerten, und er hatte ein seltsames Gefühl, bevor ihm jegliche Lust abhandengekommen ist. Er ist nach Hause geeilt, und keine Mühe der Welt konnte diese Erektion wiederbeleben. Und glaubt mir, ich habe mein Bestes gegeben. Es war einfach nicht zu retten."

Charlotte holte scharf Luft.

„Vielleicht hatte er den Whiskey-Effekt", sagte eine von ihnen und schenkte ihr ein mitfühlendes Lächeln. „Das kommt vor."

Es war klar, dass die Freundinnen der Blonden das nicht ernst nahmen. Aber nach Charlottes Geständnis vom Vorabend war ich eher geneigt zu glauben, dass er tatsächlich mit Erektionsstörungen verflucht worden war. Oder zumindest mit dem Anti-Liebeszauber, der seine Lage verursacht hatte. Ich wollte mich vorbeugen und der Frau versichern, dass der Zauber irgendwann verblassen würde … irgendwann. Das hatte Iris gesagt. Aber dann hätte ich zugeben müssen, dass ich gelauscht hatte, und ehrlich gesagt war ich mir nicht ganz sicher, ob der Fluch verblassen würde. Oder wann das sein könnte. Es war besser, meine Gedanken für mich zu behalten. Ich wollte die Situation für niemanden verschlimmern, einschließlich Charlotte, die dafür verantwortlich war, da sie den Fluch am Vorabend über die Männer im *Hallucinations* gebracht hatte.

Wir beendeten unser Frühstück mit ein bisschen Smalltalk. Als wir fertig waren, zahlte ich, und wir gingen hinaus auf die Hauptstraße. Ich wollte zum Auto gehen, aber Charlotte packte meinen Arm und sagte: „Ich mache mir Sorgen."

„Weswegen?", fragte ich, überrascht, dass sie sich mir anvertraute. Als sie jünger gewesen war, hatte Charlotte alles mit Fassung getragen und so getan, als würde sich alles, egal was passierte, zu ihren Gunsten wenden. Aber heute zeigten sich Sorgenfalten um ihre Augen, und ihre Stirn war gerunzelt.

„Das ist nicht das erste Mal, dass sowas passiert ist."

Ich blieb mitten im Schritt stehen und starrte meine Schwester an. „Was genau meinst du?"

Sie räusperte sich und blickte aufs Wasser hinaus. „Es ist nicht das erste Mal, dass ich einen Zauber gewirkt habe und er außer Kontrolle geraten ist."

„Wirklich?" Ich musterte sie, nahm ihre gesenkten Schultern und die Sorge in ihren grünen Augen wahr. „Was ist vorher passiert?"

Sie schluckte. Schwer. „Ich, äh, habe einen einfachen Zwangszauber gewirkt, und – "

„Charlotte!" Zwangszauber zwangen Menschen, gegen ihren Willen zu handeln. Sie waren illegal und extrem unethisch. „Was zum Teufel hast du dir dabei gedacht?" Selbst mit allem, was ich über meine Schwester wusste, hätte ich nie gedacht, dass sie jemanden zwingen würde, gegen seinen Willen zu handeln.

„Es war nur ein kleiner Zauber, um meinen Freund daran zu erinnern, dass ich Geburtstag habe. Himmel! Es war nicht so, als hätte ich ihn gezwungen, sein Bankkonto leerzuräumen oder mir einen teuren Diamanten zu kaufen. Ich wollte einfach, dass er sich erinnert."

Die rechtschaffene Empörung, die in meiner Brust aufgeflammt war, begann zu verblassen. Der Zauber war immer noch unethisch und eine kleine Straftat, aber es war nicht so, als würden Hexen im ganzen Land nicht genau dasselbe tun. Normalerweise war ein solcher Zauber harmlos. Ich kniff die Augen zusammen. „Was ist passiert, nachdem du ihn gezwungen hast?"

29

Sie wandte den Blick ab und murmelte: „Er hat alles getan, was ich gesagt habe."

Ich hob eine Augenbraue. „Zum Beispiel?"

„Zum Beispiel *alles*, Marion. Sobald ich nach der Fernbedienung gefragt habe, ist er aufgesprungen, hat sie gesucht und mir gebracht. Als ich sagte, ich hätte Hunger, ist er in die Küche gerannt und hat mir was gemacht. Als ich erwähnte, dass ich Lust auf Donuts hatte, ist er sofort ins Auto gesprungen und hat mir meine Lieblingssorten besorgt. Als ich ihm sagte, er solle still sein, hat er stundenlang geschwiegen, bis ich ihm erlaubt habe, wieder zu sprechen. Er hat meinen Befehlen gehorcht, und selbst als ich ihm befahl aufzuhören, tat er es nicht. Er konnte nicht."

Ein Knoten bildete sich in meinem Magen. „Sag mir, dass du rausgefunden hast, wie man den Zwangszauber aufhebt."

Sie schüttelte langsam den Kopf, während Tränen in ihren Augen schimmerten. „Ich habe es versucht. Mehrfach. Aber nichts hat funktioniert. Irgendwann habe ich ihm gesagt, dass es aus ist, und bin gegangen."

„Charlotte", flüsterte ich, meine Stimme voller Mitgefühl. „Weißt du, wie es ihm jetzt geht?"

Sie nickte, als eine einzelne Träne über ihre Wange rollte. „Er ist mit einer sehr hübschen Frau mit zwei Shih-Tzus verlobt. Ich habe mich vergewissert, dass er nicht mehr unter dem Zwangszauber leidet. Es ist nur ein Problem, wenn ich diejenige bin, die ihm sagt, was er tun soll."

Mein Herz schmerzte für sie. Es war offensichtlich, dass sie wirklich etwas für diesen Mann empfunden hatte und ihn zu seinem Besten hatte gehen lassen. „Das tut mir so leid, Char." Ich ergriff ihre Hand und drückte sie. „Das ist schrecklich."

Ihre Stimme zitterte, als sie meinem Blick begegnete und sagte: „Marion, ich glaube, ich bin kaputt."

Das war eine Seite meiner Schwester, die ich noch nie gesehen hatte. Als mürrischer Teenager hatte sie nie jemandem gegenüber Angst gezeigt. Nie.

Ihre Augen wurden flehend, als sie fragte: „Kannst du mir helfen?"

Ohne zu zögern. Es spielte keine Rolle, dass wir zehn Jahre nicht gesprochen hatten. Charlotte war meine Schwester. Und egal was war, ich liebte sie. Ganz zu schweigen davon, dass ich nicht einfach rumsitzen und nichts tun konnte, angesichts des Fluchs, den sie über die unschuldigen Männer von Premonition Pointe gebracht hatte. „Ich werde tun, was immer ich kann."

KAPITEL 4

„*M*arion!", rief Celia, mein Hausgeist, sofort, als sie in meinem Büro auftauchte. „Du glaubst nie, was ich unten im *Abs, Buns, and Guns* gehört habe."

„Dass die Hälfte der Männer in Premonition Pointe Erektionsstörungen hat?", fragte ich und öffnete eine E-Mail von einem potenziellen Klienten.

„Nein, aber erzähl mir mehr davon!" Sie setzte sich auf die Kante meines Schreibtischs, verschränkte die Arme vor der Brust, und Interesse tanzte in ihren großen, blauen Puppenaugen.

„Gib mir einen Moment." Ich widmete mich voll und ganz meinem Posteingang und tippte eine Antwort an den Mann, der einen gleichgeschlechtlichen Partner suchte, der karriereorientiert war und gern reiste. Die meisten meiner Klienten in Premonition Pointe hatten Partner des anderen Geschlechts gesucht, daher freute ich mich darauf, meine Klientel auf die LGBTQ-Community auszuweiten.

„Ich bin da", sagte Iris, schloss die Tür hinter sich und nickte dem Geist zu. „Hallo, Celia." Sie stellte ihre

Schultertasche auf den Schreibtisch, den sie nutzte, wenn sie im Büro arbeitete. Iris war meine Geschäftsführerin, aber seit die Agentur auf Hochtouren lief, hatte sie ihre Bürozeit reduziert, um auch anderen Unternehmern zu helfen, die Unterstützung brauchten.

„Gott sei Dank!" Ich klickte aus meiner E-Mail heraus und lächelte sie an. „Celia hat uns was zu erzählen."

„Und ob ich das habe", sagte Celia. „Die Frauen dieser Stadt werden ziemlich sauer sein, wenn sie erfahren, dass die Dreharbeiten zur *Witch Island-Braut* unbefristet verschoben wurden. Und wenn stimmt, was Marion über die Hälfte der Stadt mit ED gesagt hat, dann braucht dieses Kaff dringend ein Sexspielzeuggeschäft. Ich hab' gesehen, dass ein paar Türen weiter ein Laden zu vermieten ist. Der wäre perfekt."

Sowohl Iris als auch ich drehten uns ganz zu ihr um.

„Sag das nochmal", sagte Iris.

Celia verdrehte die Augen. „Schlaffe Teile. Hängende Gurken. Defekte Liebesstäbe. Dieser Ort braucht dringend ein Sexspielzeuggeschäft. Die Menge an Penis-Pumpen, die sie verkaufen könnten, würde wahrscheinlich die Anlaufkosten decken."

„Celia", sagte Iris mit einem Hauch von Verzweiflung in der Stimme. „Ich meinte die Verschiebung der Dreharbeiten zur *Witch Island-Braut*. Was ist passiert?"

„Oh. Das." Der Geist wedelte unbekümmert mit der Hand. „Die Dreharbeiten wurden verschoben, weil Damon Grant sich gestern den Knöchel gebrochen hat. Man kann schlecht einen Film drehen, wenn der Held außer Gefecht ist, oder? Es gibt sogar Gerüchte, dass sie das Projekt bis nächstes Jahr aufschieben, um sich auf den nächsten Film im Plan zu konzentrieren. Zeit ist Geld und so."

„Wir müssen Joy und Carly anrufen", sagte Iris und griff schon nach ihrem Handy.

„Ich rufe Carly an", sagte ich.

Sie nickte, den Hörer schon am Ohr.

Ich scrollte schnell, bis ich Carlys Nummer fand. Der Anruf wurde sofort auf ihre Mailbox umgeleitet. Ich hinterließ eine Nachricht und schlug einen Mädelsabend vor, falls sie ihn zur Unterstützung brauchte. Der Film sollte Carly Preston und Joy Lancing als Hexen Undercover zeigen, die ihre kleine Insel vor der kalifornischen Küste vor bösen Mächten schützen. Joys Figur soll heiraten, aber ihr attraktiver Verlobter ahnt nicht, dass sie eine Hexe ist. Es war ein Romantikthriller mit komischen Elementen, der als großer Frühjahrsblockbuster für nächstes Jahr geplant war. Das war ein verheerender Schlag für beide Freundinnen, besonders für Joy, deren Karriere gerade Fahrt aufnahm.

„Joy ist auch nicht rangegangen", sagte Iris und ließ sich auf ihren Stuhl fallen. „Das ist schrecklich." Sie sah Celia an. „Wie hat Damon sich den Knöchel gebrochen?"

Der Geist schnaubte. „Der dumme Idiot hat sich besoffen und ist gestern beim Verlassen des *Hallucinations* ausgerutscht."

Ich verschluckte mich an meinem eigenen Speichel. *„Hallucinations*? Bist du sicher?"

Sie zuckte mit einer Schulter. „Das hab' ich von mehreren Leuten gehört. Warum?"

„Verdammt ... Mist! Ich wette meinen letzten Dollar, dass es nichts mit Alkohol zu tun hatte."

„Meinst du, irgendeine übermotivierte Barschlampe hat ihn überrannt?", fragte Celia mit einem Funkeln in den Augen. „Ich könnte ihr das nicht mal übelnehmen. Der Typ ist heiß, mit großem H."

„Nein." Ich verzog das Gesicht und fügte hinzu: „Ich glaube, er wurde verflucht. Von meiner Schwester."

Iris versteifte sich. „Oh nein! Du hast wahrscheinlich recht."

„Ich wusste gar nicht, dass du eine Schwester hast!" Celia sprang auf und begann, auf- und abzugehen. „Und du denkst, sie hat den heißesten Typen verflucht, der seit David Hasselhoff die Fernsehbildschirme geziert hat?"

„Hast du wirklich gerade David Hasselhoff gesagt?", fragte ich und hielt ein Lachen zurück. Meinte sie das ernst? „Woher kennst du den überhaupt?"

„Bitte." Sie warf ihr langes blondes Haar über die Schulter. „*Baywatch* und *Knight Rider* sind die besten Serien aller Zeiten."

„Ich denke, darüber lässt sich streiten", sagte ich. „Aber beide Serien waren weit vor deiner Zeit. Woher kennst du die?"

Ihr Grinsen wurde zu einem nostalgischen Lächeln. „Meine Mom war Fan."

Iris nickte. „Meine auch."

Ich schüttelte den Kopf. „Jedenfalls, ja. Ich bin ziemlich sicher, dass meine Schwester der Auslöser für seinen Unfall ist. Wir waren uns in den letzten Jahren nicht besonders nah, aber sie ist in die Stadt gekommen und hat einen Liebeszauber versucht. Leider ist er nach hinten losgegangen und hat anscheinend alle Männer in der Bar verflucht. Ich hoffe nur, dass wegen ihres Fehlers niemand sonst ernsthaft verletzt wurde."

„Welchen Zauber hat sie gewirkt?", fragte Celia neugierig.

„Einen Liebeszauber, aber er ist nach hinten losgegangen und wurde zu einem Fluch." Ich begegnete Iris' Blick. „Ich weiß, du hast gesagt, der Fluch würde wahrscheinlich verblassen, aber ich habe heute erfahren, dass das nicht das erste Mal war. Und letztes Mal ist der Zauber nicht verblasst."

Iris' Augen weiteten sich. „Im Ernst? Was ist passiert?"

Ich erzählte ihr und Celia von Charlottes Ex-Freund und sackte dann in meinem Stuhl zusammen. „Ich glaube, sie braucht einen Heiler oder einen magischen Psychologen oder sowas, damit das nicht wieder passiert."

„Sie muss sofort mit dem Zaubern aufhören", sagte Iris und griff schon wieder zum Hörer.

„Ich weiß. Das habe ich ihr auch schon gesagt. Aber was, wenn sie aus Versehen einen wirkt, wie Grace damals?"

„Ich kann sie im Auge behalten", bot Celia an.

„Wie soll das verhindern, dass sie jemanden versehentlich verflucht?", fragte ich und runzelte die Stirn.

„Ich weiß nicht." Sie zuckte mit den Schultern. „Brauchst du nicht Infos oder so? Wie zum Beispiel, warum ihre Zauber zu Flüchen werden? Vielleicht sehe ich was, das sie dir nicht erzählt. Du und deine Schwester steht euch ja nicht gerade sonderlich nahe, oder?"

„Woher weißt du das?", fragte ich und verschränkte die Arme, während ich sie musterte.

„Ich häng schon eine Weile bei dir rum, Marion. Du redest regelmäßig mit deiner Tante, deinem Dad, deinem Sohn und deiner besten Freundin in L.A. Du bist der Typ Mensch, der den Kontakt zu seinen Lieben hält, selbst wenn du immer diejenige bist, die anrufen muss. Ich glaube nicht eine Sekunde, dass du nicht regelmäßig mit ihr quatschen würdest, wenn da nicht was zwischen euch stünde."

Verdammt! Mein Geist schien mich besser zu kennen als die meisten meiner Freundinnen. Celia war normalerweise völlig überdreht, aber das bewies, dass sie tiefgründiger war, als ich ihr zugestand.

„Stimmt, Celia. Aber hoffentlich können wir jetzt, wo sie in der Stadt ist, unsere Probleme überwinden. Und ich glaube nicht, dass es die beste Idee ist, sie von meiner geisterhaften Angestellten ausspionieren zu lassen, um unsere Beziehung zu kitten. Sie will niemanden verfluchen; das weiß ich. Also wird sie nichts absichtlich tun. Ich denke, der beste Plan ist, dass sie mit dem Hexenzirkel arbeitet, um ihre magischen Fähigkeiten zu schärfen, damit keine weiteren Unfälle passieren."

Celia warf mir einen skeptischen Blick zu. „Du lehnst mein Hilfsangebot allen Ernstes ab? Du weißt doch, dass ich spitze darin bin, Leute zu beschatten."

Das stimmte. Sie hatte es für mich gemacht, als ich vor ein paar Wochen ein Auge auf Kennedy haben musste, und als wir dachten, Lennon Love wäre in Gefahr. Wenn es um Überwachung ging, war sie wirklich meine erste Wahl ... oder besser gesagt, mein erster Geist. „Deine Fähigkeiten stehen nicht zur Debatte", sagte ich mit einem entschiedenen Nicken. „Ich glaube nur nicht, dass es richtig ist, ihr zu folgen. Wenn sich das ändert, lasse ich es dich wissen."

Sie presste die Lippen aufeinander und wirkte nicht überzeugt, hob dann aber die Hände. „Wenn du meinst, Boss. Ich lasse deine kleine Schwester in Ruhe. Wenn ich sie nicht im Auge behalten soll, was soll ich dann machen?"

Ich lehnte mich in meinem Stuhl zurück und drückte eine Taste an meinem Computer. „Du kannst helfen, indem du ein Auge auf Charlottes Opfer aus dem *Hallucinations* wirfst. Ich will wissen, ob ihre Flüche verblassen, gleichbleiben oder schlimmer werden."

Sie hob eine Augenbraue. „Wie soll ich diese Opfer finden?"

„Mach, was du am besten kannst. Spionier die Leute von Premonition Pointe aus."

„Einschließlich des heißen Typen von *Witch Island-Braut*?", fragte sie hoffnungsvoll.

„Ja. Einschließlich Damon Grants."

Sie stieß eine Faust in die Luft. „Jippie! Dieser Job ist der Hammer!"

Celia verschwand mit einem lauten Plopp aus dem Büro und hinterließ Stille.

Iris räusperte sich. „Glaubst du, das war eine gute Idee?"

Ich schmunzelte. „Wahrscheinlich nicht, aber sie ist harmlos ... meistens."

KAPITEL 5

*J*ch stand in meiner Küche und starrte auf mein Handy, während ich mich fragte, was gerade passiert war.

Die Haustür flog auf, und Minx ging los wie eine Sirene, bellte, als wolle sie jemandem die Kehle herausreißen.

„Whoa, Mädchen", sagte Kennedy mit beruhigender Stimme, die aus dem Nebenzimmer in die Küche drang. „Paris Francine will nur Hallo sagen. Kein Grund, ihr ein Ohr abzureißen."

Ich spähte um die Ecke und sah Kennedy, der in die Hocke ging und Minx streichelte, während er eine schützende Hand auf seinen Yorkie legte. Dass sie ihn ließ, bedeutete, dass sie nicht alle Männer hasste. Bisher wollte sie nur Jax in Stücke reißen.

„So ist's brav, Minx. Paris ist okay. Sie will nur spielen." Er nahm vorsichtig die Hände von beiden Hunden und ließ sie einander beschnuppern. Es dauerte nur einen Moment, bis Minx heftig mit dem Schwanz wedelte, und dann stürmten die zwei durchs Haus, rauften und amüsierten sich prächtig.

„Danke, dass du Paris mitgebracht hast", sagte ich und lehnte mich gegen den Türrahmen. „Minx hat Löcher in jeden einzelnen Socken gekaut, den sie zwischen ihre kleinen Zähne bekommen hat. Trotz der drei Dutzend Spielzeuge, die Charlotte im Haus für sie verstreut hat, scheint sie offenbar darauf zu bestehen, dass ich mir im nächsten Winter die Zehen abfriere."

Kennedy lachte. „Kein Ding. Paris freut sich über eine Spielgefährtin." Er blickte zu den beiden Welpen, die sich wälzten und halbherzig versuchten, sich gegenseitig das Gesicht abzuknabbern. „Das mit den Socken heißt, dass sie dich mag."

„Das glaube ich nicht", sagte ich. „Charlottes Socken frisst sie nie."

„Genau." Er warf mir einen wissenden Blick zu, bevor wir beide kicherten.

„Du bist gemein", lachte ich, während wir in die Küche gingen. Ich machte sofort einen Nachmittagskaffee für ihn, während er die Shortbread-Kekse aus dem Schrank holte.

„Das macht mich interessant."

„Ich würde sagen, das macht dich zu einer angenehmen Gesellschaft." Sobald wir unseren Kaffee in der Hand hatten und die Kekse auf einem Servierteller, setzten wir uns an den Küchentisch. Ich drehte mich zu ihm mit einem Ausdruck, von dem ich hoffte, dass er entschuldigend war. „Mein Dad hat gerade angerufen und uns zu einem Familienessen einbestellt. Er bittet dich und Ty, euch um sechs im *Blueberries* mit uns zu treffen."

Seine Augenbrauen schossen hoch. Dann schüttelte er den Kopf. „Äh, das könnte ein Problem sein."

„Bitte sag nicht, dass ihr heute Abend schon was vorhabt!", flehte ich. „Wenn ihr nicht kommt, sind nur ich, Charlotte,

Dad und Tazia da. Ich könnte einen Puffer gebrauchen." Auch wenn Charlotte und ich heute Morgen alles geklärt hatten und alles zwischen uns okay war, fühlte ich mich immer noch ein wenig verletzlich wegen … allem.

„Tut mir leid." Er streckte die Hand aus und tätschelte meine Schulter. „Aber Skyler hat uns zum Abendessen eingeladen, und da er mein Boss ist …"

„Verdammt", murmelte ich und spürte, wie ein Pochen an meiner Schläfe begann.

„Ich könnte ihn fragen, ob er es verschieben kann", bot Kennedy an, klang aber alles andere als begeistert von der Idee.

„Nein, nein." Ich wedelte mit einer Hand. „Wag' es ja nicht, das zu tun. Es ist viel wichtiger, dass du dich bei deinem Boss einschmeichelst, anstatt mir bei Dads spontaner Einladung Rückendeckung zu geben."

„Es wird bestimmt nicht so schlimm", sagte Kennedy, aber seine Miene zeigte klar, dass er kein Wort davon glaubte.

Ich lachte humorlos. „Klar. Berühmte letzte Worte."

„KOMM SCHON, Char. Wir sind spät dran", sagte ich und tippte mit dem Fuß, während meine Schwester ewig brauchte, um aus dem Auto zu steigen. „Dad ist egal, ob du frischen Lippenstift aufgetragen hast oder nicht."

Charlotte stieß einen übertriebenen Seufzer aus, als ihre stylischen lila Mary Janes endlich den Asphalt berührten. „Wir sind nur fünf Minuten zu spät. Beruhig dich! Er wird nicht aufstehen und gehen, nur weil wir nicht pünktlich sind."

„Nein, aber es ist unhöflich, Leute warten zu lassen." Ich war mir nicht sicher, warum ich mit ihr diskutierte. Sie hatte recht. Wir waren nicht unverschämt spät dran. Wenn Dad und

Tazia schon drinnen waren, würden sie einfach einen Tisch nehmen und Getränke bestellen.

„Du bist viel zu angespannt", sagte Charlotte. „Man sollte meinen, mit all dem Matratzentango, den du mit deinem Freund tanzt, wärst du entspannter."

Ich schluckte eine Retourkutsche hinunter. Es ging sie nichts an, was Jax und ich hinter verschlossenen Türen taten. Und ich würde sicher nichts bestätigen oder leugnen. Allerdings hatte sie damit auch recht. Wir verbrachten fast jede Nacht zusammen, und es gab kaum eine Nacht, in der er mir nicht zeigte, wie sehr ich ihn anmachte.

Der Duft frisch gebackenen Brots überwältigte meine Sinne, sobald wir das *Blueberries* betraten. Ich war nur ein paarmal dort gewesen, aber das Restaurant mit regionaler, saisonaler Küche war schon eines meiner Lieblingsrestaurants.

Charlotte schritt zum Tisch am Fenster und nahm den Platz neben Dad ein. Sie beugte sich vor und umarmte ihn herzlich. Dads Arme schlossen sich um sie, und ein echtes Lächeln erhellte sein ganzes Gesicht.

„Hey, Kleine", sagte er und gab ihr einen Kuss auf den Kopf. „Es ist wirklich schön, dich wiederzusehen."

„Dich auch, Pops." Sie hielt ihn einen Moment länger fest, und als sie sich löste, waren ihre Augen glasig, als hielte sie Tränen zurück.

Meine eigenen Augen wurden feucht, aber ich rang die Emotionen nieder. Es war schön, sie mit ihm verbunden zu sehen, aber das änderte nichts daran, dass sie vor zehn Jahren aus unserem Leben verschwunden war. Charlotte und ich waren uns wegen des Altersunterschieds nie besonders nah gewesen, aber ich hatte sie mit aufgezogen und war verletzt gewesen. Ich konnte mir nicht vorstellen, wie es für Dad gewesen sein musste. Er hatte sich ihr komplett gewidmet. Er war der Vater gewesen, den sie gebraucht hatte, als ihr eigener nicht dagewesen war. Es hatte mich fast zerbrochen, sie so davonlaufen zu sehen. Er hatte das nicht verdient. Ich vermutete, deshalb war ich die letzten zehn Jahre verbittert gewesen. Nach unserem Gespräch heute hatte ich mir jedoch vorgenommen, das loszulassen. Sie hatte ihre Gründe gehabt, und ich musste sie respektieren.

„Also", sagte ich und kam direkt zur Sache. „Was hat es mit diesem Familienessen auf sich? Gibt es etwas zu besprechen, oder wird das nur ein geselliger Abend?"

Tazia warf einen Blick auf meinen Dad und dann auf mich. Spannung lag in ihren Schultern und ihrem Gesicht. Oh-oh. Das bedeutete, dass er etwas besprechen wollte. Ich machte mich darauf gefasst, was auch immer es sein mochte.

Dad nahm seinen bernsteinfarbenen Drink, trank einen Schluck und sagte dann beiläufig: „Lass uns einfach essen, okay?"

„Ich bin fürs Essen", sagte Charlotte enthusiastisch. „Hier riecht's köstlich."

Ich musterte meinen Vater. An der Oberfläche wirkte er entspannt und glücklich, mit seinen Töchtern auszugehen, aber da war gewisse Anspannung in seinem Kiefer, und sein Lächeln schien ein wenig erzwungen. Was heckte Memphis Matched aus? Für mich war offensichtlich, dass dieses Treffen nicht nur ein Familienessen war.

Es sah nicht so aus, als würde ich das bald herausfinden. Während mein Dad Charlotte fragte, wie lange sie in der Stadt bleiben wolle, öffnete ich die Getränkekarte und hoffte, dass sie was Stärkeres als Wein hatten. Ich würde es brauchen.

„Ich habe mir keine Zeitgrenze gesetzt", sagte Charlotte. „Ich wollte schon länger umziehen, also dachte ich, ich hänge

hier rum und probiere Premonition Pointe mal aus. Ich hab'
die Küste immer geliebt. Minx ist auch ein Fan."

Die Augen meines Dads leuchteten auf. „Wirklich? Das
wäre wirklich wunderbar, dich wieder in der Nähe zu haben.
Und ich weiß, dass deine Tante Lucy sich freuen würde, mehr
Zeit mit dir zu verbringen."

„Und du, Marion?", fragte Charlotte mich.

Ich verschluckte mich an dem Schluck Wasser, den ich
gerade genommen hatte. „Äh, was?" Ich hustete mich durch
den Anfall, während meine Augen zu tränen begannen, als
Charlotte mir auf den Rücken klopfte, um zu helfen.

„Geht's dir gut?", fragte sie.

Ich blickte zu ihr hoch und wäre fast zurückgeschreckt, als
ich ihre Aura bemerkte. Sie war feuerrot, wie immer, aber
diesmal hatte sie einen gelblichen Schimmer an den Rändern,
was bedeutete, dass sie, obwohl sie immer noch ein Wildfang
war, emotional weicher wurde. Als ob sie mit dem Alter
vielleicht etwas sanfter wurde.

„Was ist?", fragte Charlotte und zog ihre Hand weg.

Ihre Aura verschwand.

„Heilige Krähe", flüsterte ich, blinzelte schnell und griff
dann nach ihrer Hand. Es dauerte einen Moment, aber ihre
Aura flammte wieder auf. Das war heute Morgen nicht
passiert, als ich sie berührt hatte. Warum passierte es jetzt?
Wichtiger noch, warum passierte es überhaupt?

Tränen brannten in meinen Augen, als ich mich zu Dad
und Tazia umdrehte. Ihre harmonierenden Auren waren
wieder da und das in voller Pracht, was mich über ein
Schluchzen, das in meiner Kehle aufstieg, zum Lachen brachte.
Ich hatte nicht bemerkt, wie sehr mir meine Fähigkeit, Auren
zu sehen, gefehlt hatte. Ein Teil von mir war kaputt gewesen,

und jetzt fühlte ich mich wieder ganz. Ich drehte mich zu meiner Schwester um und strahlte sie an.

Sie zog ihre Hand zurück, als hätte sie sich verbrannt. „Das war ... surreal. Warum sehe ich Auren, wenn du mich berührst?"

„Du hast sie auch gesehen?", keuchte ich. Das war nicht Charlottes Gabe.

„Ja. Gerade eben, aber nicht heute Morgen, als ich dich berührt habe. Deine ist echt dunkel, wie Indigo, während die beiden da drüben", sagte sie und zeigte auf Dad und Tazia, „in Lila baden. Ehrlich, das ist ein bisschen widerlich."

„Du hast unsere Auren gesehen?", fragte Dad mich überrascht.

Ich nickte und blinzelte die brennenden Tränen zurück.

„Natürlich hat sie das", antwortete Charlotte für mich. „Sie hat sie immer gesehen. Warum ist das ein Ding?"

„Das ist ein Ding, weil Marion vor Kurzem verflucht wurde und ihre Fähigkeit, Auren zu sehen, verloren hat", erklärte Tazia. Ihr Blick wanderte von Charlotte zu mir und wieder zurück. „Es sieht so aus, als könntest du der Schlüssel sein, dass sie diese Fähigkeit wiederentdeckt."

„Ich?" Charlotte legte die Hand an ihre Brust und sah Tazia an, als hätte sie den Verstand verloren. „Auf keinen Fall. Das ist unmöglich. Ich bin ... na ja, Magie ist nicht gerade meine Stärke."

„Was meinst du damit, Charlotte könnte die Antwort sein?", fragte ich Tazia. Dads Freundin war eine Art Seherin. Sie wusste manchmal einfach Dinge. Und obwohl ich früher ein wenig skeptisch gewesen war, hatte sie oft genug recht gehabt, dass ich jetzt zuhörte, wenn sie etwas zu sagen hatte.

„Ihr scheint euch gegenseitig zu ergänzen. Ich spüre, dass ihr heute vielleicht einen Durchbruch in eurer Beziehung hattet, der diese Entwicklung gefördert haben könnte", sagte Tazia mit einem wissenden Nicken. „Ich glaube, das wird spektakulär werden."

„Wie?", fragte ich.

„Warte einfach ab. Du wirst sehen." Sie lächelte mich an.

Charlotte und ich starrten einander an. Sie sah verwirrt aus, und ich war mir sicher, dass mein Gesichtsausdruck nicht anders war.

Aber dann kam der Kellner, und wir bestellten alle unser Essen. In der nächsten Stunde genossen wir unser Mahl, während Tazia über ihre Blumen und die Gärtnerei sprach, die sie eröffnete. Es schien, als hätte sie schon einige Großhandelskunden an Land gezogen.

„Brauchst du Hilfe?", fragte Charlotte. „Ich bin echt gut im Verkauf."

Tazia biss sich auf die Unterlippe, während sie meine Schwester musterte. „Ich könnte eine Teilzeitkraft gebrauchen, aber das wäre in der Gärtnerei, und es wäre eher körperliche Arbeit."

„Oh." Charlotte betrachtete ihre Nägel. „Das ist nicht wirklich mein Ding."

Ich schnaubte. „Charlotte mag die Natur nicht besonders."

Sie zuckte mit den Schultern und leugnete es nicht.

„Ich denke, Charlotte sollte für dich arbeiten, Marion", sagte Tazia.

„Was?", sagten meine Schwester und ich gleichzeitig. Das klang nach einer schrecklichen Idee. Wir fanden gerade nach all der Zeit einen gemeinsamen Nenner. Wenn sie für mich arbeiten würde, könnte das ein Rezept für Katastrophen sein. Wenn Charlotte meine Anweisungen befolgen müsste, wie sollten wir je die Große-Schwester-kleine-Schwester-Dynamik überwinden? Aber ich konnte die Idee nicht einfach abtun. Nicht, nachdem ich erfahren hatte, dass ich wieder Auren sehen konnte, wenn wir einander berührten. Ich legte schnell meine Hand auf ihren Arm. Auren begannen sofort überall im Restaurant aufzuleuchten.

„Marion, hör auf, mich anzufassen!", klagte sie wie eine Achtjährige, die dachte, ihre Schwester hätte Keime.

„Schon gut." Ich ließ ihren Arm los. „Aber Tazia hat recht. Ich weiß nicht warum, aber wenn ich dich berühre, kann ich wieder Auren sehen. Wenn du für mich arbeiten würdest, würde das meinen Job um ein Vielfaches erleichtern. Alles, was ich bräuchte, ist, dass du da bist, wenn ich einschätze, ob zwei Leute ein potenzielles Liebespaar sind."

„Das ist alles?", fragte sie und hob skeptisch eine Augenbraue.

„Na ja, ich werde dich wahrscheinlich bitten, ein paar Verwaltungsaufgaben zu übernehmen. Bei der Planung von Events zu helfen. Klienteninterviews zu führen. Du weißt schon, Partnervermittlungskram." Es war nicht so, als hätten wir täglich Events, auch wenn ich dort früher Paare durch Aurasehen gefunden hatte.

„Verwaltung? Wie Computerarbeit?" Sie verzog das Gesicht. „Von Computern bekomme ich Kopfschmerzen. Ich glaube nicht. Es sei denn …" Charlotte verstummte, als sie einen gutaussehenden Kellner beobachtete, der vorbeiging.

„Es sei denn was?", fragte ich und kniff die Augen zusammen.

Sie drehte sich mit einem frechen Grinsen zu mir. „Wenn du einen Partner für mich findest, arbeite ich mit dir."

„Warte, du willst, dass ich dich mit jemandem verkupple? Im Ernst?", fragte ich, nicht sicher, was ich davon halten sollte.

„Ja, im Ernst. Warum nicht? Willst du niemanden für mich

suchen? Denkst du etwa, ich verdiene keine Liebe?", fragte sie empört und starrte mich an.

„Natürlich verdienst du die", sagte ich automatisch. „Ich meine nur … na ja, mein Geschäft ist eher, den perfekten Partner für Leute zu finden, die ihr *für immer* wollen. Bist du sicher, dass du das willst?" Charlotte war einfach in die Stadt gekommen, ohne Wohnung oder Job, um einen Typen zu sehen, mit dem sie locker was hatte, nur um ihn und eine Menge anderer Männer zu verfluchen. Und jetzt wollte sie, dass ich ihr einen Freund suchte? Es schien mir, als sollte sie andere Prioritäten haben.

„Vielleicht suche ich ein bisschen Stabilität, hast du daran mal gedacht? Hast du den Teil verpasst, wo ich einen unüberlegten Liebeszauber gewirkt habe? Warum denkst du, habe ich das getan?" Sie verzog das Gesicht. „Ugh, ich klinge erbärmlich." Ihre Miene wurde verletzlich, als sie hinzufügte: „Wäre es so schlimm, wenn ich mich hier niederließe, in der Nähe meiner Familie? Ich könnte es allein schaffen, aber ich würde es lieber mit jemandem an meiner Seite tun. Jemand anderem als meine rechthaberische große Schwester, die mich für eine flatterhafte Versagerin hält."

Ich wollte sagen, dass ich sie nicht so sah, aber das wäre eine Lüge, oder? War das nicht genau, was ich dachte, seit sie in die Stadt gekommen war? Seit sie vor zehn Jahren gegangen war? Das war nicht fair. Charlotte war jetzt zehn Jahre älter, und obwohl sie sich in ein paar schwierige Situationen gebracht hatte, war sie sicherlich gereift. Unser Gespräch heute bewies das. „Okay. Ich mach' das. Aber erst, wenn wir deinen Liebeszauber-Fluch aufgehoben haben."

„Das klingt nach einem fairen Deal, Marion", sagte Tazia sanft.

„Das sagst du, weil du nicht diejenige bist, die die

Partnervermittlerin spielen muss", sagte ich zu Tazia und schenkte ihr ein herzliches Lächeln. „Aber ich bin ein Profi, und ich könnte Charlotte wirklich gebrauchen." Ich streckte meiner Schwester die Hand entgegen. „Abgemacht."

Charlotte betrachtete einen Moment lang meine Hand, bevor sie sie ergriff und schüttelte. „Sieht so aus, als würden die Adler-Schwestern zusammen ins Geschäft einsteigen."

„Zusammen ins Geschäft einsteigen?", schnaubte ich und ignorierte ihre Verwendung des Mädchennamens unserer Mutter. Keine von uns benutzte ihn. Ihr Nachname war Ray. Unsere Mutter hatte uns beide verlassen, also war ich mir nicht sicher, warum Charlotte plötzlich diesen Namen benutzen wollte. Wenn sie ihren Nachnamen ändern wollte, sollte sie Dads annehmen, da er sie großgezogen hatte. Aber das war ihre Sache. Ich wollte gerade betonen, dass wir keineswegs Geschäftspartner waren und sie für mich arbeitete, als Charlotte lachte und mich unterbrach.

„Entspann dich, Marion. Ich will nichts leiten außer mir selbst. Stress verursacht zu viele Falten." Sie beugte sich vor und studierte mein Gesicht. „Aber es sieht so aus, als wüsstest du das schon."

„Du bist so eine Zicke", sagte ich ohne Groll.

„Du auch, große Schwester." Sie zwinkerte mir zu.

Wir lächelten einander an. Und zum ersten Mal, seit Charlotte in die Stadt gekommen war, begann ich zu denken, dass es vielleicht, nur vielleicht, eine gute Sache war, dass sie hier war.

Dad hob sein Glas und sagte: „Ein Toast auf meine zwei Lieblingsmädchen."

Wir stießen alle an und bestellten dann Dessert.

Als wir fertig waren und Dad die Rechnung bezahlte,

räusperte er sich und sagte: „Ich denke, jetzt ist ein guter Moment, um zu reden."

Ich spannte mich an und ignorierte die plötzliche Nervosität, die sich in meinem Magen festgesetzt hatte. Er wirkte viel zu ernst, und obwohl ich keine Ahnung hatte, was er sagen würde, wusste ich irgendwie, dass es mir nicht gefallen würde.

„Wir hören, Dad", sagte Charlotte.

Er warf einen Blick auf Tazia und straffte dann die Schultern, als er uns seine volle Aufmerksamkeit schenkte. „Ich habe einen Anruf bekommen."

Charlotte und ich warteten darauf, dass er fortfuhr.

Sein Blick war fest auf uns gerichtet, als er sagte: „Es ist eure Mutter. Sie weiß, dass Charlotte hier ist, und hat beschlossen, euch beide zu sehen. Sie hat … Neuigkeiten."

„Du hast mit Mom gesprochen?", fragte ich automatisch, während der Schock meinen Körper taub machte. „Wann?"

„Heute Morgen", sagte er.

„Ist sie krank?", fragte Charlotte und hob eine Hand an ihren Hals.

Er schüttelte den Kopf. „Es ist nicht an mir, euch zu erzählen, worum es geht, aber ich wollte euch vorwarnen, dass sie in den nächsten Tagen hier sein wird."

Die Nervosität in meinem Magen verwandelte sich in einen Kloß aus Angst. Ich hatte meine Mutter seit Jahren nicht gesehen. Wir hatten aus gutem Grund keinen Kontakt. „Warum hat sie dich angerufen und nicht eine von uns?"

Er seufzte. „Weil, Marion, von uns dreien ich der Einzige bin, der derzeit mit ihr spricht."

Dad sprach mit Mom? Hatte er schon vorher Kontakt mit ihr gehabt? Verwirrung kreiste in meinem Kopf und ließ mich die Stirn runzeln. „Warte." Ich wandte mich meiner Schwester zu. „Du sprichst auch nicht mit ihr?"

Charlotte schüttelte den Kopf. „Wir hatten einen kleinen Streit wegen eines Feuerwehrmanns und seines Hundes."

„Da steckt eine Geschichte dahinter. Was ist passiert? Hat eine von euch versucht, dem Kerl den Hund zu stehlen oder so?"

Sie schnaubte. „Wenn es nur das wäre. Minx und ich haben ihn und seinen Chihuahua im Hundepark getroffen und ein Spieldate geplant, als sie sich eingemischt und ihn schamlos angebaggert hat. Als sie dann einen *Kleiderunfall* hatte, ist er abgehauen, und ich habe ihn seitdem nicht mehr gesehen. Die Nachbarschaftsklatschbase sagte, er hat den Hundepark gewechselt."

„Das ist … interessant", sagte Tazia.

„Das kannst du laut sagen", sagten Charlotte und ich gleichzeitig. Wir sahen einander an und begannen zu lachen.

Als wir das Restaurant verließen, war ich voller Dankbarkeit für meinen Dad, meine Schwester und Tazia. Und ich hatte es fast geschafft, meine Mutter aus meinen Gedanken zu verbannen. Fast, aber nicht ganz.

KAPITEL 6

„*A*lso der ist ja mal was fürs Auge", sagte Charlotte, als ich mit meinem SUV in meine Einfahrt fuhr.

Ich sah mich um und suchte nach dem, den sie anstarrte. „Wo?"

„Auf deiner Veranda." Charlotte sprang aus dem Wagen und ging zu Jax, der an einem der Verandapfeiler lehnte. Sein attraktives Gesicht wurde vom Verandalicht angestrahlt. „Hey, Hübscher."

„Guten Abend, Charlotte", sagte Jax und klang ungeduldig mit ihr.

„Sei nicht so mürrisch. Du wirst dich schon noch an mich gewöhnen", sagte sie süßlich. „Vor allem jetzt, wo Marion und ich zusammenarbeiten."

„Ach so?" Seine Augenbrauen schossen fast bis zum Haaransatz, als er meinem Blick begegnete.

Ich warf ihm ein schwaches Lächeln zu. Jax und Charlotte hatten nicht gerade einen guten Start gehabt. Mit ihrem Hund, der ihn jedes Mal, wenn er ins Haus kam, auffressen wollte, und Charlottes schamlosem Flirten mit ihm, ging ihm die Geduld aus. „Ich erzähl' dir alles bei einem Kaffee."

„Das muss bis morgen warten", sagte Jax. „Ich wollte nur Bescheid geben, dass ich heute Nacht bei mir zu Hause schlafe." Er warf einen Blick auf die Haustür und verzog das Gesicht. „Der Hund ist nicht in Gästestimmung."

„Charlotte", seufzte ich. „Du musst sie in eine Hundebox sperren, wenn wir nicht da sind, falls sie sich nicht an Jax gewöhnt. Oder zumindest ins Gästezimmer."

Meine Schwester legte sich eine Hand ans Herz und sah mich an, als wäre sie entsetzt über meinen Vorschlag. „Ich stecke mein Baby nicht in einen Käfig!"

„Eine Hundebox ist kein Käfig", beharrte ich. „Hunde, die daran gewöhnt sind, lieben sie und fühlen sich sicher. Außerdem wäre sie nicht ständig drin. Nur, wenn du nicht da bist."

„Auf keinen Fall, Marion", sagte sie und funkelte mich an. „Minx wird nicht eingesperrt." Sie schnaubte und griff nach der Türklinke.

„Charlotte." Ich legte meine Hand auf ihren Arm, nicht sicher, warum ich sie aufhalten wollte. Ich musste mit Jax reden, und sie musste sich um ihren Hund kümmern. Aber nach dem Fortschritt, den wir heute in unserer Beziehung gemacht hatten, wollte ich sichergehen, dass wir wegen einer Diskussion über ihren Hund keinen Rückschritt machten.

„Was?" Sie warf einen Blick zurück und tat genervt. Das reichte, um mir zu zeigen, dass wir okay waren und sie nur eine Show abzog. Aber ihr Gesichtsausdruck wurde schnell verwirrt, als sie zwischen mir und Jax hin- und hersah. „Wartet mal. Ihr habt keine passenden lila Auren."

Ich unterdrückte ein genervtes Seufzen. Einer der Vorteile, meine Fähigkeit, Auren zu lesen, verloren zu haben, war, dass ich nicht ständig daran erinnert wurde, dass Jax und ich kein perfektes Paar waren. Zumindest nicht, wenn man nach unseren Auren ging. Das war einer der Gründe, warum es so lange gedauert hatte, bis wir zusammengekommen waren. Ich war überzeugt, dass wir zum Scheitern verurteilt waren. Aber als ich nach Premonition Pointe zog und herausfand, dass Jax geschieden war, war die gegenseitige Anziehung, die wir immer füreinander empfunden hatten, zu stark, um sie zu ignorieren.

„Die Farben unserer Auren sind nicht wichtig", sagte Jax vollkommen überzeugt.

„Ach was, das sind sie verdammt nochmal", sagte Charlotte und runzelte die Stirn. Dann senkte sie die Stimme und klang besorgt um mich. „Du weißt, dass das nicht lange halten wird, oder?"

„Charlotte, lass es gut sein", sagte ich. „Nicht jedes Paar hat passende Auren."

Sie blinzelte und schüttelte dann den Kopf. Während sie ihn von Kopf bis Fuß musterte, sagte sie: „Na gut, wenn ich mit jemandem wie ihm rummachen würde, würde ich mir das auch einreden."

Bevor ich antworten konnte, öffnete sie die Tür, und Minx kam herausgerannt und direkt auf Jax zu.

„Oh verdammt!", rief er und sprang zur Seite, bevor sie sich in seinem Bein verbeißen konnte.

„Nein, nein, mein Mädchen", sagte Charlotte milde, während sie ruhig den Chihuahua hochhob und ihn an ihre Brust drückte.

Minx fletschte die Zähne und knurrte in Jax' Richtung.

Charlotte kicherte nur, kraulte den Hund hinter den Ohren und verschwand im Haus.

Der Puls zuckte in Jax' Kiefer, als er auf die geschlossene

Tür starrte. „Weißt du, das ist das erste Mal, dass ein Hund eine solche Reaktion auf mich hat. Normalerweise lieben sie mein Ohrenkratzen und Bauchkraulen, und wenn das nicht klappt, funktioniert meistens reichlich Bestechung mit allerlei Leckerlis."

„Ich weiß. Deshalb liebt Paris Francine dich so sehr", sagte ich hilfsbereit.

Er seufzte. „Ich kann nicht hier übernachten, wenn ein Hund entschlossen ist, mir den Sack abzureißen. Ich kann nicht einmal in der Nacht aufstehen, um Wasser zu holen, da – wenn ich aus gestern Nacht schließen kann – Charlotte die ganze Zeit wach sein wird."

Enttäuschung machte sich breit, aber ich konnte kaum widersprechen. Ich würde auch nicht in einer feindlichen Umgebung übernachten wollen. „Wie wäre es, wenn ich eine Tasche packe und die Nacht bei dir verbringe?"

Seine Augen leuchteten interessiert auf. „Das klingt nach einem Plan. Treffen wir uns bei mir?"

„Ich bin direkt hinter dir." Ich beugte mich vor und drückte einen langen Kuss auf seine Lippen. Hitze durchströmte meine Adern, und ich wollte mich an ihn schmiegen, seine Wärme aufsaugen und mich in seinen starken Armen und seinem muskulösen Körper suhlen.

Jax stöhnte leise, als er sich von mir löste. „Ich bin etwa fünf Sekunden davon entfernt, dich in dein Schlafzimmer zu tragen."

Die Leidenschaft zwischen uns war schon immer so gewesen. Der rohe Hunger, den wir füreinander empfanden, wurde nie weniger. Mein Körper sehnte sich nach seinem, und seiner nach meinem. Das hatte mich früher ein wenig erschreckt. Ich hatte immer das Gefühl, nur auf den Moment zu warten, in dem die Flitterwochenphase unserer Beziehung verpuffen würde und wir plötzlich nichts mehr zwei Menschen wären, die eine Beziehung nur noch durchackerten. Ohne diese Auraverbindung, zu was würden wir werden? Diese Zweifel hatte ich noch gelegentlich, aber die Wahrheit war, ich war es leid, Angst zu haben. Alles, was ich tun konnte, war, ihn im Hier und Jetzt zu lieben und zu glauben, dass wir es trotz allem schaffen würden.

Ich legte meine Hand an seine Brust und schob ihn sanft gerade weit genug weg, dass ich Luft holen konnte. „Es ist besser für uns alle, wenn wir bei dir unsere Privatsphäre haben. Geh schon vor. Ich brauche nur ein paar Minuten."

Er trat wieder an mich heran, vergrub seine Hand in meinem Haar und gab mir einen leidenschaftlichen Kuss, bevor er mich schnell losließ und zu seinem am Bordstein geparkten Truck ging. „Ich halte den Wein bereit."

Mein Kopf schoss herum, und ein Lächeln breitete sich auf meinen Lippen aus, als ich mein Haus betrat.

„Gah! Ich hasse dich gerade!", rief Charlotte und stand in der Küchentür, während sie mich mit einem angewiderten Blick ansah.

„Äh, warum?", fragte ich verwirrt.

„Das ist nicht fair. Du hast alles. Dieses Haus, dein Geschäft, viele Freunde und einen Typen, der so heiß ist, dass es ein Wunder ist, dass deine Lippen nicht versengt sind." Mit ihrem Hund unter einem Arm wirbelte sie auf dem Absatz herum und verschwand im anderen Raum.

Einen Moment später zerschellte etwas am Boden, und ich biss die Zähne zusammen und folgte ihr.

„Was ist passiert?", fragte ich und starrte auf meine mitternachtsblaue Lieblingstasse mit einem Bild von einem goldenen Besen und einer Frau mit Hexenhut, auf der stand: *Yes, I can drive a stick* (der Witz geht auf Deutsch verloren, da

Stick auf Englisch Gangschaltung und Besenstiel bedeuten kann, und dass ich das jetzt erkläre, hilft wahrscheinlich auch nicht gerade!). Er lag jetzt in Hunderten Stücken zerbrochen auf dem gefliesten Boden.

„Es tut mir so leid. Die hab' ich nicht gesehen. Ich schwöre es", sagte sie und hob ihre freie Hand. Minx wand sich, verzweifelt, ihr zu entkommen. Charlotte packte ihren Hund mit beiden Händen und verlor fast den Halt. „Ich muss sie in mein Zimmer bringen, bis wir das saubergemacht haben."

„Klingt nach einem Plan", sagte ich und murmelte über den Preis der handgemachten Tasse vor mich hin. Ich machte mich daran, jeden noch so winzigen Splitter der zerstörten Tasse aufzufegen. Als ich fertig war, eilte ich in mein Zimmer, warf ein paar Klamotten in eine Tasche und ging zur Haustür.

Minx kam aus dem Gästezimmer direkt auf mich zugerannt, ihr kleiner Schwanz wedelte so wild, dass ich mich fragte, ob sie sich den Rücken verrenken könnte. Ich konnte nicht widerstehen, hob sie hoch und gab ihr Schmatzer auf den Kopf. „Du bist so ein braves Mädchen", sagte ich zu ihr. „Obwohl ich mir wünschte, du würdest meinen Freund nicht so sehr hassen. Er hat all diese Feindseligkeit nicht verdient, weißt du?"

Das Schwanzwedeln hörte auf, und der Hund warf mir einen Blick zu, der Skepsis schrie.

Ich konnte das Lachen nicht unterdrücken, das in meiner Kehle aufstieg. „Du bist mir eine."

„Sie hat sich noch nie in Menschen geirrt", sagte Charlotte.

Ich blickte hoch und fand meine Schwester, die am Sofa lehnte und mich studierte.

„Du solltest Jax vielleicht genauer unter die Lupe nehmen, wenn Minx ihn so sehr hasst."

Ich setzte Minx vorsichtig auf den Boden und warf meiner

Schwester einen ausdruckslosen Blick zu. „Warum versuchst du, einen Keil zwischen mich und Jax zu treiben?"

„Was?", schnaubte sie. „Das tue ich doch gar nicht."

Ich seufze genervt. „Ach, nein? Erst kannst du nicht aufhören, über unsere nicht passenden Auren zu reden ... und das direkt vor ihm! Und jetzt sagst du mir, dass ein sechs Pfund schwerer Chihuahua – eine Rasse, die bekannt dafür ist, extrem wählerisch zu sein, wen sie leiden kann und wen nicht, mich plötzlich misstrauisch machen sollte. Ich kenne Jax schon sehr lange, Charlotte. Da gibt's nichts, was ich ‚genauer unter die Lupe nehmen' müsste. Ich verlasse mich auf mein eigenes Urteil."

„Okay", sagte sie versöhnlich. „Ich will nur auf dich aufpassen. Aber wenn du sagst, dass es nichts zu befürchten gibt, lass' ich's gut sein." Sie ging wieder Richtung Küche. Gerade, als ich die Haustür öffnete, rief sie über die Schulter: „Sorry wegen der Tasse! Und danke, dass du das sauber gemacht hast. Ich schulde dir was."

„Nein, tust du nicht", sagte ich. „Familie schuldet Familie nichts."

Ein echtes Lächeln erhellte ihr hübsches Gesicht. „Das gefällt mir. Weißt du was, Marion?"

„Was?"

„Es ist schön, endlich das Gefühl zu haben, zu Hause zu sein." Sie nickte und verschwand in der Küche.

Mein Herz schwoll ein wenig. Es war schön, sie zurückzuhaben.

KAPITEL 7

*J*ax' Haus war dunkel, aber die Verandalampe brannte, als ich neben seinem Truck in die Einfahrt fuhr. Ich lächelte vor mich hin, wissend, dass er wahrscheinlich in seinem Schlafzimmer auf mich wartete. Oder vielleicht unter der Dusche. Die Vorfreude, in seinen Armen zu liegen, ließ mich zur Haustür eilen. Ich klopfte leise, aber als er nicht antwortete, nahm ich den Schlüssel, den er mir gegeben hatte, und ließ mich ein.

Das Haus war still, als ich zum Schlafzimmer ging. Licht schimmerte unter seiner Tür hervor. „Jax?"

Er antwortete nicht.

Die Tür knarrte, als ich sie öffnete, und ich fand sein Bett gemacht vor und Licht, das aus dem Bad kam. Das leise Trommeln des Wassers aus der Dusche brachte mich dazu, schnell meine Kleider auszuziehen. Einen Moment später öffnete ich die Glastür der Dusche und ging hinein. Ich schlang meine Arme um seine Taille, presste mich an seinen Rücken und sagte: „Hey, Sexy."

Er lehnte sich an mich und stieß einen zufriedenen Seufzer

aus. „Ich hatte gehofft, dass du kommst, bevor das Wasser kalt wird."

„Ich auch."

Jax drehte sich um, nahm meinen Mund und küsste mich gierig.

Ich vergrub die Hände in seinem Haar und hielt mich fest, während mein Körper von innen heraus erhitzt wurde. Mein Hunger nach ihm war fast unstillbar.

Seine Hände glitten über meinen Rücken und packten meine Pobacken, zogen mich fester an seinen harten Körper, der vom Duschen warm war. Es hatte mich ganze zweieinhalb Sekunden gekostet, um von „Ich will dich" zu „Ich brauche dich. Jetzt." zu kommen.

„Jax", sagte ich, meine Stimme heiser. „Ich … Heilige Scheiße!" Das Wasser war plötzlich eiskalt geworden, und wir sprangen beide unter dem Duschstrahl hervor.

„Verdammt!" Jax drehte das Wasser ab und griff schnell nach einem Handtuch, um es um meine Schultern zu legen. Er fuhr sich frustriert mit der Hand durch sein nasses, dunkles Haar und schüttelte den Kopf. „Das hätte nicht passieren sollen."

„Wie lange bist du schon hier drin?", fragte ich zähneklappernd. Es war Ende April an der kalifornischen Küste. Auch wenn es nicht wirklich Winterwetter war, war es noch nicht warm, und eine kalte Dusche war das Letzte, was wir brauchten.

„Nicht so lange." Er führte mich aus der Dusche, trocknete sich schnell ab und zog seine Kleider wieder an. „Mach den Kamin an, wenn du willst. Ich gehe und sehe nach dem Warmwasserbereiter."

„Klar." Mit Gänsehaut bedeckt trocknete ich mich ab, so gut es ging, wickelte mich in seinen mir viel zu großen

Bademantel und ging, um den Gas-Kamin einzuschalten. Das Feuer flackerte auf, und ich stand einen Moment da und genoss die Wärme der Flammen.

Ich hörte Flüche von der anderen Seite des Hauses. Das war kein gutes Zeichen. Seufzend fand ich meinen Weg in die Küche und machte zwei Tassen heiße Schokolade. Als ich fertig war, fand ich Jax im Bett liegend, wo er an die Decke starrte. „Was ist der Befund?"

„Er hat Strom, und die Sicherung ist okay. Wahrscheinlich ein defektes Heizelement. Ich kümmere mich morgen darum." Er zog die Decke zurück und lud mich ein. „Komm her. Ich will dich aufwärmen."

Ich rutschte ins Bett und reichte ihm eine der Tassen. Er trank einen Schluck und schmunzelte. „Hast du da ein bisschen Irish Cream reingetan?"

„Ich dachte, das könnten wir gebrauchen." Ich drückte einen sanften Kuss auf seine Lippen und schloss die Augen, während er seine Hand über meinen Nacken gleiten ließ und meine Muskeln sanft massierte. „Das ist unglaublich."

„Mh-hm", murmelte er.

Ich blickte zu meinem Freund hinüber und sah, dass seine Augen geschlossen waren und die halbvolle Tasse heiße Schokolade auf seinem Nachttisch stand. Seine Hand rutschte von meinem Nacken, als sein Atmen tiefer und gleichmäßiger wurde.

Seufzend leerte ich meine alkoholische heiße Schokolade, stand auf, putzte mir die Zähne, schaltete den Kamin und die Lichter aus und schlüpfte dann wieder ins Bett neben Jax. Was wir in der Dusche begonnen hatten, würde bis zum Morgen warten müssen.

~

GRAUES MORGENLICHT SICKERTE INS ZIMMER, als ich blinzelnd aufwachte. Die Stille des Morgens verriet mir, dass es früh war, und ich drehte mich auf die Seite und tastete nach Jax, nur um das Bett kalt und leer zu finden. Stirnrunzelnd sah ich mich im Zimmer um.

Keine Spur von ihm.

Ich setzte mich auf und blickte auf die Uhr. Es war kurz vor sechs. Es war nicht unbedingt ungewöhnlich, dass Jax so früh aufstand. Manchmal wollte er früh zu einem Projekt, besonders bei kommerziellen Bauten, aber wenn wir die Nacht zusammen verbrachten, stand er fast nie auf, ohne zumindest eine schnelle Morgenrunde Sex zu haben. So lief das bei uns.

Ich rieb mir die Augen, rappelte mich aus dem Bett auf, wickelte mich in seinen Bademantel und ging, um ihn zu finden.

„Hey", sagte ich, als ich ihn am Tisch hinter seinem Laptop entdeckte.

Jax schaute auf, seine Augen müde. „Hey. Sorry. Hab' ich dich geweckt?"

„Nein." Ich glitt auf den Stuhl neben ihm und trank einen Schluck seines Kaffees, verzog aber das Gesicht, als ich bemerkte, dass er kalt war. „Wie lange bist du schon wach?"

„Ein paar Stunden." Er nickte zur Tasse. „Sorry wegen des kalten Kaffees. Ich war ziemlich in meine Daten vertieft."

„Sieht ganz so aus."

Jax stand auf und ging zur Kaffeemaschine, wo er mir eine frische Tasse holte. Nachdem er sie so zubereitet hatte, wie ich es mochte, reichte er sie mir, küsste mich auf den Kopf und sagte: „Ich hab' einen frühen Termin. Ich ruf dich später an?"

„Klar." Ich sah zu, wie er ins Schlafzimmer zurückging. Ein paar Minuten später hörte ich das leise Öffnen und Schließen der Haustür, gefolgt vom Brummen seines Trucks.

Stirnrunzelnd trug ich meine Tasse zur Spüle, spülte sie mit dem eiskalten Wasser und zog mich an. Ich konnte nicht leugnen, dass ich von der morgendlichen Interaktion enttäuscht war. Und obwohl mir sein Körper fehlte, war das nicht das Problem. Er wirkte einfach ... anders. Irgendwie distanziert, und ich wusste nicht, warum.

Da war etwas, das ihn beschäftigte. Ich wusste nur nicht, was es war.

Er würde es mir sicher sagen, wenn er bereit dazu war. Oder? Ein Gefühl der Unruhe setzte sich in meinem Bauch fest. War etwas mit uns nicht in Ordnung? Oder war es nur Jax? Ich biss mir auf die Unterlippe und schüttelte den Kopf. Ein misslungener Morgen bedeutete nicht, dass unsere Beziehung den Bach runterging.

Reiß dich zusammen, Marion, sagte ich mir. Wenn eine Klientin mit Sorgen über eine morgendliche Interaktion zu mir käme, würde ich ihr sagen, dass sie übertrieb und dass, wenn ihr Partner beim nächsten Mal noch distanziert wirkte, sie einfach mit ihm reden solle.

Und genau das würde ich tun. Aber diese Absicht änderte nichts an dem Gefühl, dass irgendwas nicht stimmte.

Kopfschüttelnd zog ich mich an und fuhr nach Hause, wo eine heiße Dusche und ein kleiner Wirbelwind von Hundeenergie auf mich warteten.

KAPITEL 8

„Guten Morgen, Sonnenschein", trällerte Charlotte, als ich nach einer langen, heißen Dusche in die Küche kam.

„Morgen", murmelte ich und griff nach der Kaffeekanne.

„Wow. Das klingt nicht gerade fröhlich. Ich dachte, eine Nacht mit deinem Bauarbeiter würde ein breites Lächeln auf dein Gesicht zaubern. Was ist passiert? Hat er fertiggemacht, ohne sich um dich zu kümmern?" Sie lachte, was mir sagte, dass sie mich nur neckte.

„Wir sind nicht einmal so weit gekommen", sagte ich und trank einen langen Schluck meines köstlichen Karamell-Creme-Kaffees. „Man könnte sagen, der Warmwasserboiler hat unsere Pläne im wahrsten Sinne des Wortes eingefroren, als er plötzlich den Geist aufgegeben hat. Nachdem wir uns aufgewärmt hatten, ist Jax irgendwie eingeschlafen und musste heute früh zur Arbeit."

„Du meinst, er hat sich nicht mehr aufgerafft?" Sie schüttelte traurig den Kopf. „Muss scheiße sein, alt zu werden."

Ich lachte. „Es gibt ein paar gute Seiten, aber ich gebe dir weitgehend recht."

Charlotte ging zum Vorratsschrank, wühlte einen Moment herum und hielt dann eine Packung Pop-Tarts hoch. „Ich denke, du verdienst heute Morgen was Leckeres. Wenn du keinen Sex haben kannst, ist das das Zweitbeste."

Das musste ich ihr lassen, sie hatte recht.

„Iss auf", sagte sie und stellte die getoasteten Pop-Tarts vor mich. „Nachdem du die runtergeschlungen hast, nehme ich dich mit ins Spa."

„Wirklich?"

„Ja. Ich habe einen Termin für einen ganzen Vormittag voller Schönheitsbehandlungen gemacht. Wenn du mir den Mann meiner Träume findest, will ich tipptopp aussehen. Ich sage Lance einfach, er soll einen Platz für dich freimachen."

„Ich bin mir nicht sicher …" Aber bevor ich meine Gedanken äußern konnte, war sie schon am Telefon und wickelte den Besitzer des *Liminal Day Spa* um den Finger.

„Jetzt, Lance. Sicher hast du Platz für Premonition Pointes geschätzte Partnervermittlerin", sagte sie zuckersüß. „Du weißt doch, dass sie all ihre Klienten zu dir schickt, wenn sie ein Makeover brauchen, oder?"

Sie zeigte mir zwei Daumen hoch. „Perfekt", erwiderte sie. „Ich weiß das wirklich zu schätzen. Und mach dir keine Sorgen, wir werden großzügig Trinkgeld geben. Ich weiß, es ist nicht einfach, so kurzfristig jemanden einzuplanen."

Sie plauderten über ein paar Details, bevor Charlotte auflegte und mir ein freches Grinsen zuwarf. „Ich bin ein Meister im Umgang mit Menschen. Warte nur ab. Deine Klienten werden mich lieben."

Wenn sie sie so behandelte wie Lance, zweifelte ich nicht

daran. „Du konntest dich immer mit Charme aus allem herausreden. Ich bin bereit, wenn du es bist."

„Ich muss nur nochmal mit Minx rausgehen."

„ICH GLAUBE NICHT, dass ich seit dem Trip mit Mom in ein exklusives Spa in Napa so entspannt war", seufzte Charlotte.

Sogar die Erwähnung meiner Mutter konnte mich diesmal nicht runterziehen. Wir saßen nebeneinander in Liegesesseln, während eine Kosmetikerin uns Gesichtsmasken auftrug und Masseurinnen an unseren Füßen zauberten. Ich wusste nicht, wie Charlotte das bezahlte, aber sie hatte darauf bestanden, alles zu übernehmen, als Wiedergutmachung dafür, dass sie bei mir wohnte. Ich beschwerte mich nicht. „Das ist ziemlich spektakulär. Wann warst du mit Mom in Napa?"

Ich wusste, dass Charlotte irgendwann nach ihrem Weggang vor zehn Jahren Kontakt mit unserer Mutter gehabt hatte. Dad hatte es erwähnt, als er versucht hatte, mich und Charlotte wieder zusammenzubringen. Ich hatte abgelehnt. Mein Leben war ohne Moms Dramen viel friedlicher gewesen.

„Hmm, vor etwa einem Jahr, schätze ich." Charlotte verdrehte die Augen. „Ich hätte wissen müssen, dass die Reise mit einem Typen zu tun hatte, mit dem sie zusammen war. Ehrlich, du hast nicht gelebt, bis deine Mutter eine Socke an die Hoteltür hängt, um zu signalisieren, dass sie da drin ihren Spaß hat und du es nicht wagen sollst, reinzukommen."

Ich riss die Augen weit auf. „Das kannst du nicht ernst meinen."

„Oh, doch. Ich hätte sie dort lassen sollen, aber da ich diejenige war, die gefahren ist, hätte ich mich schuldig gefühlt, sie sitzenzulassen. Sechs Wochen später hat sie sich an den

Feuerwehrmann rangemacht, mit dem ich mich angefreundet hatte, und kurz danach hab' ich ihr gesagt, dass ich meinen Freiraum brauche. Das war der Tropfen, der das Fass zum Überlaufen gebracht hat, weißt du? Seitdem habe ich nicht mehr mit ihr gesprochen." Sie wedelte mit der Hand, als wollte sie negative Energie vertreiben. „Wie auch immer, genug davon. Was denkst du, dass sie uns sagen will?"

Ich zuckte mit einer Schulter. „Vielleicht heiratet sie wieder."

Charlotte schauderte sichtlich. „Ugh. Du hast die Typen, mit denen sie normalerweise ausgeht, nicht kennengelernt. Ehrlich, Dad war der einzig Gute. Die anderen …" Sie rümpfte die Nase, wodurch ihre grüne Gesichtsmaske Risse bekam. „Alles Loser. Ich hoffe wirklich, dass es das nicht ist. Ich will nicht genötigt werden, ein hässliches Brautjungfernkleid zu tragen, nur um zuzusehen, wie sie wieder einen Fehler macht."

„Ja, darauf bin ich auch nicht scharf, aber man weiß ja nie. Sie hat einmal einen Guten ausgesucht", sagte ich und versuchte, diplomatisch zu sein. Es gab so viele negative Gefühle wegen unserer Mutter. Manchmal half es, Dampf abzulassen. Aber gerade machte es alles nur schlimmer. Ich wollte nicht an sie denken oder warum sie uns sehen wollte. Alles, was ich wollte, war, meine Zeit mit meiner Schwester zu genießen. Es war lange her, dass wir in einer guten Phase waren. Ich wollte das nicht ruinieren.

Sie schnaubte. „Ja, vielleicht. Aber ich würde dafür nicht meine Hand ins Feuer legen."

Ich schenkte ihr ein Lächeln und drückte ihre Hand. Sie erwiderte die Geste, während Tränen in ihren großen grünen Augen glänzten. Sie blinzelte sie schnell weg und ließ ein sanftes Lachen hören. „Schau mich an, wie sentimental ich werde, weil meine große Schwester nett zu mir ist."

„Es gibt für alles ein erstes Mal", witzelte ich.

„Das liegt daran, dass der starke Masseur den Schmerz aus deinen Fußsohlen massiert hat, oder?", sagte sie und musterte den Mann, der noch an meinem Unterschenkel arbeitete.

„Ja." Ich nickte, aber dann fügte ich mit weicherer Stimme hinzu: „Und auch, weil ich Spaß habe und es genieße, meine kleine Schwester wieder in der Stadt zu haben."

„Selbst wenn ich bei dir reingeplatzt bin?"

„Du wärst nicht du, wenn du das nicht getan hättest." Ich zwinkerte ihr zu. „Jetzt schhh. Ich versuche, mich zu entspannen."

Ihre Lippen zuckten, und ein fröhlicher Glanz lag in ihren Augen, als sie sich zurücklehnte und zufrieden seufzte.

„Ich glaube nicht, dass das Leben besser wird als das", sagte ich zu Charlotte, als wir eine dreiviertel Stunde später Richtung Umkleide gingen. „Ich wurde massiert, geschrubbt, gewachst und so verwöhnt, dass ich denke, ich bin knochenlos."

„Ich auch. Ist das nicht fantastisch?" Charlotte strahlte förmlich und verströmte Schönheit.

„Oh, wieder achtundzwanzig zu sein", sagte ich mit einem wehmütigen Seufzer.

„Warum zum Teufel solltest du mein Alter sein wollen?", schnaubte sie. „Das Leben mit fünfzig sieht von hier aus ziemlich spektakulär aus."

„Ich bin nicht fünfzig", protestierte ich und tat, als wäre ich beleidigt. „Noch nicht."

„Nahe genug dran. Aber lass uns die Fakten betrachten. Du hast ein süßes Haus, ein erfolgreiches Geschäft, einen heißen Freund, eine Gruppe enger Freundinnen und eine fantastische kleine Schwester. Was brauchst du mehr?"

Ich lachte. „Du hast recht. All das ist wunderbar. Aber ein

straffer Hintern, glatte Haut und weniger Falten könnten auch nicht schaden."

„Plastische Chirurgie kann das alles richten, wenn es dir so wichtig ist."

Das war es ja gerade. Es war mir nicht wichtig. Klar, ich kümmerte mich um meine Haut und tat so, als würde ich Diäten machen, wenn ich mich nicht gerade zum Frühstück mit Pop-Tarts vollstopfte, aber der Gedanke, unters Messer zu gehen, um die Hülle zu verbessern, in der ich lebte, ließ mich schaudern. „Nein, danke. Ich bin ganz zufrieden so."

„Dachte ich mir, dass du das sagen würdest. Aber wenn du deine Falten minimieren willst, kann Lance dich sicher in die richtige Richtung weisen."

„Stimmt. Und ich glaube, Gigi hat irgendeine Wundercreme, die –"

„Wann fing es an?", fragte eine Frau einen Mann, als sie im Flur um die Ecke kamen.

„Vor zwei Tagen. Ich war in einer Bar in der Stadt, als ich plötzlich diesen Nesselausschlag bekommen habe. Ich weiß nicht, ob es eine Reaktion auf etwas war, das ich getrunken habe oder was, aber ich habe Allergietabletten genommen, eine Creme von der Heilerin versucht und sogar der Göttin ein Opfer dargebracht, aber nichts hat geholfen."

„Opfer?", sagten Charlotte, die Kosmetikerin und ich gleichzeitig.

Der Mann blickte zu mir und Charlotte auf und wirkte erschrocken.

„Entschuldigung", sagte ich schnell. „Wir waren auf dem Weg zu den Umkleiden und konnten nicht umhin, das mitzuhören."

Er bedeckte sein fleckiges rotes Gesicht mit den Händen

und schüttelte den Kopf. „Schon okay, schätze ich. Mir wäre nur lieber, wenn die Leute mich nicht so sehen."

„Das ist verständlich", sagte die Kosmetikerin und führte ihn sanft in einen leeren Raum, bevor wir hörten, was genau er geopfert hatte, um seinen Ausschlag zu heilen.

Charlotte und ich rührten uns nicht. Ich wusste, dass wir beide dasselbe dachten. Es war sehr wahrscheinlich, dass sein Ausschlag durch ihren Fluch verursacht worden war.

„Wir können nicht gehen, bis wir mit ihm gesprochen haben", sagte ich.

„Aber ich kann nichts machen", flüsterte sie, und Angst flackerte in ihren Augen.

„Vielleicht nicht, aber wir müssen trotzdem mit ihm reden, herausfinden, ob er im *Hallucinations* war, wie schlimm seine Symptome sind und ob wir irgendwas tun können. Ich kann den Hexenzirkel zusammenrufen. Sie könnten den Fluch brechen."

Sie biss sich auf die Unterlippe und blickte zum Umkleideraum, dann zurück zum Behandlungsraum, wo der Mann mit der Kosmetikerin war. „Meinst du wirklich, wir könnten was tun, um ihm zu helfen?"

„Wir wissen es nicht, wenn wir es nicht versuchen."

Die Tür begann sich zu öffnen, und ich schob Charlotte schnell in den Umkleideraum. Aber wir blieben nah am Eingang, sodass ich den Raum des Mannes im Auge behalten konnte.

„Ich hole nur unser Nesselausschlag-Heilset und bin gleich zurück", sagte die Kosmetikerin.

„Geh jetzt." Charlotte stupste mich an.

„Nein. Noch nicht. Wir haben nicht genug Zeit. Zieh dich um, während ich aufpasse."

Charlotte tat, was ich sagte, und war zurück, als die

Kosmetikerin wieder in den Raum schlüpfte. „Jetzt du", sagte sie und stupste mich an. „Ich geb' dir Bescheid, wenn die Kosmetikerin nochmal geht."

Ich zögerte einen Moment, eilte dann aber zu meinem Spind und zwängte mich wieder in meine Kleider. Ich wollte nicht halb nackt sein, während ich den Mann um Details bat. Außerdem, wenn wir dabei erwischt würden, wie wir jemanden bei seiner Behandlung störten, mussten wir vielleicht schnell verschwinden.

„Die Kosmetikerin ist gerade gegangen. Sie sagte, sie werde in zehn Minuten zurück sein." Charlotte packte meine Hand und zog mich hinter sich her. Für jemanden, der zögerte, überhaupt mit dem Mann zu reden, schien sie jetzt ziemlich entschlossen.

„Was hat deinen Sinneswandel ausgelöst?", fragte ich sie.

„Wenn du denkst, wir können den Fluch brechen, bin ich dabei. Außerdem, weißt du, ich fühle mich nicht besonders gut dabei, den Mann verflucht zu haben."

„Verständlich."

Wir schlichen in den Flur, achteten darauf, dass uns niemand sah, und verschwanden dann schnell in den Raum des Mannes. Charlotte schloss die Tür leise hinter uns.

„Sind die zehn Minuten schon um?", fragte der Mann. Er lag auf dem Tisch auf dem Rücken, mit einem weißen Handtuch über dem Gesicht. „Ist mein Nesselausschlag weg?"

Sein Nesselausschlag sah nicht aus wie die Art, die ich kannte. Wenn man mich fragte, hatte er einen schweren Fall von Akne.

„Äh, nein zu beidem?", sagte Charlotte und formulierte ihre Antwort wie eine Frage.

„Machen wir noch eine Behandlung?", fragte er und setzte sich auf.

Ich legte sanft eine Hand auf ihn und drängte ihn, sich wieder hinzulegen. „Nein. Wir sind nur hier, um Ihnen ein paar Fragen zu stellen."

Der Mann nahm das Handtuch vom Gesicht und blickte zu uns auf. Sein Gesicht war mit einem durchsichtigen Gel bedeckt. „Sie sind die beiden Frauen aus dem Flur, richtig?"

„Ja", sagte ich. Es hatte keinen Sinn, es abzustreiten.

„Was machen Sie hier?" Diesmal setzte er sich auf, während er uns beide misstrauisch musterte.

„Es tut mir leid, Sie zu stören, aber ich wollte Sie bitten, ein paar Fragen über diesen ... Nesselausschlag zu beantworten. Wissen Sie, wir haben einen Freund, der die gleichen Symptome hat, und wir hoffen, einen Weg zu finden, ihm zu helfen." Es war nur eine kleine Notlüge, oder? Obwohl Charlotte wahrscheinlich den Fluch brechen wollte, mit dem sie Eli belegt hatte.

„Wirklich? War er vorletzte Nacht im Hallucinations?", fragte der Mann.

„Ja", sagten Charlotte und ich gleichzeitig. Meine Schwester kicherte nervös. „Mein Freund hat einen Ausschlag im Gesicht, der Ihrem ähnelt."

„Und er kann ihn auch nicht loswerden?", fragte der Mann und ließ völlig entmutigt die Schultern hängen.

„Noch nicht", sagte Charlotte und sah mich hilflos an.

Ich räusperte mich. „Äh, würden Sie uns sagen, wie schwer ihr Fall ist?"

„Wie schwer?" Er sah mich an, als hätte ich den Verstand verloren. „Sehen Sie mich an. Der Nesselausschlag ist überall. Nicht nur im Gesicht. Meine Hände, meine Füße, mein ..." Er blickte zu seinem Schritt, bevor er den Blick abwandte. „Sagen wir einfach, er ist an den meisten empfindlichen Stellen."

„O meine Göttin", sagte Charlotte und schlug sich die Hand vor den Mund. „Das tut mir so leid!"

„Ja, mir auch", sagte er und klang entmutigt. „Das einzige, was das Blutopfer gebracht hat, das ich versucht habe, ist, dass mir jetzt das Tippen schwerfällt." Er hielt seine linke Hand hoch und zeigte seinen Zeigefinger, dessen Kuppe mit einem Pflaster umwickelt war.

„Oh, Gott sei Dank!" Charlotte legte eine Hand an ihre Brust. „Das Opfer war nur Blut von Ihrem Finger!"

„Natürlich war es das. Was haben Sie gedacht? Dass ich eine Jungfrau aufgespürt und bei Vollmond eine Séance abgehalten habe?" Er schnaubte, als wäre das absurd.

„Na ja, nicht direkt", sagte Charlotte vorsichtig. „Aber es gibt einige echt seltsame Leute auf dieser Welt."

„O meine Götter!" Der Mann sah schockiert aus. „Vielleicht, aber ich bin keiner von denen."

„Das wissen wir", sagte ich beruhigend und runzelte dann die Stirn, als ich sein Gesicht genauer betrachtete. „Äh, Mr. …"

„Waters. Bradley Waters. Und Sie sind?", fragte er und hob die Augenbrauen.

„Ich bin Marion, und das ist meine Schwester Charlotte", sagte ich und sah mit Entsetzen zu, wie der Nesselausschlag unter seiner Maske anzuschwellen schien.

Charlottes Augen weiteten sich wie Untertassen. „Mr. Waters, ich denke, es ist Zeit, einen Arzt aufzusuchen."

„Was? Warum?" Er sprang vom Tisch und eilte zum Spiegel an der Wand. Er stieß einen Schrei aus, rannte dann zu dem kleinen Handwaschbecken in der Ecke und begann, sich Wasser ins Gesicht zu spritzen. „Helfen Sie mir, das abzukriegen!", rief er. „Holen Sie diese Maske von mir runter."

„Ich helfe Ihnen", sagte Charlotte, griff nach einem frischen

Handtuch aus einem kleinen Stapel und befeuchtete es mit Wasser. „Hier. Bleiben Sie stehen."

„Beeilen Sie sich!", forderte Bradley, Panik in seiner Stimme.

Ich beeilte mich, ein weiteres Handtuch zu holen, und begann, Charlotte zu helfen, wobei jede von uns eine Seite seines Gesichts übernahm und vorsichtig die Maske abwischte, ohne seine Haut weiter zu reizen.

„Ist sie weg?", verlangte er zu wissen.

„Wir müssen nur noch einen Bereich machen", sagte ich und griff nach seinem Kinn.

Charlottes Hand stieß gegen meine, und plötzlich begann meine Hand zu kribbeln.

„Was ist das?", fragte Charlotte und starrte auf das Licht, das um unsere Hände schimmerte.

„Magie", flüsterte ich, meine Augen geweitet, als ich sah, wie sie sich über Bradley ausbreitete.

Charlotte versuchte, ihre Hand zurückzuziehen, und grunzte, als sie sich nicht bewegte. Sie kämpfte verzweifelt, um sich von uns beiden zu lösen, aber ich legte meine freie Hand auf ihren Arm und sagte: „Hör auf zu zappeln, Char. Schau!"

Sie blinzelte schnell und konzentrierte sich dann auf das Gesicht des Mannes. Die Magie hatte sich um ihn gelegt, aber wichtiger noch, der Nesselausschlag auf seinem Gesicht schrumpfte, und sein Nasenrücken begann sich zu klären.

„Was passiert mit mir?", fragte der Mann, seine Stimme leicht gedämpft durch die magische Blase, die ihn umgab.

„Wir heilen Sie", sagte ich und lächelte, als sein ganzer Körper vom Licht eingehüllt wurde. Ich wusste nicht, ob er wie der Ehemann der Blonden an Erektionsstörungen litt, aber wenn die Magie seinen Nesselausschlag heilte, würde sie hoffentlich auch Probleme mit anderen Teilen kurieren.

So plötzlich, wie die Magie erschienen war, verschwand sie wieder und ließ uns drei dastehen und einander anstarren.

Die Tür schwang auf, und die Kosmetikerin kam mit einem Korb warmer Handtücher herein. Sie runzelte die Stirn, als sie uns sah. „Was geht hier vor? Das ist ein privater … Oh, ausgezeichnet! Die Maske hat gewirkt", sagte sie mit einem breiten Lächeln. „Ich gebe zu, ich war nicht ganz sicher, ob sie funktionieren würde."

„Hat sie nicht", sagte Bradley und streckte die Hand nach einem der Handtücher aus.

„Was meinen Sie?", fragte sie und reichte ihm eines. „Der Nesselausschlag ist weg. Ist er jetzt woanders aufgetreten?"

Ein Ausdruck des Schreckens überzog sein Gesicht, und er öffnete vor uns dreien seinen Bademantel und spähte in seine Boxershorts. Dann stieß er einen erleichterten Seufzer aus. „Nein. Nein, der ist auch weg."

„Sieht so aus, als würde *alles* funktionieren, wenn man die beachtliche Latte bedenkt", bemerkte Charlotte und nickte ihm anerkennend zu.

Sein Gesicht wurde knallrot. „Ich hatte noch nie Beschwerden."

Charlotte zwinkerte ihm zu. „Davon bin ich überzeugt."

„Äh, will mir mal jemand erklären, was hier los ist?", fragte die Kosmetikerin.

„Ich übernehme das", sagte ein Mann von der Tür aus.

Ich blickte hinüber und sah Lance, den großen, dunkelhäutigen Besitzer des Spas.

Die Kosmetikerin nickte und verließ schnell den Raum. Sie blieb kurz an Lance' Seite stehen. „Es tut mir leid. Das lasse ich nicht wieder passieren."

Er nickte, um anzudeuten, dass sie gehen sollte.

„Diese Ladys haben mich geheilt", sagte Bradley, sobald

Lance eintrat und die Tür schloss. „Ich weiß nicht, was sie gemacht haben, aber ich bin hergekommen, um den Ausschlag loszuwerden, und jetzt ist er weg. Das ist alles, was für mich zählt."

„Das ist ausgezeichnet." Lance lehnte sich gegen die Theke. „Ich freue mich, dass Sie ein zufriedener Kunde sind."

„Mehr als zufrieden", sagte er mit einem entschiedenen Nicken. „Wenn es Ihnen nichts ausmacht, ziehe ich mich jetzt an und mache mit meinem Tag weiter."

„Lassen Sie uns wissen, wenn wir Ihnen sonst irgendwie helfen können", sagte der Spabesitzer und dankte ihm für seinen Besuch.

Bradley blickte zurück zu mir und Charlotte. „Danke. Sie haben keine Ahnung, wie sehr ich das zu schätzen weiß."

„Gern geschehen", sagte ich mit einem Lächeln.

Charlotte sagte nichts. Es musste seltsam sein, Dank für das Heilen des Fluchs zu bekommen, den sie ihm selbst auferlegt hatte.

Sobald die Tür zufiel, sagte Lance: „Nun. Das war ganz interessant. Möchtet ihr mir erzählen, was hier passiert ist?"

„Ich bin mir nicht wirklich sicher", sagte ich ausweichend. Es war die Wahrheit. Ich wusste nicht, wie Magie plötzlich aus uns herausgeströmt war oder warum sie Bradley geheilt hatte.

„Ich habe ihn verflucht", platzte Charlotte heraus.

Lance' Augenbrauen schossen in die Höhe. „Warum das denn?"

Ich hätte fast gelacht, da Lance nicht im Geringsten schockiert wirkte. Als wäre es vollkommen normal, dass eine Frau einen Mann verflucht und dann ins Spa schleicht, um ihn zu heilen. Einen Mann zu verfluchen war völlig normal, solange er es verdient hatte. Wenn dem nicht so war – das war die interessantere Geschichte.

„Ich habe das nicht absichtlich gemacht." Charlotte ließ sich schwer auf den Behandlungstisch fallen. „Es war ein Unfall und nicht einmal auf ihn oder die anderen Männer in der Bar gerichtet. Ich ... ich glaube, ich weiß nicht, wie ich meine Magie kontrollieren soll."

„Oh, Mädchen", sagte Lance und schüttelte mit einem amüsierten Lächeln den Kopf. „Erzählst du mir allen Ernstes, dass du eine ganze Bar voller Männer mit einem Aknefluch belegt hast?"

„Ich dachte, er hatte Nesselausschlag", sagte Charlotte. „Sieht Nesselausschlag aus wie Pickel? Ich hatte noch nie welche."

„Nein, tut es nicht. Der Mann hatte einen schweren Fall von Akne. Im Gesicht, am Hals, an den Schultern und sogar an seinen Kronjuwelen. Er wollte es nur nicht so nennen, daher sind wir bei Nesselausschlag geblieben. Kein Wunder, dass er Probleme hatte, einen hochzukriegen." Lance hob eine Hand und wartete auf ein High-Five.

Charlotte hob zögernd die Hand und tippte seine an.

Lance warf den Kopf zurück und lachte. „Süße, wenn du wüsstest, wie oft ich mir gewünscht habe, eine Bar voller Männer verfluchen zu können! Die können manchmal richtig widerlich sein, oder?"

„Der, den ich verzaubern wollte, war nicht schrecklich, aber ich verstehe, was du meinst. Manchmal machen die mich wahnsinnig."

„Oder ihre Schwänze zu verhexen", sagte Lance mit einem Schnauben.

„Also hatte er wirklich ED!", sagte ich viel zu begeistert.

Lance lachte. „Ist das jemals ein Grund zum Feiern?"

„Nein, überhaupt nicht", sagte ich und spürte, wie mir die

Röte ins Gesicht stieg. „Es ist nur, dass Akne und ED scheinbar gemeinsame Symptome bei allen von Charlottes Opfern sind."

„O Götter!" Charlotte bedeckte ihr Gesicht. „Ich glaub' das nicht. Ich bin ein wandelndes Desaster. Ich glaube, ich brauche einen Aufpasser."

„Dafür hast du ja mich", sagte ich und tätschelte ihr den Rücken. Magie schoss durch meine Fingerspitzen, sobald ich sie berührte, verschwand aber, als ich die Hand zurückzog.

„Wow", sagte Lance. „Ich weiß nicht, was hier los ist, Marion, aber es sieht so aus, als hättet du und deine Schwester eine ernstzunehmende Macht, die sich zwischen euch aufbaut. Macht es euch was aus, wenn ich euch rufe, sobald wir einen weiteren Fall von *Nesselausschlag* mit ED als Beilage bekommen?"

„Nein, überhaupt nicht. Obwohl ich nicht sicher bin, ob wir das, was heute hier passiert ist, wiederholen können", sagte ich. „Keine von uns hat wirklich verstanden, was passiert ist, bis es vorbei war."

„Oh, ich denke, ihr könnt das. Vergesst nicht, die meiste Magie hängt mit der Absicht zusammen." Lance öffnete die Tür. „Kommt mit mir zum Empfang, damit ich eure Nummern notieren kann. Euer Besuch heute ist natürlich kostenlos."

„Das musst du nicht tun", sagte ich, aber ich schloss schnell den Mund, als Charlotte sich vielsagend räusperte. *Ups!* Ich hätte die Klappe halten sollen, da ich nicht diejenige war, die für dieses kleine Abenteuer bezahlen sollte.

„Ich weiß, aber ich möchte es." Lance legte seine Hand an Charlottes unteren Rücken und dann an meinen, bevor er uns zurück in die Lobby führte.

KAPITEL 9

*N*ach dem Spa holten Charlotte und ich uns ein paar Sandwiches und gingen ins Büro.

„Ich fass es nicht, dass das mein erster Tag ist", sagte meine Schwester, als sie sich an meinen Schreibtisch setzte und auf der Tastatur herumtippte. „Was soll ich machen? Irgendwas ablegen? Dir Kaffee machen? Sachen aus der Reinigung holen?" Sie rümpfte die Nase. „Vielleicht nicht das. Zeug aus der Reinigung riecht immer so ... chemisch."

Ich konnte nur lachen. „Erstens, sehe ich aus, als würde ich oft zur Reinigung gehen?" Ich trug Jeans und einen Pullover. Das war nicht, was ich zu einer Party oder einem Event anziehen würde, aber das Büro war ziemlich entspannt. Es gab keinen Grund, den ganzen Tag in Anzug und High Heels zu stecken, wenn ich hauptsächlich per E-Mail oder Facetime-Chats mit Klienten kommunizierte.

„Du könntest wirklich ein Update deiner Garderobe gebrauchen", sagte sie nachdenklich und legte ihre Füße auf meinen Schreibtisch. „Du bist angezogen wie die Begrüßerin in einem Discounter."

„Was?", fragte ich empört. „Bin ich nicht. Trag ich etwa eine blaue Weste und hässliche, schwarze, orthopädische Schuhe?"

„Nein, aber –"

„Nein, nein, nein, nein, nein, nein! Was ich trage, ist Business Casual. An einer gutsitzenden Jeans, einem netten Pullover und süßen Schuhen ist nichts falsch."

Charlotte blickte auf meine Canvas-Sneaker mit einem sich wiederholenden Hundeprint. „Ich denke, wir müssen an deinem Verständnis von altersgerechter Kleidung arbeiten."

„Ach, komm schon. Die sind süß." Ich setzte mich auf einen Stuhl neben sie und legte meinen Fuß neben ihren. „Hunde mit raushängender Zunge. Supersüß. Gib's zu."

„Na gut." Sie stellte beide Füße wieder auf den Boden. „Supersüß, aber sie passen trotzdem nicht ins Büro. Zu dieser Jeans und dem Pullover würden kniehohe Stiefel viel besser aussehen."

„Das ist … ja, okay. Da hast du recht." Ich musste ihr das lassen. Meine Schuhe platzierten mich eindeutig in der Wochenend-Kategorie. „Aber das spielt keine Rolle. Wir haben heute keine Termine."

Es klopfte an der Tür, und ein vertrauter Mann in einem schmal geschnittenen Anzug trat ein.

Charlotte holte scharf Luft und fächelte mit der Hand, ohne ihre Bewunderung für den Mann zu verbergen.

Ich stand auf und ging ihm entgegen, die Arme ausgebreitet. „Brix. Was bringt dich heute her?"

Der große blonde Mann beugte sich herunter und umarmte mich. „Ich war in der Stadt und dachte, ich schaue bei meiner Lieblingspartnervermittlerin vorbei."

Ich trat zurück und musterte ihn misstrauisch. „Was genau macht ein Special Agent der Magical Task Force in Premonition Pointe? Bitte sag mir nicht, dass jemand vermisst wird. Oder doch?" Ich legte eine Hand an meine Schläfe und kämpfte gegen den sofortigen Kopfschmerz, der immer aufkam, wenn ich an die Ereignisse dachte, die vor ein paar Monaten in meiner Heimatstadt passiert waren, als eine alte Freundin und Kennedy entführt worden waren. Ein Schauer lief mir den Rücken hinunter und ließ mich zittern.

„Nein, nein. Nichts derartiges", sagte er locker. „Ich verfolge nur eine Spur in einem Fall, an dem ich schon eine Weile arbeite. Nichts, worüber du dir Sorgen machen musst."

„Magical Task Force?", fragte Charlotte mit der Stimme einer schüchternen Fünfjährigen.

Konnte sie schuldiger klingen? Ich bezweifelte, dass Brix, ein hochrangiger Agent der MTF, wegen ihres versehentlichen Fluches im *Hallucinations* hier war. Aber da eines der Opfer ein prominenter Schauspieler war, war es besser, es nicht zu erwähnen. „Brix, ich möchte dir meine Schwester Charlotte vorstellen."

„Charlotte, schön, Sie kennenzulernen", sagte er und bot ihr die Hand an.

Meine Schwester ergriff sie mit beiden Händen und sagte: „Es ist wirklich schön, Sie kennenzulernen. Ein Mädchen lernt nicht jeden Tag einen echten Gott kennen."

„Gott?" Brix sah zu mir und lachte. „Sie beliebt zu scherzen, oder?"

„Leider nicht", sagte ich. „Das hast du davon, dass du so verdammt gut aussiehst."

Wenn Charlotte mit Flirten ablenken wollte, war ich voll dabei.

„Hör auf", sagte er und schüttelte den Kopf. Aber dann schmunzelte er und spielte mit. „Ihr schafft es noch, dass ich rot werde."

„Setzen Sie sich hierhin, Brix", sagte Charlotte und führte

ihn zu dem Stuhl gegenüber meinem Schreibtisch. „Erzählen Sie mir, haben Sie eine Freundin?"

„Nun, nein –", begann er.

„Daten Sie jemanden?"

„Warum? Fragen Sie mich aus?", neckte er.

„Würden Sie Ja sagen, wenn ich es täte?" Charlotte drehte eine ihrer Locken um einen Finger und trug extrem dick auf.

„Auf jeden Fall. Drinks? Abendessen? Ein Wochenende in der Karibik?"

Charlotte schnaubte. „Sie wissen wirklich, wie man ein Mädchen umwirbt, oder?"

„Ich gebe mir Mühe." Der Stolz in seiner Miene war bewundernswert.

„Aber ich kann nicht mit Ihnen ausgehen", sagte Charlotte voller Bedauern. „Das wäre unethisch."

Ich runzelte die Stirn und fragte mich, worauf sie hinauswollte. Den Altersunterschied? Brix war Anfang fünfzig, während Charlotte erst achtundzwanzig war. Und obwohl das ein ziemlich großer Altersunterschied war, bedeutete das nicht, dass es unethisch wäre, ihn zu daten. Zumindest nicht, wenn sie keinen illegalen Zwangszauber gewirkt hätte, während er Leute jagte, die ihre Kräfte missbrauchten.

„Warum das?", fragte er und neigte interessiert den Kopf.

„Weil Sie mein allererster Klient werden. Marion hat mich als Partnerin aufgenommen, und ich kann mir keinen besseren ersten Klienten vorstellen als den attraktivsten Mann, den ich je … gesehen habe."

„Ach so?", fragte er neugierig. „Partner?"

„Sowas in der Art", sagte sie mit einem Augenzwinkern.

Brix sah mich an, und ich schüttelte kaum merklich den Kopf. „Wir werden sehen, wie es läuft."

„Wie auch immer." Charlotte tippte auf eine Taste, um den

Computer aufzuwecken, obwohl ich wusste, dass sie keine Ahnung von meinen Systemen hatte. „Was sagen Sie, Brix? Bereit, Ihre Traumpartnerin zu finden?"

„Was, wenn ich schon eine gefunden habe?", fragte er und ließ seinen Blick über ihren Körper gleiten.

Charlotte wedelte mit ihrem Zeigefinger vor ihm. „Benehmen Sie sich. Ich habe schon erklärt, dass es unethisch wäre, mit einem Klienten auszugehen."

„Ich habe mich noch nicht als Klient verpflichtet", bemerkte er.

„Aber das werden Sie", sagte sie zuckersüß. „Marion, wann ist unser nächstes Event?"

„Donnerstag im *Cryptic*. Das ist eine Buchhandlung in der Stadt. Es gibt Wein und Häppchen. Einfach ein typisches Kennenlern-Event, nur dass diesmal mein Klient einen gleichgeschlechtlichen Partner sucht. Brix, Interesse an einem Date mit einem Mann?"

„Kann ich nicht sagen. Oder zumindest noch nicht", bemerkte er locker.

„Dann vielleicht beim nächsten Mal", fügte ich mit einem gespielten Schmollmund hinzu.

„Warten Sie, es wird auch eine Klientin da sein", sagte Charlotte.

„Oh, wirklich? Wer?", fragte ich, neugierig, was sie vorhatte.

„Ich. Du hast gesagt, du wirst meinen Traumpartner finden, schon vergessen?"

„Oh, ja, stimmt." Ich hatte noch nicht viel darüber nachgedacht, jemanden für Charlotte zu finden, hauptsächlich, weil wir vereinbart hatten, damit zu warten, bis wir herausgefunden hatten, warum sie Leute versehentlich verfluchte. Aber es sah so aus, als wollte sie das beschleunigen.

„In dem Fall bin ich dabei." Brix stand auf und drehte sich zu mir. „Wann soll ich da sein?"

Ich schluckte einen Seufzer herunter und wünschte, meine Schwester hätte das nicht angezettelt. Jetzt musste ich mir Sorgen machen, dass er herausfinden könnte, dass sie die halbe Stadt mit einem belegt hatte. „Sechs Uhr."

„Ich freue mich drauf." Er nickte Charlotte zu und drückte meine Schulter, als er hinausging.

Die Tür fiel hinter ihm ins Schloss, und ich drehte mich zu Charlotte um. „Was war das bitte? Welchen Teil davon, dass er für die Magical Task Force arbeitet, hast du nicht verstanden? Weißt du, was passieren könnte, wenn er herausfindet, dass du illegal Leute verflucht hast?"

„Ja. Ich weiß genau, was mit Frauen passiert, die zu viel Macht haben. Besonders unerwartete Macht", sagte sie dramatisch. „Aber indem wir ihn zur Party einladen, können wir ein Auge auf ihn haben, und er wird uns nicht verdächtigen, wenn wir ihn ermutigen zu bleiben."

„Er hat uns sowieso nicht verdächtigt", sagte ich und warf frustriert die Hände in die Höhe. „Brix ist ein Freund. Das ist der einzige Grund, warum er vorbeigekommen ist."

„Das weißt du nicht." Charlotte ging jetzt auf und ab. „Ich meine, ich bin sicher, er ist dein Freund, aber du weißt nicht, ob das der einzige Grund ist, warum er vorbeigekommen ist. Er könnte uns ausgetestet haben, oder?"

„Vielleicht, aber ich bezweifle es." Obwohl er meine Agentur schon einmal als Tarnung benutzt hatte, als er den Fall von Kieras Verschwinden untersucht hatte. Charlottes Theorie mochte paranoid wirken, aber sie war nicht ganz abwegig. War der Fluch im *Hallucinations* etwas, woran Brix arbeiten würde? Er war heutzutage wählerisch mit seinen Fällen und entschied selbst, welche er übernahm. Was, wenn

Damon Grant den Fluch untersuchen ließ? Hätte er genug Einfluss, um Brix hinzuzuziehen?

Kopfschüttelnd wedelte ich mit den Händen. „Das macht mich verrückt. Also gut. Halte deine Freunde nah und deine Feinde noch näher. Das ist eine solide Strategie. Aber sei dir bewusst, dass ich Brix nicht für meinen Feind halte, und ich will ihn nicht in eine schwierige Lage bringen, wenn er herausfindet, dass du der Ursprung von Akne und ED bist."

Charlotte hob ihr Kinn und wandte den Blick ab. „Ursprung von Akne und ED. Du weißt, wie man einem Mädchen das Gefühl gibt, was ganz Besonderes zu sein. Das weißt du, oder?"

„Dafür bin ich da. Um meinen Klienten Selbstbewusstsein und ein gutes Gefühl zu vermitteln."

Sie schnaubte und tippte auf eine Taste, um den Computer wieder aufzuwecken. „Wenn ich am Donnerstag einer der Ehrengäste bei dieser Party sein werde, müssen wir Männer für mich finden."

„Da hast du wohl recht. Rutsch rüber. Nachdem du den Fragebogen ausgefüllt hast, lasse ich dich durch den Computer laufen, um ein paar passende Traumpartner für dich zu finden."

„Du willst mir sagen, dass nach all den Jahren, in denen du von deinen Fähigkeiten im Auralesen geschwärmt hast, der Computer die Arbeit macht?" Sie schnalzte mit der Zunge. „Marion, das ist Betrug."

„Ist es nicht", sagte ich lachend. „Das dient nur dazu, die Auswahl einzugrenzen. Ich muss immer sehen, wie meine Klienten interagieren und, ja, ihre Auren prüfen. Wenn du jetzt anfangen willst, jemanden zu finden, rutsch rüber, damit ich meine Magie wirken kann."

Das Wort Magie ließ ihre Augen trüb werden. Sie starrte

auf ihre Fingerspitzen und sagte: „Ich weiß immer noch nicht, was im Spa passiert ist."

„Ich weiß", sagte ich leise. „Ich auch nicht. Aber wenn wir hier fertig sind, rufe ich Iris an und sehe, ob sie Licht ins Dunkel bringen kann. Okay?"

„Ja, okay. Es ist nicht so, dass ich mich beschwere. Wenn Bradley geheilt bleibt, ist das super. Ich hab' nur Angst, dass, wenn wir sowas wieder versuchen, meine Magie nach hinten losgeht und dann uns beide trifft."

„Wir werden nichts ohne Tests versuchen, okay?", fragte ich.

„Tests. Richtig." Sie schloss die Augen, atmete tief ein und ließ die Luft langsam aus. Als sie die Augen wieder öffnete, sagte sie: „Lass uns das machen. Zeig mir meinen Traumpartner."

KAPITEL 10

„Was machen wir hier?", fragte Charlotte, als wir den Pfad entlanggingen, der zum Kreis des Hexenzirkels führte. „Mein Mittagessen hält nicht ewig vor, weißt du."

Der Mond stand hoch am Himmel, und Kälte kam vom Meer herüber, das gerade hinter der Klippe lag. „Wir werden mit meinen Hexenzirkelfreundinnen über das sprechen, was im Spa passiert ist."

Charlotte versteifte sich. „Du meinst, du hast es ihnen schon erzählt?"

Ich runzelte die Stirn und fragte mich, warum sie so nervös war. „Ja. Sie wissen viel mehr über Magie als ich. Iris weiß bereits, dass du versehentlich eine Menge Leute verflucht hast. Sie dachte, der Fluch würde von selbst verschwinden. Doch offensichtlich ist das nicht passiert ... oder zumindest noch nicht. Aber hauptsächlich will ich ihre Meinung dazu, wie wir es geschafft haben, Bradley plötzlich zu heilen. Ich bin keine Heilerin. Und du auch nicht."

„Das war wahrscheinlich nur ein Zufall." Sie blieb stehen und rührte sich nicht weiter.

Ich neigte den Kopf zur Seite und studierte sie. „Willst du den Leuten, die durch den Fluch geschädigt wurden, nicht helfen?"

„Natürlich will ich das." In ihrer Stimme lag Wut und Empörung. „Ich weiß einfach … nicht."

„Was weißt du nicht?" Ich versuchte wirklich, sie zu verstehen.

„Ich will keine Zauber mehr wirken. Ich habe Angst vor dem, was passieren könnte."

Ach, natürlich. Das hätte ich mir denken sollen. „Deshalb treffen wir uns mit dem Hexenzirkel; damit wir das in Ordnung bringen können. Willst du den Rest deines Lebens damit verbringen, Angst zu haben, dass du jemanden versehentlich verfluchen könntest?"

Sie schüttelte den Kopf. „Ich dachte, ich würde nie wieder einen Zauber wirken … nie wieder."

Ich griff nach ihrer Hand, drückte sie und blickte auf die Magie, die zwischen unseren Fingern pulsierte. „Siehst du das?"

Charlotte versuchte, ihre Hand wegzuziehen, aber ich ließ sie nicht. „Weglaufen vor dem, was das ist, hilft nicht, Char. Vertrau mir. Weglaufen funktioniert nie. Was mit uns passiert … ich weiß nicht, warum oder wie. Aber da wir beide Hexen sind, denke ich, dass solche unvorhersehbaren Dinge dazugehören. Hexen können manchmal Zauber oder Flüche auslösen, indem sie nur an etwas denken. Der einzige Weg nach vorn ist, unsere Macht so gut wie möglich zu kontrollieren. Findest du nicht auch?"

„Vermutlich." Sie starrte auf die Grasbüschel auf dem Pfad.

„Manchmal wünschte ich, ich wäre einfach ein normaler Mensch."

Ich lachte. „Hast du das noch nicht kapiert?"

Sie hob den Blick. „Was soll ich kapiert haben?"

„Niemand ist normal. Jeder hat seinen eigenen Mist zu bewältigen. Unserer ist nur ein bisschen intensiver."

„Intensiv. Ja, so kann man das wohl auch nennen."

„Marion, du bist schon da!", sagte Carly lächelnd, als sie und Joy auf dem Pfad auftauchten.

„Heilige Scheiße", flüsterte Charlotte. „Das ist Carly Preston!"

Carlys klares, glockenartiges Lachen erfüllte die Luft. „Wie sie leibt und lebt."

Ich beugte mich zu Charlotte und flüsterte: „Ich hab' dir doch gesagt, dass Carly zum Hexenzirkel gehört."

„Ich weiß, aber das ist mir erst jetzt richtig klar geworden." Charlotte drehte sich zu Carly um. „Wow. Es ist so schön, dich kennenzulernen. Und darf ich sagen, dass du persönlich noch hübscher bist als auf der Leinwand? Normalerweise erwartet man ja, dass Filmstars im echten Leben normaler wirken, aber du …" Charlotte atmete aus. „Du strahlst."

Carly schenkte meiner Schwester ein herzliches Lächeln. „Das ist wahnsinnig nett von dir. Danke. Du bist auch bezaubernd. Mit diesem Gesicht wundert es mich, dass noch niemand versucht hat, dich für die große Leinwand zu gewinnen."

„Ich? Eine Schauspielerin?" Charlotte legte eine Hand aufs Herz. „Ich bezweifle ernsthaft, dass jemand mich engagieren würde. Ich kann nicht einmal den Wochentag behalten, geschweige denn ein ganzes Skript mit Dialogen. Modeln würde mir besser gefallen. Nicht, dass ich denke, ich wäre dünn genug dafür."

„Das braucht Zeit, um sich daran zu gewöhnen, da hast du recht", sagte Carly. „Was Modeln angeht, gibt es heutzutage Gott sei Dank Möglichkeiten für alle Größen. Richtig, Joy?"

„Absolut", sagte Joy. „Ich habe gerade Aufnahmen für eine Hautpflegelinie gemacht, und wir hatten Männer und Frauen in allen Größen dabei."

„Wirklich? Das klingt interessant." Sie wandte sich Joy zu. „Würde es dir was ausmachen, wenn ich dich irgendwann über das Modeln ausfrage? Ich will dich nicht belästigen oder so, nur eine Vorstellung bekommen, wo ich anfangen könnte und was mich erwartet."

„Klar. Ich würde mich freuen. Alles für Marions Schwester." Joy legte ihren Arm um meine Schulter und drückte mich. „Marion ist jetzt eine von uns."

„Sie gehört zu einem Hexenzirkel?", fragte Charlotte überrascht.

„Oh nein", sagte ich und wedelte mit der Hand. „Joy meint –"

„Ich meinte, dass wir sie als Mitglied des Hexenzirkels wollen", unterbrach Joy mich. Sie lachte leise. „Vielleicht hätte ich das nicht so beiläufig erwähnen sollen." Sie drehte sich zu mir um. „Wir wollten dich Anfang dieser Woche ansprechen, aber nach allem, was bei dir los war, haben wir beschlossen, dich zu unserem nächsten Hexenzirkeltreffen einzuladen. Da wir jetzt eine spontane Zusammenkunft haben, dachte ich, es ist Zeit, die Katze aus dem Sack zu lassen."

„Wow." Charlotte sagte es leise. „Mitglied eines Hexenzirkels. Das ist … wow."

Die Worte meiner Schwester spiegelten genau wider, was ich empfand. Als ich nach Premonition Pointe gekommen war, war meine einzige echte Fähigkeit das Sehen von Auren.

Seitdem hatte ich ein magisches Messer bekommen, das meine Macht zu verstärken schien, und jetzt hatte ich irgendeine magische Verbindung mit meiner Schwester entwickelt. Es war alles ein bisschen überwältigend. Ich begegnete Joys Blick. „Ich weiß wirklich nicht, was ich sagen soll."

„Sag jetzt nichts", sagte sie. „Wir reden mehr, wenn der Rest des Zirkels da ist. Komm, lass uns den Kreis vorbereiten."

Sobald wir die Klippe erreichten, die das Meer überblickte, ging Charlotte zum Rand und starrte wie gebannt auf das tosende Wasser darunter. Ich hielt mich zurück und beobachtete sie nur. Ich hatte viele Jahre damit verbracht, meine Schwester nicht zu verstehen, und sogar darüber verbittert zu sein, dass sie nicht nur meinen Dad, sondern auch mich verlassen hatte. Seit sie in Premonition Pointe war, begann ich zu akzeptieren, dass sie ihre eigenen Traumata mit unserer Mutter überwinden musste. Und obwohl sie so schnell wie möglich von mir und Dad weggelaufen war, lag es wahrscheinlich daran, dass sie vor dem Chaos ihres jungen Lebens geflohen war.

Jetzt war sie hier und knüpfte als Erwachsene neue Verbindungen. Und obwohl sie ihre emotionale Rüstung trug, seit sie mein Haus betreten hatte, begann sie, dünner zu werden, und zurück blieb eine verletzliche junge Frau, die nur ihren Weg finden wollte, während sie sich mit ziemlich aufwühlenden Umständen auseinandersetzte. Dass sie ihre Rüstung aufgab und sich ein wenig auf mich stützte, erfüllte mein Herz. Es war schön, sie zurückzuhaben.

Während Carly und Joy einen Salzring streuten und ihn mit Kerzen rahmten, trat ich neben Charlotte und sagte: „Wir schaffen das zusammen."

„Versprochen?"

„Versprochen."

Charlotte hakte ihren kleinen Finger in meinen. Meine Augen wurden feucht. Das Bild einer verängstigten Achtjährigen, die im Garten stand, als unsere Mutter das letzte Mal gegangen war, blitzte in meinem Kopf auf. Das war kurz vor meinem Dreißigsten gewesen, und ich war noch dabei gewesen, mein Geschäft aufzubauen, als meine Mutter mich anrief. Sie sagte, sie habe einen Notfall, und ich sollte auf Charlotte aufpassen. Wir waren noch dabei, uns kennenzulernen, da ich Charlotte, bevor meine Eltern wieder zusammengekommen waren, nie gesehen hatte. Aber an diesem Nachmittag, als ich ankam, waren die Taschen meiner Mutter gepackt, und zwei Töchter – eine noch ein junges Mädchen, die andere eine Frau – sahen zu, wie unsere Mutter unsere Familie endgültig verließ.

Die Erinnerung verursachte ein Stechen in meiner Brust. Aber an diesem Abend war eine tiefgehende Verbindung zwischen diesen beiden Mädchen entstanden. Und das geschah, als Charlotte ihren kleinen Finger um meinen gelegt hatte, während wir dort standen, beide gebrochen, aber zusammen stärker.

„Hey", sagte Iris leise hinter uns.

Charlotte ließ meinen kleinen Finger los, und wir drehten uns um und sahen, dass alle sechs Hexen des Zirkels angekommen waren. Alle außer Iris hatten sich schon im Kreis aufgestellt und hielten Kerzen, als wären sie bereit für ein Ritual.

„Hey." Ich nickte zum Kreis. „Was ist der Plan?"

„Wir werden die Göttin der Hexen rufen und sehen, ob wir eine Antwort darauf bekommen können, warum Charlottes Magie verrücktspielt."

„Äh, die Göttin der Hexen?", fragte Charlotte und sah aus,

als wolle sie weglaufen.

Ich ergriff wieder ihre Hand, wodurch unsere magische Verbindung aufblitzte.

Iris' Blick fiel auf unsere Hände. „Wow. Das ist echt was."

„Stimmt." Ich konzentrierte mich darauf, die Magie zu dämpfen, und das Leuchten, das unsere Finger umgab, wurde schwächer, bis ich es kaum noch sehen konnte.

„Sei nicht nervös, Charlotte", sagte Iris mit beruhigender Stimme. „Das haben wir schon oft gemacht. Eine Göttin zu rufen ist für uns ganz normal."

„Das klingt schwer zu glauben", sagte Charlotte, aber sie folgte, als Iris zurück zum Kreis ging.

Iris reichte mir eine unangezündete Kerze. „Marion, du solltest neben mir im Kreis stehen. Charlotte, wir brauchen dich in der Mitte."

Charlotte blieb wie erstarrt stehen, ihre Augen weiteten sich, und sie fragte: „Was? Warum ich?"

„Weil wir Antworten für dich suchen", sagte Iris und nickte zum Kreis. „Der Mond ist voll und hell. Wir sollten das besser erledigen, bevor die Wolken kommen."

Nach einem Blick zum Himmel machte Charlotte einen zögernden Schritt. Und dann noch einen. Und einen weiteren, bis sie endlich an ihrem Platz war.

Ohne Vorwarnung hob Gigi Martin die Hände und sagte: „Göttin der Hexen, erleuchte unseren Weg. Gib uns Licht, um uns zu deiner Weisheit zu führen."

Alle sieben weißen Stumpenkerzen flammten auf und erhellten unsere Gesichter in der dunklen Nacht.

Charlotte starrte, als hätte sie noch nie gesehen, wie eine Hexe eine Kerze magisch anzündete.

„Vom Feuer und der Erde zur Luft und zum Meer rufen wir unsere Göttin der Hexen!", rief Gigi. „Wir bitten demütig um

Antworten auf unsere Fragen. Aus unseren Herzen und Gedanken beten wir, dass du uns mit deiner Gegenwart und dem Wissen und der Weisheit, die du sprichst, segnest. Mit offenen Seelen bitten wir dich, dich zu offenbaren, so sei es."

„So sei es", sagte der Hexenzirkel wie aus einem Mund.

Ein Ring aus Feuer flammte um Charlotte auf, was sie keuchen und einen Schritt zurücktreten ließ. Dann machte sie schnell einen wackeligen Schritt nach vorn, um sich nicht zu verbrennen.

„Es funktioniert", flüsterte Iris mir zu.

Daran zweifelte ich nicht. Magie bedeckte meine Haut und gab mir das Gefühl, beinahe unbesiegbar zu sein.

„Hebt eure Arme!", rief Gigi, und jeder außer Charlotte hob die Arme. „Heb auch deine, Charlotte!"

Diesmal gehorchte Charlotte.

Der Wind nahm zu, aber er war nicht kalt. Die Wellen wurden lauter, und als eine große Welle gegen die Klippe schlug, wehte die Gischt über uns.

Der Mond schien Charlotte ins Rampenlicht zu rücken, während der Hexenzirkel gemeinsam in einer Sprache sang, die ich für Latein hielt.

Dann war der Wind plötzlich weg, und Charlotte stand aufrecht da, blonde Haare ersetzten ihre roten Locken und fächerten sich um sie aus, als wären sie statisch aufgeladen.

„Hekate", murmelte Gigi. „Göttin", sagte sie ehrfürchtig, während sie eine leichte Verbeugung machte. Jede von uns folgte ihrem Beispiel, während Charlotte – nein, nicht Charlotte, Hekate, die Göttin der Hexen – uns ein nachsichtiges Lächeln schenkte.

„Kind", sagte sie mit einem Nicken und blickte dann zum hellen Vollmond hinauf. Ihr Lächeln wurde weicher und dankbarer. „Du hast den Kreis für deinen Hexenzirkel gut gewählt."

„Danke", sagte Gigi. „Und danke, dass du unserem Ruf gefolgt bist. Wir suchen nur Antworten."

Hekate nickte Gigi anerkennend zu. „Fahrt fort."

„Unsere Freundin Charlotte, die Hexe, die dich beherbergt, konnte ihre Magie kürzlich nicht kontrollieren. Was leider unbeabsichtigt Chaos verursacht hat. Wir hatten gehofft, du könntest uns helfen, den Grund zu verstehen."

„Das ist einfach, meine Kinder. Eure Freundin wurde verflucht, andere zu verfluchen. Aber ihr habt schon die Antworten, die ihr sucht. Ihr müsst nur die Augen dafür öffnen. Nehmt euch in Acht vor Feinden, besonders denen mit Einfluss auf eure Herzen."

Der Wind nahm wieder zu, und genauso schnell erlosch der Feuerring, sodass wir alle im Kerzenlicht zurückblieben.

Charlotte schwankte und stolperte kurz, bevor sie ihr Gleichgewicht wiederfand. Ihr Blick begegnete meinem. „Was ist gerade passiert?"

„Hekate war hier", sagte ich, meine Stimme rau vor Emotion. Die Göttin der Hexen hatte uns mit ihrer Gegenwart beehrt. Ich hatte von Hexenzirkeln gehört, die sie riefen, aber die Erfolgsquote war gering, und ich hatte noch nie von einem Erlebnis gehört, bei dem sie direkt mit den Hexen sprach, die sie beschworen hatten. Ihre Botschaft war immer kryptisch, dann verschwand sie. Und obwohl die, die sie uns heute gegeben hatte, kryptisch schien, war sie nicht schwer zu entschlüsseln.

Wir hatten schon die Antworten, die wir suchten, und sollten uns vor Feinden mit Einfluss auf unsere Herzen in Acht nehmen. Für mich war klar, dass die Macht, die Charlotte und ich teilten, ihren Fluch brechen würde und dass wir vor unserer Mutter auf der Hut sein mussten. Ich zweifelte nicht daran, dass, was immer mit Charlotte geschah, irgendwie von unserer Mutter verursacht worden war.

Iris tat ihr Bestes zu erklären, was passiert war. Charlotte schien in einem Schockzustand zu sein. Sie schüttelte immer wieder den Kopf und bestand darauf, dass sie sich an nichts erinnerte.

„Das ist okay, Char. Sie hat die Botschaft an uns weitergegeben, und das ist alles, was zählt", sagte ich. „Lass uns nach Hause gehen und Abendessen machen. Wir entscheiden, wie es weitergeht, nachdem wir was gegessen haben."

„Ich habe wirklich keinen Hunger", sagte sie.

„Du hattest welchen, bevor wir die Beschwörung gemacht haben", erinnerte ich sie. „Ich bin sicher, sobald du den Duft von frisch gekochtem Essen riechst, kommt dein Appetit zurück."

Sie wirkte nicht überzeugt, nickte aber trotzdem.

Joy räusperte sich. „Äh, Leute? Ich habe die Katze wohl schon aus dem Sack gelassen."

„Welche Katze?", fragte Grace Valentine, während sie die Kerzen einsammelte und in einen Beutel legte.

„Die, dass wir geplant haben, Marion einzuladen, dem Hexenzirkel beizutreten." Sie warf ihnen ein nervöses Lächeln zu. „Ist mir einfach so rausgerutscht."

Carly schnaubte. „Ja, das kann ich bestätigen."

„Und, was hast du gesagt, Marion?", fragte Hope Anderson mit einer Hand auf der Hüfte und einer Menge Erwartung in ihrem dunklen Blick.

„Noch nichts, ich –"

„Sag Ja!", riefen alle sechs im Chor.

Mein Innerstes wurde zu Gelee, als die Welle ihrer Liebe über mich hereinbrach. Wie hatte ich so viel Glück haben können, in meiner neuen Stadt derart gute Freundinnen zu finden? Natürlich waren Carly und ich schon Freundinnen gewesen, als wir in L.A. gelebt hatten, aber das garantierte nicht, dass ihr Hexenzirkel mich so herzlich einladen würde. Mit einem Kloß im Hals und einer Seele voller Dankbarkeit sagte ich: „Ja."

KAPITEL 11

„*M*om hat mich nicht verflucht", beharrte Charlotte. „Ich wüsste es, wenn sie es getan hätte."

„Wie?", fragte ich und schob mir ein Stück Kuchen in den Mund. Wir waren wieder bei mir zu Hause, saßen auf dem Sofa und aßen Brombeerkuchen, den Tante Lucy für uns dagelassen hatte. Minx lag zwischen uns und beobachtete aufmerksam, ob vielleicht Krümel für sie abfallen würden.

„Was meinst du mit wie? Wenn sie mich verflucht hätte, würde ich das doch spüren, oder?"

Ich zuckte mit den Schultern. „Möglich. Aber was, wenn sie es getan hat, während du geschlafen hast? Oder betrunken warst? Oder wenn sie dir was ins Essen oder in ein Getränk gemischt hat? Ich denke, es ist unmöglich, das mit Sicherheit zu sagen. Außerdem, wenn du verflucht wurdest, hat es jemand getan, oder? Du hast schon gesagt, dass dir nichts Ungewöhnliches aufgefallen ist, das das verursacht haben könnte."

„Ich weiß, aber … Mom würde mich nie verfluchen. Da bin

ich mir sicher." Sie hatte die Worte gesagt, aber in ihrem Ton lag keine Überzeugung.

„Char", seufzte ich.

Sie schloss die Augen. „Ich weiß, Marion. Ich weiß. Ich kann einfach nicht fassen, wie eine Mutter ihre eigene Tochter verfluchen könnte." Wut blitzte hell in ihren Augen auf. „Da muss ein Faden des Bösen in einer Person lauern, um sowas zu tun. Ich weiß, unsere Beziehungen zu ihr sind kompliziert, aber ich hätte nie gedacht, dass sie so kompliziert werden würden."

„Ich weiß." Wir saßen lange schweigend da und knabberten am Kuchen herum. Ich stellte meinen auf den Couchtisch. „Ich habe keinen Hunger mehr."

„Ich auch nicht." Charlotte stand auf, nahm meinen Teller und brachte beide in die Küche.

Ich blickte auf die Uhr. Es war weit nach zehn, und zum ersten Mal an diesem Abend dachte ich an Jax. Hatte er nicht gesagt, er würde mich anrufen? Ich zog mein Handy aus der Tasche und sah nach, ob er mir eine Nachricht geschickt hatte. Nichts.

Das war sehr seltsam. Auch wenn wir keine Pläne gemacht hatten, war es ungewöhnlich, dass wir die Nacht getrennt verbrachten. Und wenn wir es taten, sprachen wir immer vor dem Schlafengehen. Ein Keim der Sorge setzte sich in meinem Bauch fest. Es war nicht typisch für Jax, nicht einmal anzurufen, besonders nachdem er gesagt hatte, er würde es tun.

Ich scrollte schnell durch meine Kontakte und wählte seine Nummer. Der Anruf wurde sofort auf seine Mailbox weitergeleitet, was darauf hindeutete, dass sein Akku entweder tot oder das Handy ausgeschaltet war. „Jax, ich bin's Marion.

Ruf mich an, wenn du das abhörst. Heute war ein Tag für die Geschichtsbücher."

Charlotte tauchte wieder auf und hob neugierig eine Augenbraue. „Kein heißer Bauarbeiter heute Nacht?"

„Sieht nicht so aus." Ich erzählte ihr nicht, dass er wegen ihres Hundes nicht kommen würde. Nach unserem Zusammenhalt heute wollte ich das nicht zerstören, indem ich etwas ansprach, das ihr ein schlechtes Gewissen bereiten könnte.

„Schade." Sie schenkte mir ein freches Grinsen. „Ich muss zugeben, ihm mitten in der Nacht über den Weg zu laufen, war der Höhepunkt meiner Woche. Verdammt, Marion. Für einen alten Sack ist er zum Sabbern."

„Er ist nicht alt", beharrte ich. „Und ja, ich stimme zu. Er ist sehr attraktiv."

„Oh, gar nicht alt. Klar, red' dir das nur weiter ein. Ehe du dich versiehst, bekommst du Werbung für Seniorenrabatte, und du wirst draußen Leute ankeifen, von deinem Rasen runterzugehen." Sie kicherte, und obwohl sie mich wegen meines Alters aufzog, störte es mich nicht. Ich mochte diese Charlotte. Die verspielte, die voller Lächeln und Spaß war.

„Wovon redest du?", fragte ich. „Ich bekomme schon Seniorenrabattangebote, und letzte Woche hab ich Kinder angeschrien, die mit ihren Fahrrädern durch mein Blumenbeet gefahren sind."

„Nicht durch die Tulpen!", keuchte sie entsetzt. „Die haben Plattfüße und wunde Hintern verdient."

Ich brach in schallendes Gelächter aus. „Das kannst du laut sagen."

Ruhe legte sich über uns, und nach einem Moment sagte ich: „Ich denke, wir sollten ausprobieren, was unsere Magie kann."

Sie blinzelte mich an. „Was?"

„Ich bin ziemlich sicher, dass der Schlüssel, deinen Fluch zu brechen, darin liegt, unsere Magie zu kombinieren. Wenn dem so ist, denke ich, wir sollten das erkunden. Sobald wir uns sicher fühlen, können wir die Leute aufspüren, die am Abend deiner Ankunft im *Hallucinations* waren, um sie von ihren Beschwerden zu heilen. Vielleicht sogar deinen Ex finden und den Zwangszauber, mit dem du ihn belegt hast, rückgängig machen."

„Das ist …" Sie schüttelte den Kopf. Dann schloss sie die Augen und schlug die Hände vor ihr Gesicht. Schließlich murmelte sie: „Was, wenn ich dich versehentlich verfluche?"

„Natürlich kann ich nicht garantieren, dass es nicht passiert, aber ich bin bereit, das Risiko einzugehen."

Sie ließ die Hände sinken. „Warum?"

„Weil ich dabei war, als wir Bradley geheilt haben. Ich weiß, wie sich das angefühlt hat, und ich glaube wirklich nicht, dass irgendwas passieren wird. Nach dem, was Hekate gesagt hat –"

„Das war wirklich vage, Marion", beharrte sie.

„So vage war das nicht. Und es fühlt sich für mich richtig an. Ich vertraue dir. Kannst du mir vertrauen?"

„Verdammt!" Charlotte biss die Zähne zusammen und stand schließlich auf. „Na gut. Lass uns das machen, aber ich will festhalten, dass ich skeptisch bin und nicht garantieren kann, dass du den Abend nicht mit einer Warze auf der Nase beendest."

„Ich bin ziemlich sicher, dass Lance eine Behandlung für Warzen hat. Aber vielleicht gibt dir *das* bei der ganzen Sache ein besseres Gefühl." Ich griff in meine Tasche und holte das Messer heraus, das mich erst vor wenigen Wochen erwählt hatte. Mit meiner Hand um den Griff leuchtete die Klinge blau, und ein Faden Magie pulsierte meinen Arm hinauf.

„Was genau willst du damit machen? Mir ins Herz stechen, falls mein Fluch dir die weibliche Version von ED beschert?"

„Weibliche Version von ED? Was genau ist das? Mangel an Lust? Ich verspreche dir, da besteht keine Gefahr. Nicht mit dem heißen Bauarbeiter-Freund in der Nähe. Aber egal, ich verspreche, dich nicht damit zu erstechen. Das ist nur, um meine Magie zu kontrollieren. Mir wurde gesagt, es macht mich mächtiger. Wenn du versuchst, mich zu verfluchen, wehre ich es einfach ab."

„Ich bin mir nicht sicher, Marion."

„Ich weiß, aber du wirst es trotzdem machen, oder?"

„Wahrscheinlich schon."

„Gut. Dann komm jetzt her." Ich deutete auf den Platz neben mir in der Mitte des Wohnzimmers.

Sie gehorchte und runzelte dann die Stirn. „Und jetzt? Willst du, dass ich dich einfach verzaubere oder so?"

„Nein. Du wirst etwas anderes verzaubern, und dann werden wir es gemeinsam rückgängig machen."

Minx sprang vom Sofa und floh ins Gästezimmer.

Ich lachte.

„Kluger Hund", sagte Charlotte.

„Definitiv." Ich sah mich im Raum um und suchte nach etwas, das wir für unsere Übung nutzen konnten. Da. Die hölzerne Eulen-Uhr, die ich vor ein paar Monaten auf einem Flohmarkt gekauft hatte. Ich drehte mich um und zeigte darauf. „Meinst du, du kannst einen Zauber auf die Uhr da wirken? Damit sich die Augen der Eule bewegen, zum Beispiel?"

„Ich kann's versuchen, aber ich hoffe, du hängst nicht an dem hässlichen Ding. Ernsthaft, Marion, was hat dich dazu gebracht, das zu kaufen? Ich denke, das verdient einen Fluch."

Sie hatte recht. Die Eule stand auf einem Surfbrett und trug ein Shirt mit der Aufschrift *Wenn's anschwillt, reite es.* „Es hat mich zum Lachen gebracht."

„Alte Leute sind komisch", sagte sie mit einem Grinsen.

„Schuldig im Sinne der Anklage. Jetzt mach dein Ding." Ich trat einen Schritt zurück und wartete, während sie einen Moment nachdachte.

Es dauerte nicht lange, bis sie zur Uhr ging, den Kopf der Eule berührte und sagte: „Wache über meine Schwester. Pass auf, dass dir keine falschen Leute unterkommen." Magie blitzte von ihren Fingerspitzen, erleuchtete die Uhr und erlosch schnell wieder.

Charlotte trat zurück und stellte sich neben mich. Wir beide betrachteten die Uhr.

„Das sieht nicht so aus, als o–"

Bevor ich meinen Satz beenden konnte, begann die Uhr, wild zu zittern. Einen kurzen Moment lang dachte ich, sie würde auseinanderfallen. Aber dann hörte das Zittern auf, und die Augen der Eule fingen an zu vibrieren.

„Heilige Scheiße, das ist seltsam", sagte Charlotte.

„Seltsam, aber auch faszinierend, findest du nicht?"

Sie warf mir einen „Was-zum-Teufel"-Blick zu, bevor sie ihre Aufmerksamkeit wieder auf den besessenen Vogel richtete. Das Vibrieren hörte auf, und ein Auge sprang aus dem Kopf und richtete sich auf Charlotte. Das andere Auge wanderte herum und schien den ganzen Raum immer wieder abzusuchen.

„Gute Göttin, das ist gruselig", sagte Charlotte und stellte sich hinter mich. Das Auge folgte jeder ihrer Bewegungen.

„Sehr", stimmte ich zu.

„Marion!", rief Charlotte, als sie an meine andere Seite ging. „Sieh dir das an! Das Ding wird mich für den Rest meines

Lebens beobachten. Ich kann nie wieder mein Zimmer verlassen."

Das würde Jax' Problem lösen, dachte ich, behielt es aber für mich. Die Eule war wirklich auf meine Schwester fixiert, und sogar ich musste zugeben, dass es ausreichte, jemandem für den Rest seines Lebens Alpträume zu bereiten. „Okay, lass uns das Ding von seinem Elend erlösen."

„Wie sollen wir das machen?", fragte sie.

„Wir werden es dazu bringen, aufzuhören, uns zu beobachten. Mit unserer kombinierten Magie."

Sie schnaubte. „Ich weiß nicht, warum du denkst, dass du mich dafür brauchst. Warum probierst du es nicht einfach mit dem Messer und siehst, was passiert?"

„Na ja, mein Gefühl sagt mir, dass wir uns gegenseitig brauchen, um Flüche zu brechen, aber wenn du willst, dass ich es zuerst versuche, okay." Ich hielt mein Messer fester und ging zur Uhr. Das hervortretende Auge blieb auf meine Schwester fixiert, während das andere schneller und schneller kreiste, je näher ich kam.

Ich wandte den Blick ab und versuchte, die plötzliche Übelkeit abzuwehren. „Von dem Ding wird mir ganz schlecht."

„Es war schon kotzwürdig, bevor ich den Zauber gewirkt habe", sagte Charlotte und brachte mich damit zum Lachen.

Ich schüttelte den Kopf. „Wie habe ich es je ohne dich ausgehalten?", fragte ich.

„Offensichtlich nicht gut, wenn du mit solchem Müll dekorierst."

„Die Eule ist lustig", beharrte ich.

„Wenn du meinst." In ihrem Ton lag Humor, und obwohl wir uns mit einem ernsten Problem befassten, fühlte ich mich unbeschwerter denn je seit meinem Umzug nach Premonition

Pointe. Als ob meine Schwester das letzte Puzzlestück in dem Leben war, das ich mir in meinem neuen Zuhause aufbaute.

„Wir sollten besser weitermachen", sagte sie. „Sonst zerstör ich das Ding noch. So beobachtet zu werden, ist echt verstörend."

„Okay, beruhige dich. Lass mich sehen, was ich machen kann." Es kam nicht jeden Tag vor, dass ich versuchte, Magie zu praktizieren. Ich hatte das Messer noch nicht lange. In der Vergangenheit hatte ich meine neu gewonnene Macht nur in Situationen genutzt, in denen es um Leben oder Tod gegangen war, daher war das Beschwören meiner Magie irgendwie fremd.

Während ich tief einatmete, umklammerte ich das Messer, spürte, wie die Magie meinen Arm hinaufschoss, und konzentrierte mich auf die Uhr. Statt einen Befehl zu geben, stellte ich mir die Eule in ihrer ursprünglichen Form vor. Meine Macht kroch von meinen Fingern, die noch das Messer hielten, den Arm hinauf und den anderen hinunter. Als ich die Uhr berührte, brach die Magie aus meiner Handfläche und hüllte die Eule ein. Sie leuchtete hell und sprühte vor Energie. Dann richtete sie sich plötzlich auf, und ihre Augen kehrten an ihren Platz zurück.

„Siehst du, ich hab' doch gesagt, es hat wahrscheinlich nichts mit mir zu tun", sagte Charlotte.

Ich senkte meinen Arm, aber sobald ich das tat, nahm die Eule wieder ihre gruselige Haltung an, ein Auge verfolgte mich und das andere fixierte Charlotte.

„Oh, verdammt! Sie ist besessen", sagte Charlotte. „Wenn wir sie rauswerfen, kommt sie dann zurück, um uns heimzusuchen? Sie wird in meinem Bett auftauchen, oder?"

„Oh nein. Das lassen wir nicht zu." Ich ließ das Messer fallen und ergriff die Hand meiner Schwester. Zusammen berührten wir das Zifferblatt der Uhr. Magie wirbelte darum herum und breitete sich darauf aus, wie sie es mit Bradleys Gesicht getan hatte. Alles rückte an seinen Platz zurück, und bevor wir unsere Hände wegzogen, verschwand die Magie. Überzeugt, dass unsere Arbeit getan war, ließ ich Charlottes Hand los.

Wir standen zusammen da und beobachteten eine volle Minute lang, wie die Uhr tickte, bevor Charlotte sich mir zuwandte und sagte: „Ich glaube das nicht!"

„Sieht so aus, als hättest du recht gehabt, als du sagtest, wir seien ein Team." Ich lächelte sie an. „Morgen fangen wir an, die Opfer aus dem *Hallucinations* aufzuspüren."

KAPITEL 12

*D*ie Luft war schwer vom Nebel, als ich am nächsten Morgen in Jax' Straße einbog. Es war noch früh, kurz nach sieben. Ich war durch eine Nachricht von Jax aufgewacht, in der er sich dafür entschuldigt hatte, sich nicht früher gemeldet zu haben. Er hatte den ganzen Tag viel zu tun gehabt, war dann nach Hause gekommen und hatte sich sofort daran gemacht, den Warmwasserbereiter zu reparieren.

Anstatt die Nachricht zu beantworten, zog ich mich schnell an, fuhr beim Café vorbei und machte mich unangekündigt auf den Weg zu seinem Haus. Dankbar, dass sein Truck noch in der Einfahrt stand, parkte ich neben ihm und schloss leise die Haustür auf.

Sein Bett war zerwühlt, aber leer, und wieder hörte ich das Rauschen des Wassers in den Rohren. Mit seiner Kaffeetasse in der Hand schlich ich ins Badezimmer und grinste, als ich durch die klare Glastür einen Blick auf seinen süßen Hintern erhaschte.

Verdammt, dieser Mann war sexy.

Er drehte sich genau in diesem Moment um, sah mich dort stehen und lockte mit dem Finger.

Ich stellte den Kaffee ab und zog mich aus. Als ich die Tür der Dusche öffnete, zog er mich hinein und drückte mich gegen die Wand.

Mit seinen Lippen schon an meinem Hals sagte er: „Ich habe gerade an dich gedacht."

„Ach so?"

Er blickte nach unten auf seinen nackten Körper, und sein Blick blieb an seinem harten Schaft hängen.

„Ich verstehe. Dann muss ich wohl etwas dagegen tun." Ich drehte uns, sodass er an den Fliesen stand, und während das heiße Wasser über uns lief, verteilte ich Küsse seinen Hals hinunter, über seine Brustmuskeln und nahm mir Zeit, seine Bauchmuskeln zu kosten, bis ich auf die Knie ging, meine Hand um ihn legte und meinen Mund öffnete.

Jax zögerte nicht, in meinen wartenden Mund zu gleiten. Bei meinem ersten Geschmack stieß ich ein leises Stöhnen aus, das er erwiderte.

„Du meine Güte, Marion", sagte er und schob seine Hände in mein Haar. „Ich kann nie genug von dir bekommen."

Seine Worte ließen meine Brust vor Stolz und Verlangen anschwellen, was mich dazu brachte, ihn tiefer aufzunehmen, bis sein Schwanz meine Kehle traf.

„Verdammt", murmelte er, während er auf mich hinabsah, pure Lust brannte in seinem dunklen Blick.

Ich hielt meinen Blick auf seinen gerichtet, während ich ihn bearbeitete, und genoss, wie sehr ich ihn erregte. Es war eine Macht, die ich mit niemand anderem kannte. Das Feuer, das zwischen uns brannte, schien mit der Zeit nur intensiver zu werden, und ich begann zu glauben, dass es niemals erlöschen würde. Nach all den Jahren des Wollens und Brauchens ließ meine Angst endlich nach.

„Ich halte nicht lange durch, wenn du so weitermachst", sagte er mit einem Knurren.

Ich lächelte und machte weiter, denn ich wollte nichts mehr, als ihm Vergnügen zu bereiten.

„Marion", keuchte er, als er sich aus meinem Mund zurückzog.

Ich schmollte zu ihm hoch.

„Keine Sorge, Baby. Ich setze diesen Mund gleich wieder ein." Er griff nach meinen Armen und zog mich hoch. Meine Beine schlangen sich automatisch um ihn, während er mich an die Wand drückte, meinen Mund mit einem gierigen Kuss beanspruchte und gleichzeitig in mich hineinstieß.

Mein Kopf schwirrte, als ich von seiner völligen Besitzergreifung meines Geistes und Körpers überwältigt wurde. Es gab nichts, was dem Gefühl gleichkam, von ihm genommen zu werden, von diesem Mann, den ich begehrte. Dem, dem ich vollkommen vertraute. Dem, der mir das Gefühl gab, die sexyste Frau der Welt zu sein.

Jax stieß in mich hinein, immer wieder. Seine Hände an meinem Po gruben sich in mein Fleisch. Dann veränderte er leicht die Position und fand genau den richtigen Punkt.

Mein ganzer Körper spannte sich an, als Welle um Welle durch mich brandete. Ich klammerte mich an ihn und ritt das Vergnügen aus, während er seines nahm. Schließlich stieß er ein letztes Mal in mich, biss in meine Schulter und entlud sich in mir.

Jax hielt mich fest, sein Kopf an meiner Schulter, während ich meine Hände über seinen Rücken gleiten ließ. Es war immer in diesem stillen Moment, direkt danach, während wir uns vom Liebemachen erholten, dass ich mich ihm am nächsten fühlte. Beide verletzlich, unsere Körper und Emotionen nackt. In diesen kostbaren Minuten gab es keine Barrieren.

„Himmel, Marion. Ich liebe dich mehr, als du dir vorstellen kannst", sagte er und hauchte leichte Küsse meinen Hals hinauf.

„Ich liebe dich auch", sagte ich mit einem zufriedenen Seufzer. „Ich habe dich die letzten zwei Nächte vermisst."

Er lachte leise. „Ich denke, es ist offensichtlich, dass ich dich auch vermisst habe." Seine Lippen verweilten kurz auf meinen, bevor er mich ein letztes Mal küsste und sich dann widerwillig von mir löste. „Wenn ich nicht aufhöre, dich zu berühren, komme ich zu spät zu meinem Meeting."

Ich ließ zwei Finger die Mitte seiner Brust hinuntergleiten, nur um zu sehen, was er tun würde.

Er griff meine Hand und hielt mich auf. „Du versuchst, mich um den Verstand zu bringen, oder?"

„Nur ein bisschen quälen."

„Das funktioniert." Er drehte mir den Rücken zu, wusch sich schnell ab und stieg dann aus der Dusche. „Nimm dir so viel Zeit, wie du willst. Ich ziehe mich schnell an und mache dann los."

„Da ist Kaffee auf dem Waschbecken!", rief ich, während ich meinen Kopf unter den Strahl hielt.

„Gefunden!"

Als ich zehn Minuten später herauskam, war mein Sexgott weg, und alles, was blieb, war ein Zettel mit der Aufschrift: „Bis heute Abend?"

Ich antwortete mit einem Wort. *Ja.*

~

Iᴄʜ ᴡᴀʀ auf dem Rückweg zu meinem Haus, als ein Anruf vom Liminal Day Spa einging.

„Marion?", sagte Lance. „Wir haben einen weiteren Klienten vom *Hallucinations* mit einem schlimmen Fall von Akne. Er hat von Bradley gehört, dass das Spa der Ort ist, um Heilung zu finden. Könnt du und deine Schwester heute Zeit finden, ihn zu behandeln?"

„Das sollten wir schaffen." Ich blickte auf die Uhr am Armaturenbrett. „Gib uns etwa eine halbe Stunde."

„Denver wird definitiv da sein. Er scheint ziemlich verzweifelt zu sein. Er hat irgendwas davon gesagt, dass sein Freund ihn verlässt, wenn er seine Probleme nicht löst. Ich nehme an, das bedeutet, er hat auch einen schlaffen Fahnenmast."

„Einen schlaffen Fahnenmast? Ernsthaft, Lance?", fragte ich mit einem Lachen.

„Ich sitze am Empfang mit Kunden im Wartebereich. Wie soll ich es sonst nennen?"

„Dann eben Fahnenmast."

Ich lachte noch, als ich Charlotte anrief, um ihr zu sagen, dass ich sie abholen käme, aber das änderte sich, als ich vor meinem Haus ankam und die Frau auf meiner Veranda bemerkte.

Liana Adler, die Mutter, mit der ich seit Jahren nicht gesprochen hatte, trug einen weiten Pullover, dessen Halsausschnitt von einer Schulter rutschte, einen weißen Baumwollrock und Riemchensandalen, und ihre langen, strohblonden Haare fielen in Wellen über ihren Rücken. Ihre zierliche Statur war viel kleiner als meine oder Charlottes, was es schwer machte, sie nicht als Fee zu sehen. Sie war immer schön und charmant gewesen, zwei Eigenschaften, die sie über die Jahre aus vielen schwierigen Situationen gerettet hatten.

Aber nicht diesmal. Nicht hier. Nicht bei mir. Als ich sie sah, dachte ich nur daran, wie sie ihre Taschen gepackt und ein achtjähriges Mädchen bei einer Familie zurückgelassen hatte, die es kaum kannte.

„Marion!", rief meine Mutter, sobald ich aus meinem SUV stieg. „Ich habe versucht, dich anzurufen, aber bin nur auf der Mailbox gelandet. Es tut mir leid, dass ich einfach so auftauche, aber –"

Ich hob die Hand und unterbrach sie. „Ich weiß nicht, warum du so früh ohne Einladung hier bist, aber Charlotte und ich haben es eilig. Also, was auch immer das ist, muss warten." Ich stürmte an ihr vorbei ins Haus und wurde von einer sehr aufgeregten Minx empfangen, die an der Tür bellte und knurrte. Kratzer am Türrahmen zeigten, dass sie versucht hatte, sich herauszukämpfen.

„Schon gut, Minx. Sie kommt nicht rein", sagte ich und hob sie hoch, gerade als die Tür aufschwang und Liana Adler hereinmarschierte, als gehörte ihr das Haus.

Minx riss sich los und stürzte sich auf meine Mutter.

„Marion Matched! Nimm diesen Hund von mir runter!", schrie sie, als Minx die Zähne in ihren Pullover grub und daran zerrte.

„Minx!", rief Charlotte. „Komm her!"

Der Hund ließ sofort von unserer Mutter ab und eilte zu Charlotte. Meine Schwester hob ihn hoch und drückte ihn sanft an ihre Brust.

„Dieser Hund braucht einen Maulkorb", sagte Liana angewidert und strich ihren Pullover glatt.

„Sie hat nur getan, was sie soll", sagte ich.

„Was? Deine Gäste terrorisieren?" Liana starrte den Hund an, immer noch deutlich angewidert.

„Nein, das Haus vor Eindringlingen schützen", sagte ich nüchtern.

Meine Mutter starrte mich an, die Augen zusammengekniffen. „Ich bin deine Mutter, Marion Marie. Ich habe dich nicht dazu erzogen, dass du so mit mir sprichst."

Alles in mir spannte sich an, und plötzlich fühlte ich mich, als müsste ich explodieren. Mit zusammengebissenen Zähnen und einem vor Wut zitternden Körper sagte ich: „Lass mich dich erinnern, *Mutter*, dass du mich kaum erzogen hast. Schon bevor du das erste Mal gegangen bist, hast du das Dad überlassen. Du musst jetzt gehen. Charlotte und ich sind auf dem Weg nach draußen."

Lianas Schultern sanken, als ob sie jeglichen Kampfgeist verloren hätte. Sie schüttelte langsam den Kopf. „Es tut mir leid, Marion. So habe ich mir unser Wiedersehen nicht vorgestellt. Kannst du mir ein paar Minuten geben, bevor ihr losstürzt?"

„Nein, Mom", sagte Charlotte leise. „Wir haben einen Termin, der nicht warten kann." Meine Schwester begegnete meinem Blick und fügte hinzu: „Aber vielleicht können wir uns irgendwo zum Mittagessen treffen?"

Die Worte „das geht nicht" lagen mir auf der Zunge. Dass wir arbeiten müssten. Oder dass wir vorhatten, Aliens zu jagen. Irgendwas, um nicht in ein paar Stunden diesen schrecklichen Moment wiederholen zu müssen. Aber meine Mutter kam mir zuvor, bevor ich Ausreden finden konnte.

„Kann es irgendwo sein, wo wir unter uns sind? Ich habe euch was Wichtiges mitzuteilen, und in einem Restaurant wäre mir nicht wohl dabei."

Gegen jedes bessere Wissen sagte ich: „Was ist es?"

Sie schluckte schwer und begegnete Charlottes Blick. „Ich habe euch vermisst, Baby."

„Mom, das können wir jetzt nicht machen", sagte Charlotte. „Wenn du mit uns reden willst, treffen wir uns um eins im *Bird's Eye Café*." Sie zeigte zur Tür. „Und jetzt geh. Wenn du hierbleibst, wird Minx deinen Pullover endgültig zerreißen."

Liana sah mich an, ihre Augen flehten, als wollte sie, dass ich die Entscheidung meiner Schwester übergehe. Ich zuckte nur mit den Schultern. „Sie hat recht. Sobald Charlotte und ich weg sind, wird Minx auf Blut aus sein."

„Also gut. Wenn ihr das so wollt", sagte Liana. „Ich treffe euch später im *Bird's Eye Café*. Aber ich weiß nicht, warum ich nicht hierbleiben kann."

Keine von uns antwortete ihr.

Liana Adler seufzte theatralisch, drehte sich dann auf dem Absatz um und verließ mein Haus.

Ich nickte meiner Schwester anerkennend zu. „Beeindruckend. Können wir uns ein geheimes Signal ausdenken, damit du sie beim Mittagessen verschwinden lassen kannst, wenn ich ihre passiv-aggressive Art keinen Moment länger ertrage?"

Charlotte schnaubte. „Glaub mir, ich bin sicher, dass ich vor dir die Nase voll haben werde. Komm, ich brauche was, um mich aufzumuntern. Lass uns Akne heilen und den Penis dieses Mannes wieder in Gang bringen."

KAPITEL 13

„Wird das wehtun?", fragte Denver und hielt sich
beide Hände vor den Schritt.

„Nur, wenn du willst, dass eine von uns dich in die Eier
tritt." Charlotte lächelte den großen, schlanken Mann mit der
Drahtgestellbrille an.

„Äh, auf diese Behandlung verzichte ich wohl", sagte er mit
einem schiefen Lächeln.

„Guter Plan." Charlotte zwinkerte ihm zu. „Ich bin sicher,
deiner Freundin würde das auch nicht gefallen."

„Ha! Nun, da ich weder eine Freundin noch eine Frau habe,
ist das meine geringste Sorge."

„Mein Beileid." Charlotte grinste ihn an, und er grinste
zurück.

Was zum Henker ging hier vor? Flirtete Charlotte etwa mit
dem Mann auf dem Behandlungstisch?

Lance, der hinter uns stand, schüttelte den Kopf und lachte.
„Diese Welt ist ein verrückter Ort. Ich bin vorn am Empfang.
Denver, Laura kommt gleich, um mit der Massage anzufangen,
wenn diese Ladys fertig sind."

„Danke." Der Mann nickte Lance zu. „Meine Oberschenkel werden ewig dankbar sein."

Die Tür schloss sich leise hinter Lance und ließ mich und Charlotte mit dem von Akne geplagten Mann zurück. Bei ihm war es so schlimm, dass es fast schmerzhaft war, ihn anzusehen.

„Es tut mir so leid, dass dir das passiert ist", sagte Charlotte und trat näher an ihn heran.

„Warum?" Sorge flackerte in seinen strahlend blauen Augen. „Ich dachte, du hast gesagt, das würde nicht wehtun?"

„Tut es nicht", warf ich schnell ein. „Oder zumindest sollte es nicht. Sie ist nur traurig, dass Sie das durchmachen mussten."

„Sie ist nicht die Einzige", sagte er mit einem schiefen Lächeln. „Ich dachte wirklich, ich hätte eine allergische Reaktion. Ich hatte noch nie Akne, die auch nur annähernd so schlimm war. Nicht einmal als Teenager. Aber Lance sagte, das passiert manchmal. Irgendwas von Hormonungleichgewichte oder Mangel an Superfoods in meinem Essen. Er meinte, mein Körper könnte sich wehren, nach einem Wochenende voller Ausschweifung und Übermaß."

Charlotte hob eine Augenbraue. „Was hast du gemacht? Ein Wochenende in Vegas, an das du dich kaum erinnerst?"

Er lachte. „Sowas in der Art. Aber es war hier in Premonition Pointe, mit vielen Margaritas und viel zu vielen Donuts vom *Bird's Eye Café*."

„Das klingt für mich nach einem Sonntagsbrunch", sagte ich mit einem Kichern.

Er lachte auch, und ich bemerkte, dass mir dieser Mann gefiel. Hier war er, von Akne gezeichnet, die wie aus einem Horrorfilm aussah, und anstatt sich zu schämen oder sich zu stressen, machte er Witze und flirtete sogar mit meiner

Schwester. Ein Mann, der so selbstsicher war, könnte ihre Zeit wert sein. Und Bonuspunkt: Er war Single.

„Lassen Sie uns das in Ordnung bringen", sagte ich und trat an Charlottes Seite. Ich konnte die nervöse Energie spüren, die von ihr ausging, aber ich bezweifelte, dass Denver ihre Unsicherheit bemerkte. Ich wusste, sie machte sich Sorgen, dass die Magie wieder nach hinten losgehen könnte, aber sie trug ein Lächeln im Gesicht, beobachtete mich und wartete darauf, dass ich mit der Heilung begann.

„Wie sieht diese Heilung aus?", fragte Denver. „Eine Creme? Ein Trank? Ein Menschenopfer?"

„Menschenopfer?", rief Charlotte entsetzt, ihre Augen weit aufgerissen. „Für welche Art von Hexen hältst du uns?" Als Lachfältchen um seine Augenwinkel zu tanzen begannen, warf sie ihm einen ausdruckslosen Blick zu und schüttelte den Kopf. „Ha, ha. Sehr witzig. Alles, was du tun musst, ist dasitzen und gut aussehen. Wir machen den Rest."

Er stöhnte. „Dann bin ich wohl dazu verdammt, für immer so auszusehen."

Ich verdrehte die Augen. „Wenn ihr zwei mit Flirten fertig seid, können wir vielleicht weitermachen?"

„Klar, Miss Marion. Ich bin bereit. Verwandeln Sie mich von einem Frosch in einen Märchenprinzen, dann lacht Charlotte mir vielleicht nicht ins Gesicht, wenn ich sie frage, ob sie mit mir ausgeht."

Charlotte wurde rot.

Alles, was ich tun konnte, war zu schmunzeln. Es war einer dieser Momente, in denen ich nicht die Aura eines Menschen sehen musste, um zu wissen, dass diese beiden viel Potenzial hatten. Ich hoffte nur um Charlottes willen, dass die Magie, die wir gleich freisetzen würden, den Fluch aufhob, sonst würden sie irgendwann ein verdammt unangenehmes Gespräch führen, wenn er herausfand, dass sie dafür verantwortlich gewesen war.

„Entspannen Sie sich einfach, Denver. Charlotte und ich haben das im Griff." Ich nahm die Hand meiner Schwester und fragte sie: „Bereit?"

Als sie nickte, legten wir jeweils unsere freie Hand auf seine Wangen. Die Magie war wieder sofort da, als sie über sein Gesicht wusch und sich zu seinem Hals und dem Rest seines Körpers ausbreitete.

Denver schloss seine auffälligen blauen Augen und schien die Magie zu genießen, sie aufzusaugen und sie jeden Teil von sich heilen zu lassen. Und wie zuvor verschwand die Magie so schnell, wie sie erschienen war, und ließ einen atemberaubenden Mann zurück.

„Whoa", sagten Charlotte und ich gleichzeitig.

Denver lächelte uns an. „Ist das ein gutes Zeichen?"

„Oh, das ist ein sehr gutes Zeichen", stimmte sie zu und betrachtete ihn, als könnte sie den Blick nicht abwenden. Wer konnte es ihr verdenken? Der Mann hatte ein Gesicht, das für Hollywood gemacht war.

Aber seine Schönheit war nicht der Grund, warum ich verblüfft war, als die Magie verschwand. Es war, weil ihre Auren so perfekt zueinander passten, dass sich ihre tiefvioletten Farben vermischten, als wären sie schon seit Jahren ein Paar.

Dieser Mann war Charlottes perfekter Partner. Daran gab es keinen Zweifel.

Beide sahen mich an.

„Marion?" Meine Schwester stupste mich an. „Komm aus deiner Trance. Du bist doch praktisch verheiratet, vergiss das nicht!"

Verheiratet? Jax und ich hatten noch nicht einmal über Ehe

gesprochen. Aber das war kaum der Punkt. Charlotte dachte, ich wäre auf den Mann scharf, den wir gerade geheilt hatten. Ich kicherte vor mich hin. „Entschuldigung. Ich dachte nur, du solltest Denver zu unserem Event am Donnerstag einladen."

„Event?", fragte Denver interessiert. „Wofür? Eine Wohltätigkeitsveranstaltung oder sowas?"

„Nein", sagte Charlotte, ihr Gesicht wurde wieder rot. „Meine Schwester ist Partnervermittlerin und veranstaltet ein Event für ein paar neue Klienten. Sie möchte dich auf die Gästeliste setzen."

„Wirst du da sein?", fragte er sie.

Charlotte lächelte ihn an. „Ich bin eine der Klientinnen."

„Dann bin ich dabei." Er griff nach ihrer Hand und hielt sie einen langen Moment fest. „Es war wirklich schön, dich kennenzulernen, Charlotte."

„Gleichfalls, Denver."

„Na, das macht meinen Job sicher einfach", sagte ich, als wir das Spa verließen. „Obwohl ich wohl eine weitere ledige Frau für all die Männer finden muss, die ich eingeladen habe, damit sie dich kennenlernen."

„Hm?", fragte Charlotte abgelenkt mit einem verträumten Blick im Gesicht.

„Gute Göttin", sagte ich lachend. „Du hast den Mann gerade geheilt, und schon bist du hin und weg."

„Kannst du mir das verdenken? Hast du diese Augen gesehen? Und sein Humor erst!" Sie seufzte zufrieden. „Kein Mann in der Geschichte dieser Welt war je so selbstbewusst, während er mit Pickeln übersät war. Das ist nicht der Typ Mann, der ausflippt, wenn seine Freundin einen Kumpel hat oder wenn sie Erfolg im Job hat. Das ist der Typ Mann, der weiß, wer er ist, und keine Angst hat, authentisch zu sein. Verstehst du, was ich meine?"

„Klar", sagte ich, während wir in meinen SUV stiegen. „Aber ich denke, du machst vielleicht viele Annahmen basierend auf einem ersten Eindruck. Vielleicht fährst du die Begeisterung ein bisschen runter, bis du ihn besser kennst?", schlug ich vor.

„Oh, ich weiß." Sie wedelte mit der Hand und wischte meine Bedenken weg. „Ich meinte nur, das ist, was er rübergebracht hat. Und wenn sich das als wahr herausstellt, schnappe ich mir ihn auf alle Fälle."

„Dagegen habe ich nichts. Auf die Party morgen Abend! Mögen die Liebesgötter mit uns allen sein! Nicht, dass du dir Sorgen machen müsstest. Wie eure Auren zueinander passen – das ist außergewöhnlich."

Sie schenkte mir ein entspanntes Lächeln. „Dachte ich mir doch, dass das tiefe Violett das bedeutet. Aber ich hätte nichts gegen ein bisschen von dem roten Feuer, das du und Jax habt."

Ich schnaubte. „Wenn man eure Flirterei eben bedenkt, vermute ich, dass das kein Problem sein wird."

„Ich hoffe wirklich, du hast recht. Es ist viel zu lange her, dass ich einen großen O hatte, oder auch nur einen kleinen. Eli war nicht besonders geschickt darin, den richtigen Punkt zu finden, wenn du verstehst, was ich meine."

„Ist es Zeit, dass Charlotte ihren Groove zurückbekommt?", neckte ich.

„Extrem überfällig. Staubige Spinnweben du weißt schon wo. Ich hoffe nur, ich bespringe ihn nicht schon auf der Toilette beim Event. Das könnte peinlich sein, wenn deine Geschäftspartnerin mit einem Gast erwischt wird."

„Wahrscheinlich wäre es besser zu warten." Ich nickte

weise. „Wir wollen definitiv nicht, dass meine Geschäftspartnerin den Ruf der Agentur schädigt."

Sie kicherte. „Ich wusste, dass du an Bord bist."

„Lass uns erst mit magischen Partnern anfangen und sehen, wohin das führt", schlug ich vor.

Charlotte sah mich an und nickte. „Ein faires Angebot."

Es herrschte Stille im SUV, als ich auf einen Parkplatz vor dem *Bird's Eye Café* einbog. Wir waren ein wenig zu früh für das Treffen mit unserer Mutter, also wandte ich mich meiner Schwester zu und sagte: „Jetzt, wo wir wissen, dass unsere Magie definitiv bei denen wirkt, die du verflucht hast, müssen wir einen Plan schmieden, um die restlichen armen Männer zu finden, die an diesem Abend im *Hallucinations* waren."

„Okay. Was schlägst du vor?" Die Nervosität, die sie zuvor beim Einsatz ihrer Magie hatte, schien verschwunden, und dafür war ich dankbar.

„Lance weiß schon, dass er uns anrufen soll. Da nicht bekannt werden soll, dass du sie versehentlich verflucht hast, dachte ich daran, Skyler im *Sky's the Limit* Bescheid zu geben, dass er die Augen offenhalten soll. Außerdem können wir den Rest des Zirkels bitten, ebenfalls wachsam zu sein. Hopes Mann hat ein Möbelgeschäft, und sie ist Eventplanerin. Sie kann manchmal Gedanken hören, was hilfreich wäre. Grace ist Maklerin und trifft viele Leute. Die anderen haben nicht viel mit der Öffentlichkeit zu tun, aber ich bin sicher, sie können die Ohren offenhalten, wenn sie in der Stadt sind. Ich werde auch Ty und Kennedy informieren. Der, der mir Sorgen macht, ist Damon Grant. Wenn Carly uns nicht zu ihm bringen kann, kommen wir ihm nie nahe."

Sie biss sich auf die Unterlippe. „Damon Grant. Ja. Hoffentlich kommt Carly an ihn ran, sonst könnte die Karriere des armen Mannes vorbei sein."

„Das wäre tragisch."

„Sehr."

Ich rief schnell beim Rest des Zirkels und in Skylers Laden an, um ihnen mitzuteilen, dass wir bereit waren, mit der Heilung zu beginnen, und dann machten wir uns beide widerwillig auf den Weg ins *Bird's Eye Café*, um herauszufinden, warum unsere Mutter in der Stadt war.

KAPITEL 14

„Vielleicht konnte sie es nicht finden?", sagte Charlotte, als wir beide auf die Eingangstüren des *Bird's Eye Café* starrten.

„Wie könnte sie es nicht finden?", fragte ich gereizt. „Es liegt direkt an der Hauptstraße, die mitten durch die Stadt führt. Es ist nicht so, als wäre es versteckt im Wald oder so."

Meine Schwester zuckte mit einer Schulter. „Ich weiß nicht. Ich habe wohl versucht, ihr einen Vertrauensvorschuss zu geben."

Ich schnaubte, weit über die Grenzen meiner Geduld und meiner Bereitschaft hinaus, Liana Adler wohlwollend zu begegnen. „Sie ist eine Stunde zu spät, Charlotte. Und sie antwortet nicht auf deine Anrufe oder Nachrichten. Ich denke, wir können mit Sicherheit sagen, dass das ihre Art ist, uns zu bestrafen, weil wir nicht genau das gemacht haben, was sie wollte, wann sie es wollte."

Charlotte schloss die Augen und atmete tief durch. „Ich weiß. Sieht ihr ähnlich. Ich hoffe wohl einfach immer noch, dass sie irgendwann diesen Kreislauf durchbricht."

Ich hob beide Augenbrauen. „Wir reden hier von einer Frau, die sich immer selbst über ihre Kinder stellt, Char. Jedes Mal. Was auch immer sie uns erzählen wollte, sie behält es jetzt für sich, weil wir ihre Gefühle verletzt haben, als wir unsere Pläne nicht für sie über Bord geworfen haben, um ihr zuzuhören." Ich fuhr sanfter fort: „Das weißt du doch, oder?"

„Ich weiß. Natürlich weiß ich das." Sie klang jetzt wütend. „Sie hat mich mein ganzes Leben lang manipuliert. Ich habe nicht den Kontakt abgebrochen wegen des Feuerwehrmanns im Hundepark. Das ist nur eine dumme Geschichte, die ich benutze, um nichts erklären oder darüber reden zu müssen. Der wahre Grund ist, dass sie mich überrumpelt und zu einem Treffen mit meinem biologischen Vater mitgeschleift hat, indem sie sagte, wir würden meinen Dad sehen. Keine weiteren Infos. Einfach nur: ‚Wir treffen deinen Vater zum Abendessen.' Ich dachte, sie meinte Memphis. Ich wusste, dass sie manchmal mit ihm sprach, also dachte ich mir nichts dabei und habe mich darauf gefreut, ihn zu sehen."

Mein Magen begann, vor Mitleid mit ihr zu schmerzen. „Sie hat dich zu Arlo Ray gebracht?"

Sie nickte, ihr Kiefer angespannt. „Auf eine Yacht."

Ich blinzelte sie an. „Was? Das kann nicht dein Ernst sein."

„Oh, doch", sagte sie mit einem Schnauben. „Ich wusste sofort, als wir angekommen sind, dass was nicht stimmte. Pops würde nie eine Yacht mieten oder sich für eine Dinner Cruise anmelden. Das ist überhaupt nicht sein Ding. Aber sie bestand darauf, und wir waren schon da, also bin ich an Bord dieses verdammten Kahns gegangen."

Mein Herz schmerzte für sie. Charlotte zum ersten Mal ihrem biologischen Vater vorzustellen, ohne einen Ausweg, war bei Weitem das Schlimmste, was sie je getan hatte, abgesehen davon, uns zu verlassen. „Es tut mir leid, Char. Was ist passiert?"

„Bevor ich irgendwas sagen konnte, fuhren wir aufs Meer hinaus. Und ich war mit den beiden gefangen, während sie sich benahmen, als wären wir eine heile, glückliche Familie. Er wollte alles über mich wissen, was ich so treibe, welche Pläne ich für die Zukunft habe, und er wollte Pläne machen, um mehr zusammen zu unternehmen. Alles, was ich wollte, war, ihm ins Gesicht zu schlagen und zu gehen. Es war alles so surreal und unglaublich. Was ist los mit den beiden, zu denken, dass ich, nur weil ich biologisch gesehen von diesem Mann abstamme, irgendwas mit ihm zu tun haben will? Er war nie für mich da. Er ist gegangen, bevor ich geboren wurde. Und jetzt, wo ich eine erwachsene Frau bin, will er eine Beziehung? Auf keinen Fall. Verdammt soll er sein! Und sie auch, weil sie mich in diese Lage gebracht hat." Charlotte stand abrupt auf. „Ich warte nicht mehr. Können wir nach Hause fahren?"

„Absolut." Ich legte Geld auf den Tisch für die Kellnerin, obwohl wir nur Wasser bestellt hatten, und folgte meiner Schwester aus dem Restaurant.

Wir waren fast bei meinem Haus, als mein Handy klingelte. Ich nahm den Anruf über die Bluetooth-Verbindung meines Autos an.

Es war Skyler. „Ich habe einen neuen Kandidaten für euch. Der arme Kerl wollte die gesamte Hautpflegeproduktlinie kaufen, um seine Haut zu klären. Ich habe auch gehört, wie er jemandem am Telefon erzählt hat, dass er Penis-Pumpen in Betracht zieht. Also, wenn ihr euch beeilt, könntet ihr ihm ein paar Dollar sparen."

Ich sah Charlotte an. „Bist du für eine weitere Behandlungsrunde bereit?"

„Absolut. Wir sind unterwegs, Skyler", sagte sie. „Gib uns zehn Minuten. Denkst du, er bleibt?"

„Wenn ich ihm sage, dass ein Heilmittel unterwegs ist und er sich Hunderte sparen kann? Definitiv."

~

„WIE VIELE MÄNNER haben ihre Liebesinstrumente reparieren lassen?", fragte Celia mich am nächsten Nachmittag.

„Sechs? Nein, sieben, inklusive Bradley, dem ersten Typen, den wir im Spa geheilt haben", sagte ich, während ich die Blumenarrangements bewunderte, die Gigi für die Party bereitgestellt hatte. Wir hatten eine kurzfristige Ortsänderung, als der Besitzer der Buchhandlung anrief und mir mitteilte, dass es Probleme mit der Elektrizität und dem Abwasser gab und sie für eine Woche oder so schließen müssten. In Panik hatte ich sofort Hope angerufen, damit sie mir dabei half, eine neue Location zu finden. Sie hat alle ihre Kontakte aktiviert, aber da es so kurzfristig war, konnte niemand helfen. Da war Gigi eingesprungen und hatte angeboten, ihr Haus zu nutzen.

Gigi und ihr Verlobter Sebastian lebten in einem großen Haus mit Blick auf den Pazifik. Ihr Wohnzimmer war geräumig, aber was es spektakulär machte, war ihre große Terrasse, die perfekt für Partys war. Wir hatten sie mit Lichterketten dekoriert, und überall waren Blumen aus Tazias Gärtnerei.

„Damon weigert sich, jemanden zu sehen", berichtete Celia. „Verdammt, was für ein Jammerlappen. Wenn ich noch einmal höre, wie er sagt, dass seine Karriere vorbei ist, muss ich kotzen. Es ist ja nicht so, als wäre er tot. Wie einige von uns."

„Ich bin sicher, er ist mitgenommen, weil die Akne nicht

weggeht. Wahrscheinlich ist es nicht gerade hilfreich, dass er auch noch wochenlang seinen Knöchel schonen muss", sagte ich und hatte Mitgefühl mit ihm. Sein Film stand kurz vor der Absage, und er konnte nichts dagegen tun. Oder zumindest wusste er nicht, dass er etwas tun konnte, denn obwohl sie es mehrmals versucht hatten, wollte er weder Carly noch Joy sehen. Keine von beiden hatte Gelegenheit, ihm mitzuteilen, dass es zumindest für einen Teil seiner Probleme eine Heilung gab.

„Es gibt Mitgenommen-sein und dann gibt es Kindisch-sein", sagte der Geist angewidert. „Er wäre besser dran, wenn er wie Petey Lemongrass wäre. Das ist ein Mann, der bereit ist, die Welt an den Eiern zu packen."

„Petey Lemongrass?", fragte ich, während ich eine Flasche Rotwein entkorkte. Unser Event war kleiner als üblich, daher hatten wir keinen Barkeeper engagiert.

„Oh, ja. Ein richtig attraktiver Typ, der ein Fischerboot im Hafen betreibt. Er ist jeden Tag draußen und macht seinen Job gewissenhaft. Versteckt sich nicht zu Hause, damit niemand seine mit Akne sieht. Das muss man bewundern, weißt du?"

Ich hielt inne und starrte meinen Geist an. „Du kennst einen Mann, den Charlotte verflucht hat, und erzählst erst jetzt davon?"

„Ich war beschäftigt! Weißt du, wie viel Arbeit es ist, diesen hübschen Jungen im Auge zu behalten?"

Ich schloss die Augen und betete um Geduld. „Celia, du verstehst schon, dass du Damon nicht rund um die Uhr beobachten musst, oder?"

„Natürlich. Wie wüsste ich sonst von Petey?"

Ich verschränkte die Arme vor der Brust. „Okay. Wer sonst in der Stadt braucht einen Besuch von mir und Charlotte?"

„Hm, lass mich überlegen. Lenny Kips, Billie Fitts und Wilson Quincy."

„Okay, und wo finde ich diese Leute?", fragte ich.

„Im *Hallucinations*. Die arbeiten alle dort. Ich kann nicht glauben, dass du nicht daran gedacht hast, dort vorbeizuschauen. Das war ja wohl offensichtlich." Celia schüttelte den Kopf über mich. „Hast du einfach zu viel Zeit mit deinem attraktiven Bauarbeiter verbracht? Ich weiß, wie das ist, wenn man zu viel Sex hat. Der Verstand hört auf zu arbeiten."

Ich verdrehte die Augen, aber hauptsächlich, um zu vertuschen, dass ich Jax wegen seines vollen Terminkalenders und weil er wegen Minx Abstand hielt, in letzter Zeit kaum gesehen hatte. Er sollte jedoch später zur Party kommen. „Ich setze sie auf die Liste. Hoffentlich können Charlotte und ich auf dem Heimweg heute Abend dort vorbeischauen."

„Wo schauen wir vorbei?", fragte Charlotte, als sie neben mich trat.

Ich klärte sie auf. „Wir haben noch ein paar Leute zu helfen."

„Äh, heute Abend?"

„Ja. Ist das ein Problem?", fragte ich, ein wenig genervt. Ich hatte die Woche größtenteils mit ihr verbracht, um Opfer ihres Fluches aufzuspüren, und jetzt zögerte sie, das zu tun, wovon wir beide wussten, dass es getan werden musste.

„Nein, es ist nur, dass Denver und ich nach der Party einen Mitternachtsspaziergang am Strand geplant haben. Das soll erfrischend sein. Sagt Denver jedenfalls."

„Und wer passt auf Minx auf, während du unterwegs bist?", fragte ich, obwohl ich die Antwort schon kannte.

Sie sah mich flehend an. „Nur einen Abend. Und Minx liebt dich. Du hast doch nichts dagegen, oder?"

Die Wahrheit war, dass ich überhaupt kein Problem damit hatte, ihren Hund zu hüten. Aber Minx hatte ein Problem mit Jax, und ich wollte die Nacht nicht damit verbringen, sie davon abzuhalten, ihm den Fuß abzukauen. „Charlotte. Was ist mit Jax?"

„Sie wird sich nie an ihn gewöhnen, wenn er sie weiter meidet. Ich schwöre, sie wird sich einkriegen", sagte sie, obwohl sie selbst nicht ganz überzeugt klang.

„Ugh. Na gut. Geh. Hab' Spaß mit deinem neuen Typen, aber wenn sie Blut vergießt, unterhalten wir uns. Und wir müssen erst im *Hallucinations* vorbeischauen. Diese Männer verdienen es, vom Fluch befreit zu werden." Warum fühlte ich mich so oft wie die Mutter in unserer Beziehung? Wahrscheinlich, weil unsere eigene Mutter so viele Jahre nicht dagewesen war. Wir hatten seit ihrem kurzen Auftritt am Vortag noch nichts von ihr gehört.

„Du bist die Beste." Charlotte umarmte mich schnell und ging dann, um die Gäste zu begrüßen, die gerade einzutreffen begannen.

Ich ging, um die Terrasse ein letztes Mal zu überprüfen, und fand Gigi und Sebastian, die an das Geländer gelehnt in die mondhelle Nacht starrten.

„Marion", sagte Gigi mit leuchtenden Augen. „Du lässt mein Zuhause fantastisch aussehen. Ich kann es kaum erwarten, die neuen Paare zu erleben."

„Ich? Dein Haus ist die Definition von wunderschön. Ich habe nur versucht, nichts zu vermasseln."

„Die Lichter gefallen mir", sagte Sebastian. „Denkst du, wir können die behalten?"

Gigi lachte. „Wirklich?", fragte sie ihn. „Ich denke, wir können unsere eigenen Lichter aufhängen, wenn sie dir so gefallen."

„Ihr könnt sie behalten. Betrachtet sie als Bezahlung für den riesigen Gefallen, den ihr mir getan habt", sagte ich.

„Alles für meine neue Zirkelschwester." Gigi umarmte mich. „Und jetzt geh. Da steht ein unglaublich attraktiver Mann an der Hintertür, der wie jemand aussieht, der deine Aufmerksamkeit braucht."

Ich drehte mich um und sah Jax in einer frischen Jeans und einem enganliegenden schwarzen Hemd. Sein Haar war zu etwas gestylt, das ich als Helden-Schnitt bezeichnete. Die Seiten waren ordentlich getrimmt, die Haare am Oberkopf länger und mit gerade genug Gel gestylt, um dem Ganzen Volumen zu geben. Ich schwöre, er sah aus, als wäre er gerade den Seiten von GQ entsprungen.

„Hey, du", sagte ich und schlang meine Arme um seine Taille. „Du siehst heiß aus. Bleib bei mir, damit unsere ledige Frau des Abends nicht auf dumme Ideen kommt."

Seine Augen tanzten amüsiert. „Du meinst die, die mir gerade gesagt hat, ich sei viel zu alt für sie?"

„Das hat sie nicht gesagt!", keuchte ich und übertrieb den Schock in meinem Ton. „Wie kann sie es wagen?"

Er lachte. „Sie könnte recht haben. Ich habe mein Augenmerk auf jemanden gelegt, der etwas reifer ist als eine Sechsundzwanzigjährige." Er senkte den Kopf und gab mir einen langen Kuss. Als er sich zurückzog, lächelte er träge. „Das ist besser."

Ich hätte gern den ganzen Abend dort gestanden und mit ihm geknutscht, aber ich hatte einen Job zu erledigen. Zwei Klienten brauchten meine Hilfe, um ihre Traumpartner zu finden. Der eine von ihnen, Riley, der einen gleichgeschlechtlichen Partner suchte, würde einfach sein. Er stellte sich als umgänglicher Typ heraus, der sich mit jedem wohlzufühlen schien. Aber Jana? Meine sechsundzwanzigjährige Konditorin konnte nicht zwei Worte aneinanderreihen, selbst wenn sie in einem ihrer Rezeptebücher standen. Da sie die meisten Tage um vier Uhr morgens aufstand, um ihre Arbeit zu erledigen, mangelte es ihr an Gesprächen, und das war offensichtlich. Small Talk würde ihr Untergang sein. Selbst wenn wir eine Aura-Verbindung fanden, musste sie einen Weg finden, mit ihren potenziellen Dates zu kommunizieren.

„Ich muss wieder rein", sagte ich zu Jax. „Aber unterhalte dich ruhig hier draußen mit Gigi und Sebastian, wenn du willst. Ich komme dich holen, wenn ich eine Atempause habe." Ich stellte mich auf die Zehenspitzen und küsste seine Wange. „Falls ich es später vergesse: Danke, dass du heute gekommen bist. Es beruhigt mich, dich in meiner Nähe zu wissen."

„Immer", sagte er und strich mit seinem Daumen über meine Wange. Ich lehnte mich an ihn, wünschte mir, wir könnten für immer so bleiben, zog mich aber schnell zurück und verschwand wieder nach drinnen. Ich wusste, wenn ich jetzt nicht ging, würde ich die Terrasse nie verlassen.

„Du hast echt Glück", sagte Jana und legte sich die Hand aufs Herz. „Dein Freund ist perfekt."

Ich schenkte ihr ein nachsichtiges Lächeln. „Niemand ist perfekt. Aber ich kann nur bestätigen, dass ich Glück habe. Und du wirst es auch haben. Komm, lass uns dich ins Gespräch bringen."

Die zierliche Brünette mit den so tiefblauen Augen, dass sie fast violett wirkten, sah aus, als hätte jemand ihren Lieblingswelpen gestohlen. „Ins Gespräch?"

„Ja. Ich werde dich einigen Männern vorstellen, die gekommen sind, um dich kennenzulernen."

Sie schluckte schwer, nickte aber und folgte mir zu der Gruppe von Männern, die ich für Charlotte eingeladen hatte, bevor sie Denver kennengelernt hatte. Sie drehten sich alle zu uns, als wir näherkamen, und jeder von ihnen musterte Jana mit Interesse.

Jana trat mit ausgestreckter Hand einen Schritt vor. „Ich bin Jana. Ich – autsch!" Sie stolperte über scheinbar nichts und kollidierte mit David, dem Besitzer des Premonition Pointe Hundehotels. Er hatte das Geschäft von seinen Eltern übernommen, als die in den Ruhestand gegangen und nach Santa Barbara gezogen waren.

„Whoa", sagte er und fing sie auf. „Geht's dir gut?"

Jana schien ihre Zunge verschluckt zu haben, während sie den Mund bewegte, aber nichts herausbrachte.

Göttin im Himmel! Das war einer der Gründe, warum ich meine Partnervermittlungsagentur eröffnet hatte, um Frauen und Männern über vierzig zu helfen, ihre Traumpartner zu finden. Der einzige Grund, warum ich Jana als Klientin angenommen hatte, war, damit alle Männer, die für Charlotte eingeladen worden waren, die Chance hatten, jemand altersgerechten zu treffen. Leute über vierzig waren viel selbstbewusster in ihrer Identität und wussten genau, wonach sie suchten. Die Jüngeren waren manchmal wegen ihrer Nervosität eine Katastrophe. Ich war sicher, dass genau das Janas Problem war. Ich musste sie nur aus ihrem Kopf holen.

„Jana, das ist David. Er besitzt ein Hundehotel. David, das ist Jana. Sie ist Konditorin im Blueberries."

„Hundehotel?", fragte Jana zur gleichen Zeit, als David sagte: „Konditorin? Ich glaube, ich bin schon verliebt."

Jana kicherte und legte sanft ihre Hand auf seine Brust, während sie sagte: „Du hättest was Originelleres sagen können, aber ich nehme das allemal, anstatt *Oh, ich könnte nie mit einer Konditorin ausgehen, weil ich die Weihnachtspfunde nie loswerde.*"

„Sag mir nicht, dass ein Mann das zu dir gesagt hat", sagte David.

„Ist leider so. Der letzte Mann, mit dem ich ausgegangen bin, stand mitten im Essen auf und ging, als ich ihm erzählt habe, dass ich Eclairs im Kühlschrank habe, falls er Lust hätte. Er hat nicht einmal die Rechnung bezahlt. Er ist einfach … gegangen."

„Loser", schnaubte David.

Einige der anderen Männer in der Nähe kommentierten das Erlebnis genauso, und als ich mich zurückzog, um Charlotte zu finden, leuchteten Janas Augen vor Glück, und sie war vertieft in Gespräche mit sechs verschiedenen Männern. Wenn das alles war, was sie brauchte, um zu reden, dann war vielleicht nicht alle Hoffnung verloren, jemand Besonderen für sie zu finden.

Ich war auf dem Weg zur anderen Seite des Raumes, als ich den Hinterkopf meiner Schwester in der Nähe des Flurs bemerkte, der zu den abgesperrten Bereichen des Hauses führte. Ich hob die Hand, um ihr zuzuwinken und zu signalisieren, dass es Zeit war, mit dem Lesen von Auren zu beginnen, wurde aber abgelenkt, als ich eine vertraute Stimme hinter mir hörte.

„Marion?", sagte Brix. „Hast du einen Moment?"

„Hey! Du bist gekommen!", sagte ich und lächelte zu ihm auf. Aber sobald ich den Ausdruck auf seinem Gesicht sah, verschwand mein Lächeln. „Oh nein. Du hast davon gehört, oder?"

„Wovon gehört?", fragte er und runzelte die Stirn, während er den Ballsaal absuchte, und sein Blick in die Richtung fiel, wo ich meine Schwester zuletzt gesehen hatte.

„Das von Charlotte. Ich wollte es dir sagen, aber wenn ich

ehrlich bin, ist es mir komplett entfallen. Es ist so viel los gewesen. Ich hätte anrufen sollen."

„Marion", knurrte Brix. „Wo ist sie?"

„Hm?" Ich runzelte die Stirn, blickte an ihm vorbei und suchte nach meiner Schwester. „Nun, sie war eben noch da drüben." Ich nickte in Richtung Flur. „Aber jetzt habe ich keine Ahnung."

Brix packte meinen Ellbogen und führte mich dorthin, wo Charlotte gerade gestanden hatte.

„Äh, willst du mir sagen, warum du mich herumstößt? Es ist nicht meine Schuld, dass Charlotte vor dieser Party jemanden gefunden hat. Und wenn du denkst, das wird sie dazu bringen, dich Denver vorzuziehen, dann –"

„Wovon redest du?", fragte Brix zwischen zusammengebissenen Zähnen, während sein Blick weiter nach Charlotte suchte.

„Charlotte und Denver. Sie haben sich gestern kennengelernt, und sie scheint ihn für den Richtigen zu halten. Und du? Wovon redest du?", wollte ich wissen.

„Du meine Güte, Marion. Ich dachte, du sagst mir, deine Schwester wäre mit schwarzer Magie verflucht."

„Was? Warum solltest du das denken?" War sie das? Auf keinen Fall. Ich hätte es gespürt, als wir andere geheilt haben, oder? Ich betete, dass mir nichts entgangen war. Hekate hatte gesagt, sie sei dazu verflucht, andere zu verfluchen, aber ich hätte nie im Leben gedacht, dass es schwarze Magie sein könnte.

„Du hast gerade gesagt, es tut dir leid, dass du es mir nicht erzählt hast. Ich dachte, das wäre, was du meinst."

Ich schüttelte den Kopf. „Ich meinte, dass es mir leidtut, dir nicht gesagt zu haben, dass Charlotte nicht die ledige Frau für dieses Event ist. Ich wollte nicht, dass du einen Abend damit verschwendest, einer Frau hinterherzujagen, die sich schon ein anderer Mann geschnappt hat. Ich meine, die schon mit jemandem zusammen ist."

„Okay, betrachte mich als gewarnt. Jetzt musst du was für mich tun", sagte Brix.

Ich wartete, bis er weitersprach.

„Jemand, der sich gerade in diesem Haus befindet, ist ein Anwender schwarzer Magie. Ich brauche deine Hilfe, ihn zu finden."

„Schwarze Magie?", fragte ich, und meine Stimme wurde schrill. „Das ist unmöglich. Ich überprüfe alle meine Klienten. Niemand hier hat eine Vorgeschichte damit." Bitte lass das stimmen! Bitte lass das stimmen! Bitte lass das stimmen! Ich wiederholte es in meinem Kopf immer wieder.

„Überprüft oder nicht, es passiert." Er hielt eine silberne Kette mit einem Pentakel-Anhänger hoch. Sie leuchtete. „Das beweist es." Brix bewegte den Anhänger nach rechts, dann nach links und dann wieder nach rechts. Jedes Mal, wenn er ihn nach rechts bewegte, leuchtete der Anhänger heller. „Der Nutzer schwarzer Magie ist in diese Richtung."

Brix marschierte durch den Raum, direkt dorthin, wo meine Schwester vor wenigen Augenblicken noch gestanden hatte.

Angst überrollte mich. War Charlotte mit schwarzer Magie verflucht? War Brix hinter ihr her? Er arbeitete normalerweise nur an hochkarätigen Fällen. Nicht an einem, der eine kleine Hexe betrifft, die versehentlich eine Bar voller Männer verflucht hat.

Ohne einen weiteren Gedanken rannte ich hinter Brix her, entschlossen, ihn von Charlotte fernzuhalten. Auf keinen Fall würde ich zulassen, dass er oder jemand anderes sie für etwas

einsperrte, das sie nicht kontrollieren konnte. „Brix, ich denke
–"

„Hier entlang", sagte er und eilte den Flur hinunter. Sobald
ich ihn einholte, blieb ich wie angewurzelt stehen und
beobachtete, wie er eine Tür eintrat und hineinstürmte,
Charlotte packte und ihr die Arme auf den Rücken drehte. Er
legte magische Handschellen an sie und sagte: „Sie haben das
Recht zu schweigen –"

„Marion? Was geht hier vor?", fragte Charlotte, Panik in
den Augen.

Ich schüttelte den Kopf, denn ich wollte nicht, dass sie
etwas sagte, das sie in noch größere Schwierigkeiten hätte
bringen können.

„Sie sind wegen der Anwendung schwarzer Magie
verhaftet", sagte Brix zu ihr.

„Ich benutze keine schwarze Magie", beharrte sie und
begann, gegen ihre Fesseln zu kämpfen. „Sag es ihm, Marion!
Sag ihm, dass das alles nur ein großes Missverständnis ist. Ich
wollte niemanden verletzen!"

Brix sah ihr direkt in die Augen. „Hören Sie auf zu reden.
Sofort. Ich sage Ihnen das nur, weil ich Ihre Schwester
respektiere und bewundere, verstanden?"

Sie nickte, ihre Augen voller Tränen.

„Jetzt bewegen Sie sich."

Ich sah hilflos zu, wie Charlotte durchs Haus in den
Vorgarten geführt und dann auf den Rücksitz eines SUVs
geschoben wurde. Als die Rücklichter in der Ferne
verschwanden, drehte ich mich zu meinen Freunden um, fand
Sebastian und sagte: „Wir brauchen einen Anwalt, und zwar
sofort."

„Geht klar." Er nickte ernst. „Ich gehe gleich los und stelle die Kaution für sie. Mach dir keine Sorgen, Marion. Ich kümmere mich darum, verstanden?"

„Verstanden", sagte ich. Aber als ich zusah, wie Sebastian das Haus verließ, konnte ich das Gefühl nicht loswerden, dass ich meine Schwester für eine sehr lange Zeit nicht sehen würde. Eine einzelne Träne lief meine Wange hinunter, bis ich sie wütend wegwischte.

Jetzt war nicht die Zeit, zusammenzubrechen. Meine Schwester brauchte mich.

KAPITEL 15

„Was ist passiert?", fragte Denver, während er mit zwei Gläsern Wein in den Händen auf uns zukam und dabei panisch klang. „Habe ich gerade gesehen, wie die Polizei Charlotte in Handschellen abgeführt hat?"

Ich nickte, unsicher, was ich sagen sollte. Sie kannte diesen Mann erst seit zwei Tagen. Sicher, sie mochte ihn, aber das bedeutete nicht, dass sie es gern gesehen hätte, wenn er über ihre rechtlichen Probleme informiert wurde.

„Warum?" Sein Kiefer spannte sich an, als er Richtung Haustür blickte.

„Ich weiß es wirklich nicht." Das war nicht völlig gelogen. Ich konnte den Gedanken nicht fassen, dass Charlotte irgendwie schwarze Magie benutzt haben sollte. Ich glaubte einfach nicht, dass das möglich war. Trotz ihrer versehentlichen Flüche wollte sie wirklich niemandem schaden und sorgte dafür, dass jeder Betroffene geheilt wurde. Sie hatte ein gutes Herz und war nicht der Typ, der etwas so Böses wie schwarze Magie auf jemanden losließ.

Da musste ein Fehler vorliegen. Ein riesiger Fehler.

„Ich hab' den Agenten sagen hören, es ginge um schwarze Magie", sagte Jana und starrte Denver mit verliebten Augen an.

„Schwarze Magie?", wiederholte er, sein Gesicht geschockt. „Bist du sicher?"

Sie nickte. „Hundertprozentig sicher. Ich war keinen Meter entfernt, als er sie gefesselt hat."

„Verdammt." Denver knallte die Weingläser auf einen Beistelltisch und stürmte ohne zurückzublicken aus dem Haus.

Ich zuckte zusammen. Das war wahrscheinlich das letzte Mal, dass Charlotte ihn sehen würde. Einen versehentlichen Akne- und ED-Fluch zu überstehen war eine Sache, aber eine Beziehung mit jemandem anzufangen, der deine Seele schwarz machen konnte, war etwas völlig anderes. Ich wollte ihn zurückrufen oder ihm hinterherlaufen, um meine Schwester zu verteidigen, aber was sollte ich sagen? Die Magical Task Force irrt sich? Sie ist zu nett dafür? Sie muss reingelegt worden sein?

Es klang selbst in meinen Ohren wie Unsinn.

„Marion", sagte Jax und griff nach meiner Hand. „Komm, lass uns gehen, damit wir da sind, wenn Sebastian Charlotte rausholt. Sie wird dich brauchen."

Ich klammerte mich an seine Hand. „Aber die Party. Meine Klienten. Ich kann nicht einfach abhauen, ohne zumindest etwas zu sagen. Und was ist mit Gigi? Ich kann sie nicht mit diesem Chaos allein lassen."

„Iris übernimmt für dich –", begann Jax.

„Und ich hab' das im Griff", sagte Gigi und unterbrach ihn. „Geh. Sei für Charlotte da. Dafür sind Zirkelschwestern da. Um sich gegenseitig zu stützen, wenn wir es brauchen."

Ich umarmte sie fest. „Danke. Und sag Iris, ich könnte diesen Job ohne sie nicht machen. Sie ist ein Schatz."

„Das weiß sie", sagte Gigi und scheuchte uns weg. „Geh. Und mach dir keine Sorgen um irgendwas hier."

Jax nickte dankbar und führte mich dann schnell zu seinem Truck. „Wir holen deinen SUV später."

Ich wedelte mit der Hand, völlig unbesorgt. „Danke. Ich glaube, mein Kopf wäre explodiert, wenn wir dortgeblieben wären, um auf Neuigkeiten zu warten."

„Ich weiß. Deshalb ist es besser, jetzt zu gehen. Du wirst sowieso nicht ruhen, bis du weißt, dass es ihr gut geht."

Er hatte recht. Ich würde Löcher in meine Holzböden laufen, während ich auf diesen Anruf wartete. Das einzige Problem war Minx. Sie war allein zu Hause, und wenn nicht bald jemand nach ihr sah, würde sie Löcher in meine Möbel, meine Schuhe und alles andere fressen, was sie zwischen die Zähne bekommen konnte. Ich schrieb Ty und bat ihn, nach ihr zu sehen und sie mit in seine Wohnung zu nehmen, falls nötig.

Glücklicherweise stimmte er ohne Fragen zu.

Was hatte ich getan, um einen so wunderbaren jungen Mann in meinem Leben zu verdienen? Ich liebte ihn, als wäre er mein eigener Sohn. Kennedy auch. Und ich fürchtete den Tag, an dem sie aus meiner Wohnung in ihr eigenes Haus ziehen würden. Sie in der Nähe zu haben, war eine Freude, nicht, weil sie auf Minx aufpassten oder mir bei der Hauswartung halfen, sondern weil ich sie einfach gern um mich hatte.

„Worüber denkst du gerade nach?", fragte Jax mich.

„Über Ty und Kennedy. Ich dachte gerade, wie sehr ich es liebe, sie um mich zu haben", sagte ich, während ich aus dem Fenster starrte.

Es folgte eine lange Pause, bevor Jax sagte: „Alles wird gut. Das weißt du, oder? Sie wird bald wieder zu Hause bei dir sein. Sebastian wird dafür sorgen."

Ich schloss die Augen und wünschte mir, ich könnte die Welt ausblenden. „Ich wünschte, ich könnte das glauben. Wirklich. Aber schwarze Magie, Jax? Wenn sie denken, dass sie sie benutzt hat, lassen sie uns nicht einmal Kaution stellen. Sie wird in einer Zelle der Magical Task Force verrotten, bis zu einem Prozess." Ich ballte meine Hände zu Fäusten. „Ich verstehe das einfach nicht."

Er streckte seinen Arm über die Mittelkonsole, ergriff meine Hand und drückte sie, um seine Unterstützung zu zeigen. „Was auch immer passiert, ich werde an deiner Seite sein. Und egal, was du brauchst, ich helfe dir."

„Selbst wenn es bedeutet, einen Chihuahua aufzunehmen, der dich hasst? Werde ich dich je wiedersehen, wenn Minx meine dauerhafte Mitbewohnerin wird?"

„Selbst dann." Er schenkte mir ein sanftes Lächeln, das mich fast die Fassung verlieren ließ. Dieser Mann hatte ein Herz aus Gold. Ich wusste, wie lästig Minx war, wenn sie versuchte, sein Gesicht zu zerbeißen, und doch bot er an, sich mit ihr abzufinden, ohne Fragen zu stellen, weil er wusste, dass ich eher sterben würde, als den Hund wegzugeben, bevor Charlotte zurückkommen konnte, um sich um ihn zu kümmern.

„Ich liebe dich", sagte ich.

Seine Lippen verzogen sich zu einem Lächeln. „Ich liebe dich auch. Mitsamt neurotischem Kampfhund und allem."

Als wir das Gebäude der Strafverfolgungsbehörden in Premonition Pointe erreichten, hatte ich Knoten im Magen. Übelkeit dominierte, und mein Gesicht war heiß. Stress machte das immer mit mir.

Alles, was ich tun konnte, war, mir immer wieder einzureden, dass Sebastian der Beste war. Er würde das regeln, und wenn nicht, würde er jemanden finden, der es konnte. Er hatte seine Kanzlei und seinen Ruf darauf aufgebaut, gründlich zu sein und alles zu tun, um den Job zu erledigen. Wir hatten Glück, dass er auf unserer Seite war.

„Wie lange denkst du, wird das dauern?", fragte ich Jax.

„Keine Ahnung. Ich wurde noch nie verhaftet."

„Nie? Nicht ein einziges Mal? Nicht mal, weil du einem Cop auf der Autobahn den nackten Hintern gezeigt hast?" Ein Freund von ihm hatte ihn einmal dazu herausgefordert, vor einem Cop blankzuziehen, und als er es getan hatte, war das Auto, in dem er gesessen hatte, angehalten worden, und der Cop hatte ihn auf die Wache mitgenommen. Er war siebzehn gewesen, und das hatte Eindruck hinterlassen.

„Ich hab' nie gesagt, dass ich nicht in einem Polizeiauto mitgefahren bin, nur, dass ich nie verhaftet wurde. Und das stimmt. Der Cop hat mich gehen lassen, unter der Voraussetzung, dass ich am nächsten Wochenende beim Kuchenverkauf helfen würde. Das habe ich gemacht, und ich erinnere dich daran, dass mein Stand als erster ausverkauft war, obwohl ich zwölf Dutzend Kekse, drei Kuchen und drei Dutzend Muffins gebacken hatte. Es war Wahnsinn."

Ich schüttelte den Kopf über ihn. „Du weißt schon, dass sie wegen des gutaussehenden Siebzehnjährigen da waren und nicht, weil deine Muffins mit denen von Julia Child konkurrieren konnten, oder?"

„Sicher." Er lachte. „Aber es hat den Cop zufriedengestellt und meine Mom und Tante beeindruckt … bis sie die Kekse probiert haben. Es stellte sich heraus, dass ich zu viel Backpulver benutzt hatte." Er verzog das Gesicht. „Da habe ich gelernt, Rezepte zweimal zu lesen und ordentlich zu wiegen."

„Oh, ich erinnere mich. Ich hab' ein Dutzend dieser schrecklichen Kekse gekauft", sagte ich.

Wie war es möglich, dass wir auf dem Parkplatz standen,

warteten, um herauszufinden, ob meine Schwester im Gefängnis verrotten würde, und Jax mich nicht nur zum Lächeln, sondern auch zum Lachen brachte?

„Du täuschst niemanden", sagte ich zu ihm.

„Was meinst du?"

„Du lenkst mich ab, damit ich mich nicht so sehr um Charlotte sorge."

Er zuckte mit den Schultern. „Hat funktioniert, oder?"

„Ja." Ich trat zu ihm, hielt ihn fest und vergrub meinen Kopf an seiner Schulter. „Danke."

„Jederzeit, Marion. Das tun Partner nunmal."

Nicht alle Partner. Ich hatte in meinen Jahren als Partnervermittlerin viel zu viele Arschlöcher gesehen. Aber Jax? Er war was Besonderes. Schade, dass wir so viele Jahre verschwendet hatten, weil ich nie glauben konnte, dass wir ein perfektes Paar waren. Hätte ich früher einen Sprung ins Ungewisse gewagt, hätte ich ein Leben voll von diesen Erinnerungen haben können.

„Marion?", sagte Jax sanft und zog mich von sich weg. „Da ist sie."

Ich drehte mich um und rannte auf Charlotte zu, die mit – Denver? – aus dem Gebäude kam. Er war nicht abgehauen? Wow, das war eine Überraschung. Aber warum war er bei ihr, und wo war Sebastian?

„Char!", rief ich.

Sie hob den Kopf und suchte den Parkplatz nach mir ab. Gerade, als sich unsere Blicke trafen, fuhr ein silberner SUV direkt neben ihr vor. Ein Mann in einem Anzug mit Trenchcoat öffnete ihr die hintere Tür.

Sie zögerte, dann warf sie mir einen schmerzhaften Blick zu und sagte: „Kümmere dich für mich um Minx. Ich ruf' dich an, wenn ich kann." Dann stiegen sie und

Denver in den Wagen, und er fuhr in die dunkle Nacht davon.

„Was zum Henker ist gerade passiert?", fragte ich Jax.

„Keine Ahnung. Hat sie den Typen nicht eben erst getroffen? Denver? Ist das sein Name?" Jax runzelte die Stirn, und alles an ihm spannte sich an. „Was wissen wir über ihn?"

„Nur, dass Charlotte ihn versehentlich verflucht hat, wir ihn geheilt haben und dann ihre Auren tiefviolett waren. Ich habe noch nie eine so spontane Verbindung gesehen. Ich weiß, sie mögen einander wirklich."

„Es ist zu früh in ihrer Beziehung, jemanden aus dem Gefängnis zu holen und dann mit ihr abzuhauen, ohne ihr die Gelegenheit zu geben, auch nur mit ihrer Familie zu sprechen." Er begann, auf- und abzugehen, und fuhr sich mit der Hand durch sein bereits zerzaustes Haar. „Wir müssen herausfinden, was passiert ist."

„Da stimme ich vollkommen zu. Lass uns gehen." Ich ergriff seine Hand und zog ihn ins Gebäude.

Sobald wir durch die Tür waren, hätte ich fast Sebastian gerammt.

„Whoa", sagte er und stützte mich. „Geht's dir gut?"

Ich schüttelte den Kopf. „Nein. Überhaupt nicht. Ich habe gerade gesehen, wie meine Schwester mit dem Mann herauskam, den sie erst seit zwei Tagen kennt. Sie sind in ein Auto gesprungen und davongefahren. Das Einzige, was sie mir gesagt hat, war, dass ich auf ihren Hund aufpassen soll. Ich muss wissen, was zum Henker los ist."

„Du bist nicht die Einzige", sagte er und runzelte die Stirn. „Ich war hier und habe darauf gewartet, dass sie die Papiere unterschreibt, damit ich sie als Anwalt vertreten kann, als jemand kam und mir sagte, sie hätte bereits eine andere Vertretung akzeptiert und sei schon freigelassen worden."

Ich blinzelte ihn an. „Was? Wie? Ich verstehe das nicht. Denver hat ihr einen Anwalt besorgt, und sie hat sich für den entschieden anstatt für dich?"

„Hört sich ganz so an, und da ich nicht ihr Anwalt bin, sagen sie mir nichts über den Fall. Ich weiß ungefähr so viel wie du." Der Puls an seinem Hals pochte.

Das war eine Seite von Sebastian, die ich noch nicht gesehen hatte. Normalerweise war er in Krisen so ruhig. Sehr kühl. Und er war nur dann aufgebracht, wenn es um Gigi ging.

„Das kann ich nicht glauben."

„Ich versuche, über mein Netzwerk herauszufinden, wer ihr Anwalt ist, und melde mich bei dir, aber leider kann ich nichts tun, es sei denn, sie feuert ihn und engagiert mich."

„Außer einem Backgroundcheck", sagte ich.

„Die kann ich arrangieren. Besorg mir alles, was du über Denver hast. Mein Team fängt heute Nacht damit an."

„Danke", sagte ich und seufzte erleichtert. Ich hatte nicht bemerkt, wie besorgt ich war, dass Denver ein schlechter Typ sein konnte, bis Sebastian meinen Verdacht bestätigte. „Wirklich. Ich weiß nicht, was wir ohne dich tun würden."

„Ich habe noch nichts getan", sagte er. „Aber ich werde mein Bestes geben."

„Ich hinterlasse dir eine Voicemail mit den Details, die ich über ihn habe."

„Das funktioniert." Er umarmte mich schnell, schüttelte Jax' Hand und ging dann.

Jax wollte Richtung Ausgang gehen, aber ich hatte noch etwas zu erledigen.

„Warte." Ich ging zur Rezeption und läutete die Glocke.

Eine kleine, rundliche Frau mit einer großen schwarzen Plastikrandbrille erschien mit einer Kaffeetasse in der Hand. „Kann ich Ihnen helfen?"

„Ich muss Brix Belford sehen. Er ist ein Agent der Magical Task Force. Er kennt mich. Sagen Sie ihm, Marion Matched ist hier."

„Miss Matched, Agent Belford ist momentan beschäftigt. Wenn Sie Ihre Nummer hinterlassen wollen, kann ich ihm eine Nachricht geben."

„Ich gehe nicht, solange ich nicht mit ihm gesprochen habe", beharrte ich. „Ich bleib einfach hier und warte."

„Ihre Entscheidung", sagte sie desinteressiert und verschwand wieder im Büro.

„Verdammter Mist", knurrte ich. „Das lief nicht wie geplant."

„Marion?", sagte Brix hinter mir.

Ich drehte mich um. „Wo kommst du denn gerade her?"

„Aus der Kaffeeküche. Ich habe gehört, wie du darauf bestanden hast, mich zu sehen."

„Und mir wurde gesagt, du bist zu beschäftigt. Also, was ist jetzt? Hast du jetzt einen Moment, um mit mir zu reden, oder nur, wenn du meine Agentur als Deckung für deine Ermittlungen benutzt?"

„Das habe ich nur einmal gemacht", sagte er sanft. „Und wenn du dich erinnerst, hat das für uns beide funktioniert."

Er hatte recht, aber ich war zu wütend, um das zuzugeben. „Sag mir die Wahrheit", verlangte ich. „Bist du in meiner Agentur aufgetaucht, weil du gegen meine Schwester ermittelst?"

Er antwortete nicht sofort.

„Verdammt, Brix! Ich dachte, wir wären Freunde, und du machst sowas? Du hast nur so getan, als wärst du an ihr interessiert, um eine Einladung zur Party zu bekommen! Das ist niederträchtig. Wirklich niederträchtig!"

„So ist es nicht gelaufen", sagte er leise.

„Ach ja? Dann klär mich auf." Ich verschränkte die Arme vor der Brust. „Erzähl mir, wie das Flirten mit meiner Schwester zum Job gehört."

„Du weißt, dass das alles zum Job gehört", sagte er mit hochgezogenen Augenbrauen.

„Natürlich weiß ich das!", rief ich ihm zu. „Denkst du, mir ist nicht bewusst, dass ich unvernünftig bin? Natürlich würde ein Agent mit jemandem flirten, um an Informationen ranzukommen. Es ärgert mich nur, weil wir Freunde sind und zusammen einige ernste Scheiße durchgemacht haben, und anstatt mir reinen Wein einzuschenken, hast du mich und mein Vertrauen genutzt, um meine Schwester zu verhaften!"

Er sah einen Moment lang verblüfft aus, bevor er meinen Arm packte und mit lauter Stimme sagte: „Ich denke, es ist Zeit für dich zu gehen, Marion."

Ich riss meinen Arm aus seinem Griff. „Das kann ich allein. Danke trotzdem."

Jax nahm meine Hand und führte mich, ohne ein Wort an Brix, hinaus.

Brix folgte uns, hielt jedoch etwas Abstand, bis wir um die Ecke zu unserem Parkplatz bogen. Dann war er bei uns, seine Stimme gesenkt. „Ich darf eigentlich nicht mit dir über das sprechen, verstanden?"

Ich nickte.

„Ja, Mann", sagte Jax und legte seine Hand an meinen unteren Rücken, eine Geste, die ich als Unterstützung erkannte.

„Okay, ich mach's kurz. Ich war in deinem Büro, um nach Charlotte zu suchen. Nur hatte ich keine Ahnung, dass sie deine Schwester ist. Ich habe sie von Portland aus hierher verfolgt. Nichts, was ich über sie an Informationen hab', hat mich auf die Idee gebracht, dass sie dich kennt, geschweige denn mit dir verwandt ist. Ich denke, jemand hat sich große Mühe gegeben, ihre Identität auszulöschen, denn alles, was ich hatte, war eine alte Adresse, die zu dir und deinem Vater vor vielen Jahren zurückgeführt hat. Ich wollte dich nach ihr fragen, aber dann war sie da. Was hätte ich tun sollen? Meine Tarnung auffliegen lassen?"

„Aber, Brix, warum hast du sie überhaupt verfolgt? Was hat sie getan?", fragte ich, ängstlich, die Antwort zu erfahren.

„Das ist es ja; ich weiß es noch nicht genau. Alles, was ich weiß, ist, dass sie überall, wo sie hingeht, Spuren schwarzer Magie mit ihrer Signatur hinterlässt. Wie du weißt, ist schwarze Magie so gefährlich, dass sie in allen Formen verboten ist. Wir müssen herausfinden, was sie damit macht und warum, bevor irgendetwas Katastrophales passiert."

„Wenn das alles stimmt, warum hast du sie dann nicht in meinem Büro verhaftet?"

Er kaute auf seiner Unterlippe. „Mein Scanner hat an diesem Tag keine Spuren schwarzer Magie gezeigt. Ich begann zu denken, dass ich vielleicht die falsche Frau verfolgt habe, aber heute Abend bei deiner Party waren sie extrem stark. Ich hatte keine Wahl. Es tut mir so leid, Marion."

KAPITEL 16

„Ich glaube einfach nicht, dass Charlotte schwarze Magie benutzen würde", sagte ich zu Jax, als er seinen Truck neben meinem SUV in meine Einfahrt lenkte. Ich schickte ein stilles Dankgebet an Iris, dass sie ihn von Gigis Haus nach Hause gebracht hatte.

„Vielleicht weiß sie nicht einmal, dass sie sie benutzt", bemerkte er.

„Du meinst, vielleicht hat jemand sie damit verflucht, und sie trägt sie mit sich herum?", fragte ich. Aber dann schüttelte ich den Kopf. „Das ist eine solide Theorie, aber irgendwas passt nicht zusammen. Brix hat gesagt, sein Scanner hat im Büro bei ihr nichts angezeigt. Wenn das stimmt, wie konnte er dann heute Abend was registrieren?"

„Vielleicht wurde sie zwischen seinem Besuch im Büro und dem Wiedersehen bei der Party verflucht", sagte Jax und versuchte immer noch, das Rätsel mit mir zu lösen.

„Aber ich war fast die ganze Zeit bei ihr. Ich trage keine schwarze Magie mit mir herum, sonst hätte Brix mich auch festgenommen. Außerdem hat er gesagt, er hat sie von

Portland aus verfolgt. Vermutlich hat sie sie da auch schon benutzt."

„Ich weiß nicht, Marion. Brix schien auch verwirrt." Er beugte sich über die Sitze und legte seine Hand an meine Wange. „Wir finden heraus, was hier vor sich geht."

„Das müssen wir." Ich zog mein Handy aus der Tasche, enttäuscht, dass Charlotte keine meiner Nachrichten beantwortet hatte. Nachdem wir Brix verlassen hatten, hatte ich auf dem Nachhauseweg dreimal versucht, sie anzurufen. Alle Anrufe wurden unbeantwortet auf ihre Voicemail weitergeleitet. Ich tippte ihre Nummer und war nicht überrascht, als der Anruf sofort auf die Mailbox schaltete. „Warum geht sie nicht ran?", sagte ich zum dritten Mal.

Jax antwortete nicht. Er hatte die Antwort nicht, und ich erwartete sie auch nicht von ihm.

„Komm. Ich brauche ein Glas oder besser eine Flasche Wein. Und alle Pop-Tarts im Küchenschrank." Ich öffnete meine Tür, und als ich ausstieg, war Jax schon da, um mir zu helfen.

„Ich toaste dir sogar die Pop-Tarts", sagte er.

Ich schenkte ihm ein dankbares Lächeln. Der Mann war wirklich zu gut, um wahr zu sein.

Sobald ich die Haustür öffnete, kam Minx angerannt.

Ich sah Ty und Kennedy auf dem Sofa, Paris Francine zusammengerollt neben ihnen.

„Minx hat die Tür im Auge behalten, seit wir runtergekommen sind, um deinen Keksvorrat zu plündern", sagte Ty und schüttelte amüsiert den Kopf. „Sie hatte nicht einmal Interesse daran, mit Paris zu spielen."

„Hast du mich vermisst?", fragte ich Minx. Ihr kleiner Schwanz wedelte vor Aufregung hin und her, bis sie Jax bemerkte. Da erstarrte sie, und das Knurren begann.

Mir war die Geduld ausgegangen, und ich stemmte die Hände in die Hüften. Ich sah zu ihr hinunter und schnauzte: „Minx, nein!"

Das Knurren stoppte sofort, und sie starrte mich an, als wollte sie sagen: *Was? Ich habe dich beschützt.*

„Ich weiß, dass du ihn für irgendeine Bedrohung hältst", sagte ich immer noch mit strenger Stimme zu Minx. „Aber ich verspreche dir, das ist er nicht. Du musst ihn nicht lieben. Du musst ihn nicht einmal mögen, aber du musst aufhören zu knurren. Und wenn du noch einmal versuchst, ihn zu beißen, werde ich ein Hühnchen mit dir rupfen, verstanden?"

Minx neigte den Kopf zur Seite und sah dann – *unglaublich!* – Jax genauso an.

„Okay, jetzt, wo wir uns scheinbar einig sind, musst du Jax reinlassen, ohne noch eine Jeans zu zerreißen. Verstanden?"

Minx setzte sich und sah so süß aus, wie sie nur konnte.

Ich lachte und hob sie hoch. „Du bist eine Nummer, weißt du das?"

Sie antwortete, indem sie meine Wange leckte.

„Danke. Ich liebe dich auch." Ich ging hinein, hielt immer noch Minx auf dem Arm, und setzte mich in den Sessel gegenüber von Ty und Kennedy, wo sie sich auf meinem Schoß zusammenrollte.

„Wow, das war beeindruckend", sagte Kennedy und stand auf, um ihren Yorkie auf den Arm zu nehmen. „Wenn du so mit mir reden würdest, würde ich mich auch hinsetzen und ganz brav sein."

Ich verdrehte die Augen, dankbar für die kleine Atempause an diesem sonst so bedrückenden Abend. „Bitte. Ich würde dich oder Ty nie so anschnauzen. Na ja, ... es sei denn, ihr bräuchtet es."

Kennedy lachte und kam herüber, um mir einen Kuss auf die Wange zu drücken. „Wir machen uns vom Acker."

„Wartet", sagte ich. „Da ist was, das ich euch beiden sagen muss."

Kennedy setzte sich wieder, während Ty sich auf dem Sofa nach vorn beugte und mir seine volle Aufmerksamkeit schenkte.

„Was ist passiert?", fragte Ty. Er kannte mich zu gut. Sicher hatte er meine Sorge bemerkt.

Ich erzählte ihnen schnell alles, was passiert war, von Charlottes Verhaftung durch Brix bis zu ihrer Wahl eines anderen Anwalts als Sebastian und dann ihrem Einsteigen in den Wagen mit Denver.

„Ich kann nicht glauben, dass sie mit einem Mann abgehauen ist, den sie erst seit ein paar Tagen kennt", sagte Ty, die Stirn besorgt gerunzelt. „Das scheint … ich weiß nicht, wie ein verrücktes Risiko, wo sie doch Sebastian hatte, der ihr helfen wollte."

„Ich stimme zu, aber sie kennt den Zirkel nicht so gut. Vielleicht dachte sie, Denver wäre ihre beste Chance, mit diesem Chaos umzugehen." Ich seufzte. „Ehrlich, ich habe keine Ahnung, was sie denkt. Sie geht nicht ans Handy und hat mich auch nicht zurückgerufen. Ich hoffe, das liegt daran, dass sie sich mit einem erstklassigen Anwalt trifft, aber das ist nur Spekulation."

Ty lehnte sich zurück und verschränkte die Arme vor der Brust.

„Schwarze Magie", flüsterte Kennedy und pfiff leise. „Das ist krass."

Ich nickte. „Sehr. Aber heute Nacht können wir nichts dagegen tun. Ich dachte nur, ihr solltet Bescheid wissen. Jax und ich gehen ins Bett, und wir werden versuchen, das morgen zu klären."

Ty stand auf und streckte Kennedy die Hand entgegen. „Dann verschwinden wir. Lass mich wissen, wenn wir irgendwie helfen können, okay?"

„Werde ich." Sie gaben mir jeder einen Kuss auf die Wange und schlüpften dann leise mit Paris Francine aus der Haustür. Ich kuschelte mich auf mein Sofa, Minx bei mir.

Jax, der im Türrahmen gelehnt hatte, ging jetzt in die Küche, und während Minx ihren Blick auf die Küchentür gerichtet hielt, gab sie keinen Laut von sich. Erst, als er mit getoasteten Pop-Tarts auf einem Teller für mich ins Wohnzimmer zurückkam, gab sie ein leises Knurren von sich.

„Denk' nicht, ich habe dich vergessen", sagte er und gab ihr einen Mini-Greenie. Ich hielt die für Paris Francine bereit, wenn sie zu Besuch war. Und genau wie Paris verschlang Minx ihn und leckte sich danach sogar die Schnauze. „Freut mich, dass er dir geschmeckt hat", sagte Jax, bevor er sich auf das andere Ende des Sofas setzte.

Minx versteifte sich, und es war klar, dass sie sich mit der Situation nicht wohlfühlte. Aber sie benahm sich, also verbrachte ich viel Zeit damit, ihre Ohren zu kraulen und ihr zu sagen, dass sie ein braves Mädchen war. Es brauchte etwas Mühe, aber schließlich legte sie sich zwischen uns mit dem Kopf auf ein kleines Kissen.

„Dieser Hund denkt, du gehörst ihm", sagte Jax leise.

„Da liegt sie nicht falsch", sagte ich. „Sieh sie dir an. So niedlich."

Als Minx einschlief und leise zu schnarchen begann, stand ich leise vom Sofa auf und sagte: „Ich gehe duschen. Kannst du ein Ohr auf mein Handy haben, falls Charlotte anruft?"

„Sicher. Aber ich wäre lieber mit dir unter der Dusche", sagte er mit einem Augenzwinkern.

Ich grinste und erinnerte mich an unsere letzte gemeinsame Dusche. „Das wäre schön, aber ..." Ich blickte zum Handy.

„Ich weiß. Geh", sagte er. „Wir haben die ganze Nacht."

„Dann bleibst du?", fragte ich.

„Du könntest mich nicht vertreiben, selbst wenn du es versuchen würdest. Ich würde dich nach dem, was heute passiert ist, nicht allein lassen."

Erleichterung durchströmte mich. Mir war nicht einmal bewusst gewesen, dass ich erwartet hatte, dass er nach Hause gehen würde. Normalerweise tat er es nicht, aber nach der letzten Woche, in der ich ihn wegen seines Terminkalenders und der unerwarteten Rückkehr meiner Schwester kaum gesehen hatte, nahm ich nichts als selbstverständlich. Ich beugte mich hinunter und gab ihm einen sanften Kuss auf die Wange. „Ich mache schnell."

„Nimm dir Zeit", sagte er und hielt einen Greenie hoch. „Falls sie aufwacht, bin ich vorbereitet."

Ich kicherte leise. „Bestechung ist ein ausgezeichneter Plan."

Ich hatte das Shampoo noch nicht einmal ausgespült, als ich Minx' anhaltendes Bellen hörte. „Verdammt", murmelte ich und wartete einen Moment, während das Wasser über mich lief, da ich hoffte, der Greenie würde wirken. Aber Minx bellte und knurrte weiter, als hätten wir Eindringlinge. Ich tauchte unter den Strahl und beeilte mich, das Shampoo aus meinen langen roten Haaren zu waschen. Sobald ich fertig war, griff ich nach dem Hahn, um das Wasser abzustellen, aber das Bellen hatte aufgehört.

Als ich Minx nicht mehr hörte, sandte ich ein stilles

Dankgebet an das Universum und blieb unter der Dusche, bis meine Finger anfingen zu schrumpeln.

Warm und glücklich in meiner Flanellpyjamahose und einem T-Shirt ging ich, um Jax zu retten. Aber als ich ihn auf dem Sofa fand, lag Minx zusammengerollt auf seiner Brust, ihren Kopf unter sein Kinn gekuschelt, und beide schliefen tief und fest.

Mein Herz schmolz in dem Moment dahin. Ich hatte keine Ahnung, was er getan hatte, um Minx zu beruhigen, aber er war eindeutig ein Genie. Nachdem ich mein Handy gefunden und mehrere Fotos gemacht hatte, flüsterte ich: „Hey, Schlafmütze."

Jax' Augen öffneten sich flatternd. Seine Stimme war schlaftrunken, als er sagte: „Hey du."

Ich blickte bedeutungsvoll auf den Hund, der immer noch tief schlief.

Er lachte. „Anscheinend hatte Hagrid recht."

„Was? Wer ist das?"

„Vergiss es. Ich musste nur herausfinden, was sie beruhigt." Er zeigte auf den rosa Pullover, auf dem Minx lag. „Der gehört Charlotte. Sobald ich mich ihr mit dem Ding näherte, hat sie daran geschnuppert und dann gewinselt, als würde sie ihre Mom vermissen. Erst habe ich ihn auf meine Brust gelegt, um mich vor einem Angriff zu schützen, weil er sie abgelenkt hat. Aber irgendwann hat sie sich einfach hingelegt und die Augen zugemacht. Jetzt sind wir ... ich weiß nicht, ob ‚beste Freunde' das richtige Wort ist, aber ich denke, wir verstehen uns."

Ich schüttelte staunend den Kopf. „Du bist brillant."

„Wenn du meinst. Aber vielleicht auch nicht, denn es sieht so aus, als würde dieser Hund mit uns schlafen."

Ich nickte nur. Er hatte recht. Keine Chance, dass ich sie die ganze Nacht allein in Charlottes Zimmer lassen würde. Wenn sie stubenrein wäre, wäre das etwas anderes, aber das war sie nicht. Sie schlief bei Charlotte. Da sie nicht da war, würde der Hund immer einen Platz bei mir haben. „Sie ist klein. Wie viel Platz kann sie schon beanspruchen?"

Jax lachte. „Du wirst diese Worte noch bereuen."

Wie sich herausstellte, konnten kleine Chihuahuas fast die ganze Seite eines Doppelbetts einnehmen. Und nein, sie schlief nicht auf einer Seite. Sie schlief genau zwischen uns. Ich wachte am Morgen auf und fand Jax zwei Meilen entfernt auf der anderen Seite der Matratze. Im Niemandsland dazwischen streckte sich Minx lang aus und leckte mein Gesicht, während sie mit ihrem Schwanz auf Jax klopfte.

Er stöhnte und drehte sich um.

„Feigling", sagte ich, kuschelte mich an Minx und genoss ihre Zuneigung.

Dann dachte ich an Charlotte, griff nach meinem Handy und sah, dass sie nicht angerufen hatte. Ich stöhnte: „Wie lange hat Sebastian gesagt, würde der Backgroundcheck dauern?"

„Er meinte, das hängt davon ab, wie viel Informationen du über Denver hast. Die meisten dauern ein paar Tage, aber einige seiner schwierigen Fälle haben eine ganze Woche gedauert."

„Bitte lass es nicht so lange dauern", sagte ich und warf einen Arm über meine Augen.

Seine Stimme klang gequält, als er hinzufügte: „Besonders, wenn das heißt, dass wir jede Nacht einen Chihuahua zwischen uns haben."

Ich streckte die Hand aus und tätschelte seine Wange, aber Minx sprang auf mich und überschüttete mich mit Küssen über mein ganzes Gesicht. Ich lachte, als ich sagte: „Wir haben immer noch die Dusche."

KAPITEL 17

*E*s waren fünf Tage vergangen, seit Charlotte verhaftet worden war. Sebastian hatte immer noch keine Ergebnisse vom Backgroundcheck über Denver, und mir gingen die Ideen aus, wie ich meine Schwester finden konnte. Am dritten Tag hatte der Zirkel einen Findezauber versucht. Wenn sie nicht anrufen wollte oder konnte, konnten wir vielleicht zumindest eine Ahnung bekommen, wo sie war. Aber nichts. Kein Hinweis, wo sie sein konnte. Wir hatten alle entschieden, dass vielleicht die schwarze Magie unsere Bemühungen blockierte.

Die Sonne war gerade dabei aufzugehen, als ich am Strand stand, auf das weite Meer starrte und mich nach Antworten sehnte.

„Wir werden sie finden", sagte Dad. „Wir werden."

Ich drückte seine Hand, getröstet von seiner Nähe. Ich hatte Probleme, zu schlafen. Jeden Morgen wurde ich vor Sonnenaufgang wach und lief in meinem Haus auf und ab, während Minx immer noch mit Jax ins Bett gekuschelt war. Der kleine Hund hatte sich seit der Nacht, in der Charlotte verschwunden war, wirklich an ihn gewöhnt. Die beiden waren praktisch unzertrennlich. Sie waren süß, und ich war dankbar. Hätte ich mich mit einem knurrenden Hund auseinandersetzen müssen, während ich vor Sorge verrückt wurde, hätte ich jetzt einen Nervenzusammenbruch.

„Danke, dass du heute Morgen gekommen bist", sagte ich zu Dad. Ich konnte keine Minute mehr in meinem Haus aushalten und hatte beschlossen, zum Strand zu gehen. Da ich wusste, dass Dad ein Frühaufsteher war, hatte ich ihm auf dem Weg eine Nachricht geschickt und gefragt, ob er mitkommen würde. Die ganze Woche war ich stark gewesen, aber ich brauchte einfach jemanden, der Charlotte genauso liebte wie ich.

„Alles für meine Marionberry." Normalerweise benutzte er den Spitznamen unbeschwert, aber heute Morgen lag Schmerz in seinem Ton. Auch er litt.

„Hast du mit Liana gesprochen? Weiß sie, was los ist?"

Er seufzte. „Ja. Und du?"

Ich schüttelte den Kopf. „Ich habe ihr nichts zu sagen."

„Marion, ich weiß, deine Mutter hat dich verletzt, aber ewig an all dem Groll festzuhalten ist nicht gesund."

Es gab ein paar Dinge, die ich ihn fragen wollte, und obwohl ich nicht sicher war, ob das der richtige Moment war, musste ich es einfach wissen. „Nachdem sie gegangen war, wann hast du wieder angefangen, mit ihr zu sprechen?"

Dad stand mit den Händen in den Taschen da und wippte auf seinen Fersen zurück. Als er schließlich zu mir herübersah, sagte er: „Nach etwa zwei Monaten."

Ich starrte ihn an. „Nach zwei Monaten? Und du hast mir nie was gesagt? Einfach … warum? Nach allem, was sie getan hat, wie konntest du sie überhaupt wieder an dich heranlassen?"

„Ich hatte Charlotte. Denkst du wirklich, ich hätte nicht mit ihr sprechen sollen? Deine Mutter wollte wissen, wie es ihr geht. Sie hatte zumindest das Recht zu wissen, dass Charlotte sicher war, auch wenn sie verletzt war und ihre Mutter vermisst hat."

Ich bemerkte, dass mein Vater nicht erwähnte, dass meine Mutter nach mir gefragt hatte. Das war ein egoistischer, alberner Gedanke. Ich war zu dem Zeitpunkt schon eine erwachsene Frau mit meinem eigenen Geschäft gewesen. Natürlich musste meine Mutter nicht auf mich aufpassen. Aber Charlotte war damals erst acht gewesen. „Ich schätze, ich bin froh, dass sie zumindest nach Charlotte gefragt hat, nachdem sie sie verlassen hat."

Dads Finger drückten meine fester. „Sie hat immer angerufen, um nach dir zu fragen, als sie das erste Mal gegangen ist. Wusstest du das?"

Ich schüttelte den Kopf, mein Herz schmerzte. Wie konnte eine Frau ihre Kinder einfach so verlassen? Ich war älter als Charlotte gewesen, als meine Mutter Dad das erste Mal verlassen hatte. Aber ich verstand es immer noch nicht. Ich war ein Teenager gewesen und gerade dabei, mein Leben zu planen. Rückblickend war das eine Zeit, in der ich dachte, ich brauchte sie nicht. Ich war selbstgerecht und bereit zu leben. Wie naiv ich damals gewesen war! Ich lachte zynisch. „Teenager denken immer, sie haben alles im Griff, oder?"

„Das tun sie", stimmte er mit einem warmen Lächeln zu.

„Dabei sind die meisten von uns nur tölpelhafte Idioten, die noch nichts vom Leben verstehen und eine Menge Führung bräuchten. Sie war damals nicht für mich da."

„Das stimmt. Ich denke, sie hatte mit ihren eigenen Dämonen zu kämpfen."

Ich drehte mich um, und meine Augen blitzten vor Wut.

„Das ist keine Entschuldigung dafür zu gehen! Du hast es auch nicht getan. Du hättest deine Familie nie verlassen. Ich verstehe das einfach nicht … ach, verdammt!"

„Was verstehst du nicht, Marion?", fragte Dad sanft.

„Ich habe sie gebraucht, und sie war nicht da. Sie war egoistisch und ist es immer noch."

„Das stimmt."

„Aber trotz all der Zeit sprichst du immer noch mit ihr. Charlotte und ich sind erwachsene Frauen. Sie muss nicht mehr anrufen, um nach uns zu fragen. Wenn sie in unserem Leben sein will, muss sie sich anstrengen, uns kennenzulernen, und uns zur Abwechslung mal an erste Stelle setzen." Keine Hitze lag mehr in meinem Ton, als ich fragte: „Warum lässt du das zu?"

Dad holte tief Luft und ließ sie langsam heraus. „Du hast recht. Sie sollte an ihrer Beziehung zu euch arbeiten. Liana muss nicht anrufen, um Informationen über euer Leben zu bekommen. Auch wenn sie es tut und ich mich verpflichtet fühle, ihr zu sagen, dass es ihrer Tochter blendend geht." Ein stolzes Lächeln umspielte seine Lippen. „Du bist eine absolute Freude, Marion."

Ich beugte mich hinüber und drückte ihn sanft an meine Seite. „Das liegt alles an dir."

„Ich wünschte, ich könnte den Ruhm dafür einheimsen, aber das ist alles dein Verdienst, Marionberry."

Wir standen ein paar Augenblicke da und sahen zu, wie die Wellen an den Strand schlugen, bevor Dad sich zurückzog und mir direkt in die Augen sah. „Du sollst nicht denken, dass der einzige Grund, warum ich mit deiner Mutter spreche, du und Charlotte seid."

Ich hob die Augenbrauen und fragte mich, worauf das hinauslief. Wenn er mir jetzt irgendeinen Unsinn erzählte, dass er nie über sie hinweggekommen war, würde ich schreien. Meine Mutter war eine wandelnde Beziehungskatastrophe, und Dad verdiente so viel Besseres.

„Ich spreche mit ihr, weil ich sie einmal geliebt habe. Nur, weil unsere Beziehung nicht überlebt hat, heißt das nicht, dass die Liebe einfach verschwindet."

„O Göttin! Du hoffst immer noch, dass sie zu dir zurückkommt, oder? Ist das der Grund, warum du dich all die Jahre so ungern gebunden hast? Ich habe immer gedacht, es liegt daran, dass du Angst hattest, nochmal verletzt zu werden, dass du dich schützt."

„Was?" Sein Gesicht zeigte pure Verwirrung. „Du denkst, ich schmachte nach deiner Mutter?" Er lachte. Aus vollem Hals. „Oh, Marion. Nein. Der Tag, an dem sie ohne ein Wort gegangen ist und Charlotte in meiner Obhut gelassen hat, war der Tropfen, der das Fass zum Überlaufen gebracht hat. Ich wollte es versuchen, als sie mit Charlotte zurückgekommen ist. Unsere Familie wieder zusammenzubringen war die Mühe wert, die Trümmer unserer Beziehung zu reparieren. Aber nach dem zweiten Mal? Das war unmöglich."

„Aber du hast gesagt, du liebst sie noch. Nach allem, was sie getan hat, wie kann das sein?" Ich war aufrichtig neugierig und ziemlich sicher, dass, wenn der Mann, den ich geliebt hatte, mich nicht einmal, sondern zweimal verlassen hätte, jede Liebe, die ich für ihn empfunden hätte, schnell verbrannt wäre.

Er zuckte mit einer Schulter. „Ich bin nicht in sie verliebt. Aber die Person, in die ich mich vor all den Jahren verliebt habe, ist immer noch da. Man hört nicht einfach auf, Leute zu lieben, weil sie einen enttäuschen. Jedenfalls normalerweise nicht. Und denk' daran, meine Beziehung zu ihr ist anders als deine mit ihr. Ich war kein Heiliger, als wir zusammen waren. Wir beide haben zur Zerstörung unserer Ehe beigetragen." Er legte eine Hand an meine Wange, sein Blick hielt meinen fest. „Ich kann mich nicht genug entschuldigen für das, was das mit dir gemacht hat."

„Du musst dich nicht bei mir entschuldigen, Dad. Ich war nie wütend darüber, dass ihr euch getrennt habt. Hat es mir gefallen? Natürlich nicht. Niemand will die Beziehung seiner Eltern scheitern sehen. Ich war wütend und verletzt, weil Mom mich verlassen und jemand anderen über unsere Familie und über mich gestellt hat. Und sie hat das über die Jahre immer wieder getan. Sie ist nicht mein sicherer Hafen. Du bist es. Du bist derjenige, der die ganze Zeit da war. Egal was, ich weiß immer, dass du da bist, wenn ich dich brauche. Du bist die Person, zu der ich gehe, wenn ich einen sicheren Ort zum Landen brauche. Du hast keine Ahnung, was für ein Geschenk das ist."

„Komm her." Dad zog mich an seine Brust und umarmte mich lange. „Ich weiß, du machst dich wegen Charlotte halb verrückt vor Sorge, aber versuch bitte, nicht in Panik zu geraten, bis es etwas Konkretes gibt, worüber du dich sorgen musst. Deine Mutter sagt, sie kommt schon klar. Charlotte ist wie eine Katze; sie landet immer auf ihren Füßen."

„Auch Katzen haben nur neun Leben, Dad", sagte ich und machte keinen Hehl aus meinem Sarkasmus. „Was weiß Liana schon davon?"

„Ich weiß nicht, aber sie scheint zu denken, dass Denver Charlotte helfen kann."

„Natürlich tut sie das", sagte ich automatisch. „Mom hat immer gedacht, ein Mann könnte all ihre Probleme lösen."

Er seufzte. „Okay, genug von Liana." Er löste sich von mir. „Tazia wollte, dass ich dir etwas sage."

Ich horchte auf. Tazia wusste manchmal einfach Dinge. „Was?"

„Sie hat gesagt, um Charlotte zu finden, musst du an eure Verbindung denken und dass ihr zusammen stärker seid."

Ich schluckte meinen enttäuschten Seufzer herunter. Ich hätte es wissen sollen. Tazias Botschaften waren fast nie direkt. „Wir haben schon einen Findezauber versucht. Der Zirkel hatte keinen Erfolg."

„Ich weiß. Ich habe nur weitergegeben, was sie gesagt hat." Er nickte in Richtung des leeren Strands vor uns. „Komm. Lass uns unseren Spaziergang beenden, damit du nach Hause kommst zu dem Frühstück, das Jax für dich macht."

Ich runzelte die Stirn. „Woher weißt du, dass Jax mir Frühstück macht?"

Dad zwinkerte mir zu. „Nur so ein Gefühl."

„Ihr zwei steckt unter einer Decke, oder?"

Mein Vater lachte nur. „Du warst nie gut mit Überraschungen."

KAPITEL 18

„Irgendwas stört mich, und ich weiß nicht, was es ist", sagte ich zu Jax, während ich ein Stück selbstgemachte Waffel aufspießte.

„Ist es, dass Minx mich mehr liebt als dich?", neckte er und kraulte dem Hund die Ohren.

Es war unglaublich, aber als ich nach Hause kam, erwarteten mich gleich zwei Überraschungen. Eine waren Waffen und Speck. Die andere war Jax, der eine Hundetrageschlinge trug, in der Minx an seiner Brust schlummerte. Ihr Köpfchen spähte heraus, ihre Augen neugierig, während sie die Welt von ihrem neuen Aussichtspunkt beobachtete.

„Ich verstehe immer noch nicht, warum Minx in dieser Trage steckt", sagte ich und musterte sie beide. „Hast du mich heute Morgen so sehr vermisst, dass du sie in das Ding gezwängt hast, während du in der Küche gearbeitet hast?"

Jax schnaubte. „Minx ist kein Ersatz für dich, Marion, vertrau mir. Und ich habe dir gesagt, sie hat ständig gewinselt, dass sie gehalten werden wollte, aber ich kann kein Frühstück kochen, während ich sie halte, also habe ich sie da reingesteckt."

„Aber woher hast du diese Trage?", fragte ich und kniff die Augen zusammen. „Ich bezweifle stark, dass sie Charlotte gehört. Hätte sie eine, wäre die pink mit Glitzersteinen. Diese hier ist schwarz und tarnt Minx fast zu sehr. Charlotte würde wollen, dass man sieht, wie süß die beiden sind, wenn sie so etwas trägt."

Sein Gesicht wurde rot, als er murmelte: „Ich habe sie vielleicht gestern besorgt."

„Warum?", fragte ich lachend.

„Ich dachte, sie könnte abends mit uns spazieren gehen, aber mit ihren kurzen Beinchen hält sie das nicht lange durch, also habe ich die besorgt. Sieht so aus, als würde sie es mögen."

Ich schüttelte den Kopf. „Du bist verloren."

„Da hast du recht." Er küsste Minx' Köpfchen, und sie revanchierte sich, indem sie sein Kinn leckte.

„Ich habe euch beide aneinander verloren."

„Nein", beruhigte er mich. „Wir lieben dich beide noch. Du darfst auch künftig noch nachts ins Bett."

„Danke. Ich fühle mich so … geschätzt."

Jax streckte die Hand aus und drückte meinen Oberschenkel. „Das bist du. Und jetzt zurück zu dem, was du vorhin gesagt hast, bevor du mich wegen Minx aufziehst. Irgendwas fühlt sich nicht richtig an. Irgendwelche Hinweise?"

„Ach ja." Ich schob mir einen weiteren Bissen von meiner Waffel in den Mund, bevor ich fortfuhr. „Die ist übrigens fantastisch."

„Danke. Je mehr Lob ich bekomme, desto mehr Frühstücke erwarten dich in Zukunft."

„Mir gefällt, wie du denkst", sagte ich, wurde aber schnell ernst, als ich seine Frage beantwortete. „Irgendwas an dem

Gespräch, das ich heute Morgen mit meinem Vater über Charlotte hatte, stimmt nicht."

Jax legte seine Gabel ab und beugte sich vor. „Was hat er über Charlotte gesagt?"

„Nun, Tazia hat ihm gesagt, er solle mir sagen, dass ich mich an unsere Verbindung erinnern soll und wir zusammen stärker sind." Ich trank einen Schluck Kaffee und stellte die Tasse zurück auf den Tisch. „Aber das hilft mir nicht. Wenn wir nicht zusammen sind, ist meine Magie nutzlos, und ich kann ihr nicht helfen. Und der Zirkel hat schon einen Suchzauber versucht. Ich weiß nicht, was ich noch tun soll. Es ist nicht so, als könnten wir telepathisch kommunizieren."

Jax hob die Augenbrauen. „Es könnte Wege geben, das zu tun, oder?"

„Keine, die ich kenne", sagte ich. „Ich bin neu in der richtigen Hexensache, schon vergessen? Mein Aurasehen war alles, was ich konnte – zumindest bis vor Kurzem. Ich verlasse mich hauptsächlich auf den Zirkel, um Ideen zu bekommen, wie wir sie finden könnten."

„Was ist mit einem Anruf bei Hollister?", fragte Jax und klang ein bisschen ungläubig, als hätte ich ihn als Erstes anrufen sollen. „Er hat einen Magieladen und weiß praktisch alles über Zauberobjekte und Tränke. Ich wette, er hat zumindest ein paar Ideen, die du ausprobieren kannst."

„Jax, ich denke, du könntest ein Genie sein", sagte ich und starrte ihn an, fragte mich, warum mir das nicht eingefallen war. Hollister war der Bruder eines ehemaligen Klienten und hatte mir geholfen, sowohl Kennedy als auch seine zukünftige Schwägerin zu finden, als sie verschwunden waren. Wir hatten uns am Anfang nicht verstanden, aber am Ende wurden wir gute Freunde.

„Ich gebe mein Bestes." Er lächelte mich an und gab Minx ein winziges Stück Speck.

„Sie wird eine schamlose Bettlerin werden, wenn du so weitermachst", sagte ich.

„Ist sie schon. Charlotte hat dafür gesorgt. Bei all ihrem Gerede über Minx' Spezialdiät habe ich gesehen, wie sie ihr bei fast jedem Essen was zugesteckt hat."

Bei der Erwähnung von Charlottes Namen fokussierten sich meine Gedanken plötzlich. „Ich hab's! Jetzt weiß ich, warum mich das Gespräch mit meinem Vater so stört."

„Willst du es mir erzählen, oder soll ich raten?", fragte Jax.

„Er hat gesagt, dass meine Mutter ihm erzählt hat, sie denkt, Denver könnte Charlotte helfen. Woher weiß sie das? Aber wichtiger, woher kennt sie Denver überhaupt? Charlotte hat ihn erst kürzlich getroffen, und Charlotte und meine Mutter haben keinen Kontakt. Das ergibt keinen Sinn."

„Hat dein Vater ihr von Denver erzählt?", fragte Jax.

„Vielleicht, aber alles, was mein Vater wusste, war, dass er und Charlotte sich gerade kennengelernt haben und dass Denver da war, als sie entlassen wurde. Warum sollte meine Mutter aufgrund dieser Details irgendwas über Denver denken? Ich habe einfach das Gefühl, sie weiß etwas, das ich nicht weiß."

„Warum fragst du sie nicht einfach?", schlug Jax vor.

„Dazu müsste ich sie anrufen", sagte ich schmollend.

Er lachte leise. „Willst du wählen, oder soll ich?"

„Ich hasse dich manchmal, das weißt du, oder?"

„Nein, tust du nicht", sagte Jax und strich mir eine Strähne meines Haars aus der Stirn.

„Na gut, tue ich nicht. Aber ich bin trotzdem genervt, dass du das vorgeschlagen hast, weil ich jetzt anrufen muss, sonst werde ich verrückt."

Jax gab mir mein Handy. „Minx und ich gehen die Küche aufräumen."

„Jetzt redest du schmutzig mit mir. Du weißt schon, dass es nichts Erotischeres gibt als einen Mann, der kocht und aufräumt, oder?"

„Was auch immer dich auf Touren bringt." Er warf mir einen Luftkuss zu, als er unsere leeren Teller in die Küche trug.

Ich starrte mein Handy an und wünschte fast, es würde den Geist aufgeben, damit ich einen Grund hätte, das aufzuschieben. Aber Charlotte zu finden war zu wichtig, um den Groll gegen meine Mutter ein Hindernis sein zu lassen. Ich schloss die Augen, sprach ein stilles Gebet, dass dieser Anruf nicht aus dem Ruder laufen würde, und tippte dann Lianas Nummer.

Das Telefon klingelte viermal, bevor meine Mutter ranging. „O meine Göttin, du lebst!", sagte sie zur Begrüßung.

„Gibt es einen Grund, warum ich es nicht sollte?", fragte ich.

„Wer weiß?", sagte meine Mutter mit einem Schniefen. „Ich dachte, ich würde früher von dir hören. Entschuldigungen wirken besser, wenn sie nicht hinausgezögert werden, weißt du?"

„Ich sollte anrufen, damit du dich entschuldigen kannst?", fragte ich, ein bisschen geschockt und ziemlich verwirrt. Meine Mutter entschuldigte sich nie, es sei denn, es war im Eifer des Gefechts, wenn sie sagte: *na gut! Ich entschuldige mich! Zufrieden?*

„Was? Nein. Warum sollte ich mich entschuldigen?", fragte sie. „Du und Charlotte seid diejenigen, die mich quasi rausgeworfen haben, als ich nur mit euch reden wollte. Ich denke, ich bin diejenige, die eine Entschuldigung verdient hat."

„Wir haben versucht, mit dir zu reden!", beharrte ich. „Im *Bird's Eye Café*. Du hast uns versetzt."

Sie zögerte. „Mir ist was dazwischengekommen. Ich habe versucht, umzubuchen, aber du hast nicht zurückgerufen. Also, Marion, was willst du von mir?"

„Ich will wissen, woher du von Denver weißt", sagte ich.

„Was meinst du?", fragte sie. „Oh, du meinst den Typen, mit dem deine Schwester zusammen ist?"

„Sie sind nicht zusammen, aber sie waren auf einem Date, als sie verhaftet wurde. Was weißt du über ihn, und warum hast du Dad gesagt, du denkst, er kann ihr helfen?"

„Weil er es kann", sagte sie. „Jetzt bin ich dran, dir eine Frage zu stellen."

„Was?", fragte ich, mein Magen begann, sich zu verknoten. Ich hatte wirklich nur ein paar Antworten von ihr gewollt und dann den Anruf beenden wollen. Das fing an, so zu klingen, als würde sie das Gespräch manipulieren, wie sie es immer tat.

„Ich will nur wissen, warum wir nicht einfach über alles hinwegkommen können", sagte sie, und ihre Stimme zitterte vor Emotion.

„Einfach über alles hinwegkommen?", wiederholte ich. „Wie genau sollen wir das machen?"

„Du könntest aufhören, mich für etwas zu bestrafen, das ich getan habe, als ich jung und dumm war." Sie schniefte und ließ ein leises Schluchzen heraus. „Verdiene ich es wirklich, beide meine Töchter zu verlieren, nur, weil dein Vater und ich uns haben scheiden lassen?"

„Du verlierst mich nicht, weil du dich hast scheiden lassen", sagte ich und konnte kaum glauben, dass ich heute zum zweiten Mal dieses Gespräch führte. Auch wenn es mit Dad nicht konfrontativ gewesen war. Ich vermutete, dass dieser

Austausch mit meiner Mutter von beiden Seiten alles andere als respektvoll sein würde.

„Sieht aber so aus." Ihre Stimme war leise und kaum ein Flüstern.

„Ich bin wütend, weil du mich verlassen hast. Und dann hast du mich *und* Charlotte verlassen, um mit einem Mann zusammen zu sein, der dich nie gut behandelt hat. Du hast ihn immer wieder über uns gestellt. Erinnerst du dich, wie du mir bei meiner großen Eröffnung nicht helfen konntest, als ich *Miss Matched* gestartet habe?"

„Ich musste absagen, weil Arlo mich gebraucht hat, damit ich ihn –"

„Zu seinem Pokerspiel fahre", unterbrach ich sie. „Ich weiß. Das hast du mir schon erzählt. Aber meine Eröffnung war mir sehr wichtig. Du hast dich entschieden, ihn zu einem Pokerspiel zu fahren, anstatt Zeit mit mir zu verbringen. Das hat wehgetan."

„Ich hab' doch schon gesagt, dass es mir leidtut", jammerte meine Mutter. „Wie viele Male muss ich das noch sagen?"

Es würde nie genug sein, weil ihre Worte nichts bedeuteten. Nicht, wenn sie die gleichen Verhaltensmuster immer wieder wiederholte. „Du musst es nicht noch einmal sagen, Mutter. Du sollst mir einfach zeigen, dass ich in deinem Leben wichtig bin, anstatt mich immer an zweite Stelle hinter einen Mann zu stellen. Nicht nur Arlo, sondern jeden Mann. Hast du eine Ahnung, wie oft du Pläne mit mir abgesagt hast, um mit Arlo auszugehen?"

„Ich –", begann Liana.

Ich unterbrach, was auch immer sie sagen wollte. „Nein, Mutter. Denk einfach über das nach, was ich gesagt habe."

„Also gut." Ihr Ton war kurz angebunden und offensichtlich defensiv. „Ich werde darüber nachdenken. Aber du solltest es auch tun: Wenn du Informationen von mir über Charlotte willst, kannst du sie von mir bekommen, *nachdem* du dich bereit erklärst, am Samstagabend mit mir im *Witches' Garden* zu Abend zu essen."

„Erpresst du mich allen Ernstes, mit dir zu Abend zu essen, anstatt Fragen über meine Schwester zu beantworten, die seit fünf Tagen verschwunden ist?", fragte ich, schockiert über ihre Kaltblütigkeit, aber auch nicht wirklich überrascht. Meine Mutter war immer dafür bekannt, alles zu tun, um ihren Willen durchzusetzen. Sogar, wenn es um Charlottes Verschwinden ging.

„Nein, ich erpresse dich nicht, Marion. Warum musst du so melodramatisch sein?"

„Dann erzähl mir, woher du von Denver weißt", platzte ich heraus.

„Sind wir zum Abendessen verabredet?", fragte sie selbstgefällig, als wüsste sie, dass sie ihren Willen durchsetzen würde.

„Wie du willst", knurrte ich. „Aber du wirst mir sagen, was du über Denver weißt, bevor wir diesen Anruf beenden, verstanden?"

Ich konnte fast hören, wie sie mit den Augen rollte. „Ich weiß es, weil ich mit ihr gesprochen habe. Es geht ihr gut, Marion. Ich bin sicher, sobald dieser lächerliche Vorwurf geklärt ist, wird sie für immer zurückkommen. Bis dahin solltest du aufhören, dir Sorgen um sie zu machen. Du kennst sie ja. Charlotte zieht sich zurück, wenn sie aufgewühlt ist. Wie an dem Tag, als sie achtzehn wurde und einfach abgehauen ist. Sie ist impulsiv und heißblütig. Das kann sowohl gut als auch schlecht sein."

„Sie wurde verhaftet, es gibt wahrscheinlich Anklagen wegen der Verwendung schwarzer Magie, und du erzählst mir hier, sie sei einfach impulsiv?", fragte ich, bereit, dieses Gespräch zu beenden. Meine Mutter war weniger als hilfreich. Außerdem, selbst wenn Charlotte einfach abgehauen wäre, hätte sie Minx nicht verlassen. Da war ich mir sicher.

„Verhaftet zu werden bedeutet nicht, dass Anklage erhoben wurde, Marion", sagte meine Mutter. „Hör auf, so ein Miesepeter zu sein. Das musst du von deinem Vater haben."

„In diesem Fall fühle ich mich geehrt, der Miesepeter zu sein", sagte ich sarkastisch.

„Wie du willst. Wir sehen uns Samstag. Du zahlst, jetzt, wo du so erfolgreich bist", sagte sie.

Ich wusste, sie versuchte, witzig zu sein, aber der Witz war natürlich ein Flop. Ich wollte dieses Abendessen nicht, und der einzige Grund, warum ich ihr nicht sagte, sie solle sich ihr Abendessen dorthin stecken, wo die Sonne nicht scheint, war, dass ich in Kontakt bleiben musste, falls sie wieder von Charlotte hörte.

„Mom?", sagte ich und benutzte ein Wort, das ich seit über zwei Jahrzehnten nicht mehr an sie gerichtet hatte.

„Ja, Baby", sagte sie und klang wieder weinerlich.

„Wirst du mir Bescheid geben, wenn du wieder von Charlotte hörst?"

Lianas Stimme war ausdruckslos, als sie antwortete. „Ja, sicher."

„Ich will nur wissen, dass es ihr gut geht", fügte ich hinzu, weil sie es irgendwie geschafft hatte, mir Schuldgefühle dafür einzureden, dass mir wichtiger war herauszufinden, was mit meiner Schwester los war, als das Gespräch, das meine Mutter und ich gerade geführt hatten.

Dieser Schmerz in meinem Magen wurde immer stärker, je länger ich mit ihr sprach. Ich nahm mir vor, meinen Arzt bei meinem nächsten Besuch danach zu fragen.

„Charlotte geht's gut", sagte Liana mit strenger Stimme. „Ich verspreche dir, Denver wird dafür sorgen."

„Kennst du Denver?", fragte ich sie plötzlich misstrauisch. „Hast du ihn getroffen?"

„Nein!", sagte sie ein wenig zu schnell.

„Warum glaube ich dir nicht?", fragte ich.

Sie seufzte. „Na gut, Marion. Du gewinnst. Ich habe ihn getroffen. Aber du musst bis zum Abendessen warten, um alles darüber zu erfahren. Wir sehen uns dann, und, Marion?"

„Ja?"

„Komm nicht zu spät. Du warst schon immer die Trödelige."

Die Leitung war tot, bevor ich die Gelegenheit hatte, ihr zu sagen, sie solle zur Hölle fahren. Das war der Grund, warum ich nicht mehr mit ihr sprach. Alles drehte sich immer um sie. Immer. Jedes Mal.

Sogar, wenn meine Schwester vermisst wurde.

KAPITEL 19

Ich war gerade dabei, Hollister anzurufen, als meine Haustür aufgestoßen wurde und Kennedy hereinstürmte. „Marion, Ty hat Eli gefunden!"

Mein Kopf fuhr hoch, als das Handy aus meiner Hand glitt und vor meinem Sessel auf den Boden fiel. „Meinst du den Mann, dem Charlotte nach Premonition Pointe gefolgt ist? Diesen Eli?"

„Ja." Er reichte mir sein Handy. Es gab eine Textnachricht von Ty, die die Neuigkeit bestätigte.

„Wie?" Charlotte und ich hatten versucht, ihn zu finden, sobald wir erkannt hatten, dass unsere Macht den Fluch rückgängig machen konnte. Aber er hatte ihre Anrufe nicht beantwortet, und er war bei keinem der drei Besuche in seiner Wohnung gewesen. Ich scrollte durch die wenigen Nachrichten, die Ty mit Kennedy ausgetauscht hatte. Es war nicht viel, außer dass er Eli getroffen hatte und der Mann verlangte, dass Charlotte und ich seinen Fluch rückgängig machten. Wenn es nur so einfach wäre, dachte ich mit einem Seufzer. Dann scrollte ich noch einmal und fand eine

Nachricht von früher in der Woche, die definitiv nicht für mütterliche Augen gedacht war. „Whoa. Entschuldigung. Ich wollte nicht herumschnüffeln."

„Oh, Mist", sagte Kennedy leise, während seine Wangen rot wurden. „Ich hatte ganz vergessen, dass die da war."

Ich nickte und versuchte, die Nachrichten aus meinem Kopf zu verbannen. „Kein Problem. Es ist gut zu wissen, dass ihr beide ein gesundes Liebesleben habt."

„O Gott. Bitte sag sowas nie wieder", flehte er.

„Keine Versprechen", sagte ich mit einem Lachen. „Ihr solltet besser als die meisten wissen, dass ich meinen Rat nicht zurückhalten kann, wenn er relevant erscheint."

„Ich sterbe gerade", sagte er dramatisch.

„Tut mir leid, aber wenn Menschen vor Verlegenheit sterben würden, wäre Ty schon vor langer Zeit tot umgefallen."

Kennedy presste die Hand an seine Stirn. „Gott sei Dank, dass er überlebt hat."

Das Handy piepte.

Kennedy las die Nachricht und blickte auf. „Ty und Eli sind auf dem Weg hierher."

„Wirklich?" Panik kroch in meiner Kehle hoch. Ich würde dem Mann nicht helfen können, und ich hasste es, ihn enttäuschen zu müssen. Allerdings könnte er eine wertvolle Informationsquelle sein. Da Charlotte bis vor Kurzem mit ihm ausgegangen war, hatte er möglicherweise eine Idee, wie sie in die Sache mit der schwarzen Magie verwickelt worden war.

Die Haustür flog auf, und ein Mann mit einem mit roten Flecken übersäten Gesicht stürmte herein. „Wo ist sie?"

„Wen meinen Sie? Charlotte?", fragte ich, als Ty hinter ihm hereinkam.

„Ja, Charlotte. Sie ist diejenige, die mir das angetan hat,

nicht wahr? Es ist in der Nacht passiert, als ich ihr gesagt habe, dass ich nicht mehr an einer Beziehung interessiert bin. Sie hat mich berührt, und ich hatte so eine Art seltsames Bedauern, gefolgt von intensiven Magenschmerzen. Zuerst dachte ich, die Akne käme vom Stress, aber dann wurde es immer schlimmer."

„Sie müssen Eli sein", sagte ich und streckte ihm meine Hand entgegen.

Er ignorierte sie und kniff die Augen zusammen, als er Minx bemerkte, die zu meinen Füßen mit zurückgelegten Ohren sprungbereit lag.

„Ich habe ihm schon gesagt, dass sie nicht hier ist", sagte Ty.

„Dann warte ich." Eli setzte sich auf die Couch und klopfte auf den Platz neben sich. Minx rannte sofort hinüber und sprang neben ihn. Als er sie streichelte, lehnte sie sich an ihn und sah ihn mit bewundernden Augen an.

Ich hob die Augenbrauen. „Sie kennen sich ja ziemlich gut."

„Charlotte und ich?", fragte er verwirrt. „Wir haben etwa einen Monat lang gedatet. Ich schätze, wie gut man einander kennt, ist relativ."

„Nein. Ich meinte Sie und Minx." Ich nickte zu dem Hund.

„Oh." Er lächelte sanft, als er zu ihr hinunterblickte. „Wir sind gute Freunde. Tatsächlich habe ich Minx kennengelernt, bevor ich Charlotte in einem Hundepark getroffen habe."

Ich gewann allmählich den Eindruck, dass Charlotte viele Männer in Hundeparks traf. Was, wenn man es durchdachte, kein schlechter Plan war. Hundefreunde hatten tendenziell große Herzen, und das war ein großer Pluspunkt, wenn es ums Daten ging.

„Wann wird sie zurück sein?", fragte Eli, und sein Blick huschte durch den Raum.

„Wir wissen es nicht", sagte ich.

Eli runzelte die Stirn. „Hören Sie zu, ich bin gerade erst von einer Reise nach L.A. zurück, wo ich versucht habe, Mittel gegen diese Tragödie zu finden, und habe von einem Bekannten erfahren, dass Sie beide das für andere Leute repariert haben." Er zeigte auf sein Gesicht. „Wenn sie das nicht sofort rückgängig macht, werde ich sie bei der Magical Task Force melden und dann Klage auf Schadensersatz einreichen. Wussten Sie, dass ich Model bin?"

Ich zuckte zusammen. Das bedeutete, dass er seit über einer Woche nicht hatte arbeiten können.

„Wie soll ich so Jobs buchen? Ich habe schon drei absagen müssen. Ich habe alles versucht. Cremes, Elixiere, Fasten, Gesichtsbehandlungen. Nichts wirkt. Es wird nicht besser. Und nachdem ich herausgefunden habe, dass ich nicht der Einzige mit diesem Problem bin, wird das eine verdammt große Sammelklage werden. Charlotte wird das ihr Leben lang bezahlen."

„Charlotte will Ihnen helfen", sagte ich. „Haben Sie ihre Nachrichten nicht bekommen?"

„Ich habe sie gelöscht", sagte er und verschränkte die Arme vor der Brust. „Ich wollte nichts von ihr hören."

Verständlich. Ich hätte auch jemanden ignoriert, der mich verflucht hätte. Ich räusperte mich. „Das Problem ist, dass sie momentan verschwunden ist, und wir wissen nicht, wo sie ist oder ob sie Kontakt zu uns aufnehmen kann."

Er kniff die Augen zusammen. „Was zum Teufel soll das heißen? Ich weiß, dass sie anderen geholfen hat. Ich habe ihre Vorher-Nachher-Fotos gesehen."

Ich wollte ihm wirklich keine Informationen über ihre Verhaftung und wie sie danach verschwunden war geben. Das würde ihm nur mehr Munition für seine Klage geben, falls er das durchziehen wollte. Aber ich brauchte

Informationen, und vielleicht, wenn ich ehrlich zu ihm war, wäre er das auch. „Es sieht so aus, als könnte Charlotte unwissentlich mit einigen üblen Typen in Verbindung geraten sein."

Er sah mir in die Augen. „Ich höre."

„Ich weiß nicht viel, aber ich weiß definitiv, dass sie Sie nicht absichtlich verflucht hat. Tatsächlich hat sie versucht, Sie mit einem Liebeszauber zu belegen."

Seine Augen weiteten sich vor Schock. „Was? Als ich versucht habe, mit ihr Schluss zu machen?"

Mit einer Grimasse nickte ich. „Anscheinend hat sie Sie wirklich gemocht. Sie zu verfluchen war definitiv nicht der Plan. Sie hat sich schrecklich gefühlt deswegen. Deshalb haben wir so verzweifelt versucht, Sie zu finden, aber da Sie nicht in der Stadt waren und ihre Anrufe nicht beantwortet hast, waren wir ratlos."

„Ein Liebeszauber. Verdammt!" Er schüttelte ungläubig den Kopf. „Ich wusste immer, dass sie egoistisch ist, aber das … Das ist nicht richtig."

„Da kann ich nur zustimmen und habe ihr das auch gesagt", sagte ich und versuchte, sein Vertrauen zu gewinnen. Oder zumindest dafür zu sorgen, dass er nicht hinausstürmte.

„Also, was ist die Lösung? Bleibe ich so, bis Sie sie finden? Es sei denn, Sie können mich heilen. Ich habe gehört, dass Sie beide die Runde gemacht haben, um das rückgängig zu machen."

„Ich wünschte, ich könnte. Glauben Sie mir. Aber die Magie scheint nur zu wirken, wenn wir zusammen sind", sagte ich.

„Versuchen Sie es trotzdem", verlangte er. „Ich kann nicht so weiterleben." Er wedelte mit beiden Händen vor seinem Gesicht. „Wenn das nicht geklärt wird, werde ich die Miete nicht zahlen können, und dann bin ich ein obdachloser

Bastard, dessen Leben ruiniert ist, nur weil eine verrückte Schlampe seine Ablehnung nicht ertragen konnte."

Autsch! Wieder hatte er nicht unrecht.

„Wenn ich verspreche, es zu versuchen, werden Sie mir dann ein paar Fragen beantworten?", fragte ich. „Ich versuche herauszufinden, was mit Charlotte los ist und warum das passiert ist, damit es hoffentlich nie wieder geschieht."

„Ich glaube nicht, dass Sie in der Position sind, zu verhandeln, oder?"

„Nein. Wenn ich an Ihrer Stelle wäre, wäre ich genauso wütend. Aber ich hoffe, an Ihre einfühlsame Seite appellieren zu können. Wenn ich sie finde, können wir das für alle rückgängig machen und hoffentlich einen Weg finden, dass das nie wieder passiert."

„Sie meinen, indem Sie dafür sorgen, dass sie nie wieder Liebeszauber auf jemanden wirkt?" Er schloss die Augen und murmelte: „Hat sie noch nie was von Einvernehmlichkeit gehört?"

Harsch. Aber es war nichts, was ich Charlotte nicht selbst schon gesagt hatte. „Ich glaube ehrlich gesagt nicht, dass sie je wieder Zauber wirken wird. Ich suche keine Ausflüchte für sie. Überhaupt nicht. Ich versuche nur, ein Unrecht zu korrigieren, und will wissen, ob sie in Sicherheit ist. Wenn meine Vermutungen stimmen, dann wurde Charlotte selbst verflucht, und das ist der Grund, warum das alles überhaupt passiert ist."

„Das ist passiert, weil sie einen unerwünschten Liebeszauber auf jemanden gewirkt hat, der nicht mehr interessiert war", schnaubte er.

„Ja, das stimmt. Aber der Fluch ist nur passiert, weil jemand anderes sie verflucht hat. Und das scheint ein viel böseres Verbrechen zu sein als Charlottes Liebeszauber." Ich wusste, dass Liebeszauber nur wirklich bei Menschen wirkten, die das wollten. Sie waren sowas wie ein Vorschlag, und wenn die Person interessiert war, motivierte es sie, die Beziehung weiterzuführen. Wenn nicht, würde der Zauber ins Leere laufen. Es klang, als wäre genau das passiert, wenn der Liebeszauber richtig funktioniert hätte. Eli hätte einen Moment gehabt, in dem er hinterfragte, was er tat, als er mit ihr Schluss machte, aber dann hätte er weitergemacht. Während ich der Meinung war, dass Liebeszauber unethisch waren und ich niemanden einem aussetzen würde, würden sie niemanden zwingen, etwas zu tun, das er nicht wollte. Aber Eli das zu erklären, schien eine verschwendete Mühe zu sein. Er war zu wütend, und das zu Recht.

„Jemand hat sie verflucht?", fragte er. Er runzelte die Stirn, als er den Blick senkte und nachdenklich wirkte.

„Ja. Da bin ich mir sicher. Während meine Schwester impulsiv und ein bisschen egoistisch sein kann, ist sie nicht der Typ, der jemanden verletzen will", sagte ich leise.

Er nickte, und ich begann zu spüren, dass wir irgendwo hinkamen. „Das stimmt. Alles. Deshalb war ich so wütend über diesen Fluch. Das ist so rachsüchtig und sieht der Frau, für die ich sie gehalten habe, überhaupt nicht ähnlich."

„Das stimmt. Ich schwöre Ihnen, sie war sehr aufgewühlt darüber und will das wieder in Ordnung bringen."

Sein Kopf fuhr hoch, und es war Feuer in seinen Augen, als er sagte: „Ich habe ihr gesagt, dass dieses Amulett Ärger bedeutet. Hätte sie es einfach weggeworfen, wäre das wahrscheinlich nie passiert."

„Amulett?", fragte ich. „Welches Amulett?"

„Das Amulett, das sie getragen hat. Es war ein Nazar-Amulett gegen den bösen Blick. Ich hatte immer das Gefühl, es starrt mich an. Ich habe ihr gesagt, es ist gruselig, aber sie sagte, sie trage es zum Schutz. Dass sie sich damit sicherer fühlt. Ich war mir nur nicht sicher, wovor."

„Gegen den bösen Blick?", fragte Kennedy. „Sind Sie sicher, dass es eine Kette war und nicht ein Anhänger an einem Armband?" Er und Ty hatten sich zurückgelehnt und die ganze Unterhaltung mitgehört. Ich hatte fast vergessen, dass sie da waren.

„Es war definitiv ein Amulett", sagte Eli. „Ich habe ihr gesagt, sie soll es nicht in meiner Nähe tragen, weil ich mich damit unwohl gefühlt habe. Sie war einverstanden. Ich habe es danach nie wieder gesehen."

„Sie trägt so ein Ding an einem Bettelarmband. Es ist der einzige Anhänger daran", sagte Kennedy.

„Wirklich?", fragte ich und erinnerte mich nicht daran. Und ich hätte das wissen sollen, da wir die meisten Tage zusammen verbracht hatten, um die Männer zu finden, die sie versehentlich verflucht hatte.

„Ja. Sie hat es am Abend der Party getragen." Kennedy holte sein Handy heraus und scrollte zu einem Foto von ihr und Minx im Wohnzimmer. Es sah so aus, als hätte Kennedy das Foto gemacht, kurz bevor sie zu Gigi gegangen war. „Schau."

Ich vergrößerte das Foto und konnte den Anhänger gerade noch erkennen. Es war definitiv ein kleines Amulett.

Eli kniff die Augen zusammen. „Das sieht genauso aus wie das Amulett an der Kette", sagte er mit einem Nicken. „Ich frage mich, ob sie das in der Nacht getragen hat, als wir uns im *Hallucinations* getroffen haben."

War das Nazar-Amulett mit schwarzer Magie verflucht? Würde das erklären, warum Brix die Magie am Tag im Büro nicht gespürt hatte, aber bei der Party schon? Es war eine solide Theorie. „Eli, haben Sie eine Ahnung, woher sie dieses Amulett und das Bettelarmband hat?"

Er schüttelte den Kopf. „Nein. Sie tauchte eines Tages einfach damit auf, und als ich gefragt habe, woher sie es hatte, sagte sie, es sei ein Geschenk von einer Freundin der Familie, die sie seit Jahren nicht gesehen hatte. Sie hatten am Vorabend zusammen zu Abend gegessen, aber das war alles, was sie mir erzählt hat, und dann hat sie schnell das Thema gewechselt."

Freundin der Familie? Wer zum Teufel könnte das sein? Ich hatte keine Ahnung. Dad hatte nicht viele Freunde gehabt, nur viele Frauen, mit denen er nach dem Weggang meiner Mutter ausgegangen ist. Aber keine der Beziehungen hatte lange genug gehalten, um mehr als eine ferne Erinnerung zu sein. War es eine alte Schulfreundin? Vielleicht. Wenigstens war das ein Hinweis, den ich vorher nicht hatte.

„Ich weiß wirklich nichts weiter", sagte Eli. „Ich denke, es ist Zeit, dass Sie Ihren Teil der Abmachung einhalten."

„Richtig", sagte ich und fürchtete mich davor, wie das ausgehen würde. Ich hatte seit Charlottes Verschwinden niemanden mehr geheilt, da jedes Mal, wenn wir es vorher getan hatten, meine Magie nicht einmal gefunkt hatte, bis Charlotte und ich uns berührten. „Okay, ich bin bereit, das zu versuchen, aber bitte seien Sie sich bewusst, dass es mich nicht überraschen würde, wenn es nicht funktioniert."

„Ja, ja. Versuchen Sie's einfach."

Ich ging zu ihm, hob meine Hand und berührte sein Gesicht.

Nichts. Nicht einmal ein Funke Magie.

Ich ließ meine Hand sinken und dachte an Magie, die meine Fingerspitzen füllte. Ein winziger Funke kribbelte in meiner Handfläche, und ich hob meine Hand wieder an sein Gesicht, konzentrierte mich auf das Gefühl, wenn Charlotte und ich das zusammen taten.

Die Magie verschwand.

„Das funktioniert nicht", sagte ich und klang besiegt.

„Sie haben es kaum versucht", sagte er. „Ich gehe nicht, bis Sie das richtig versuchen. Nochmal", befahl er.

Sein Ton ließ mich vor Empörung meinen Rücken durchdrücken. Er ließ es so klingen, als hätte ich kaum Anstrengung gezeigt, und vielleicht sah es für ihn so aus. Aber tief in mir wusste ich, wie es sich anfühlte, jemanden zu heilen, und dieser Funke Magie, den ich mit Charlotte hatte, existierte nicht allein.

„Warten Sie. Lassen Sie mich was versuchen", sagte ich und eilte in Charlottes Zimmer. Ich sah mich um und suchte nach etwas, das mir helfen könnte, eine Verbindung zu ihr herzustellen. Es gab nicht viel. Nur einen Kulturbeutel auf der Kommode und einige Kleider, die im Schrank hingen. Ich durchwühlte schnell den Kulturbeutel und stieß einen Jubelschrei aus, als ich einen Ring fand, den mein Vater ihr zum sechzehnten Geburtstag geschenkt hatte. Der Stein war ein kleines rotes Rubinherz, die Art, die man zu vernünftigen Preisen in Schmuckläden in jeder beliebigen Mall finden konnte. Ich hatte Charlotte seit ihrer Rückkehr vor zehn Tagen nicht ein einziges Mal damit gesehen, aber die Tatsache, dass sie ihn noch hatte, bedeutete, dass er immer noch eine Bedeutung für sie hatte.

Ich steckte den Ring an meinen kleinen Finger und ging zurück ins Wohnzimmer. Nachdem ich mein Messer in die Hand genommen hatte, stellte ich mich wieder vor Eli. Diesmal, als ich an Charlotte und unsere Verbindung dachte, erwachte die Magie zwischen meiner Handfläche und dem Griff meines Messers zum Leben. Das Messer wurde blau, wie es das immer tat, wenn ich es brauchte.

„Da", sagte Eli und zeigte auf das Licht. „Es funktioniert."

Vielleicht tat es das, vielleicht auch nicht, aber wir würden es nicht sicher wissen, bis ich es versuchte.

Mit meinem Messer in der einen Hand und der anderen an Elis Wange sprang die zum Leben erwachte Magie von meinen Fingerspitzen und breitete sich über Elis Gesicht aus. Dieses Kribbeln, das ich normalerweise mit Charlotte fühlte, war da, aber es war viel schwächer, und ich bemühte mich, die Magie fließen zu lassen. Sie flackerte, das Licht wurde schwächer und wieder stärker, dann erlosch es endgültig.

Ich starrte auf das Messer und stellte fest, dass das blaue Licht verschwunden war. Und egal, wie sehr ich wollte, dass es zurückkam, nichts geschah.

Mit hängenden Schultern trat ich einen Schritt zurück und blickte zu Eli auf, eine Entschuldigung schon auf meinen Lippen. Aber als ich ihn ansah, bemerkte ich, dass die Rötung weg war, obwohl die Beulen noch nicht vollständig zurückgegangen waren.

„Hat es gewirkt?", fragte er, drückte seine Fingerspitzen auf sein Gesicht und runzelte die Stirn. „Wie konnte es nicht wirken? Ich habe die Magie gespürt! Sie hat meine Haut kribbeln lassen, und ich war mir sicher, dass sie was gemacht hat."

„Sie hat gewirkt … irgendwie", bemerkte Ty. „Es ist besser als vorher."

Ich nickte. „Das stimmt, aber es tut mir leid, dass ich Sie nicht vollständig heilen konnte." Ich hob meine Hand. „Es sieht so aus, als hätte ich alles benutzt, was ich hatte."

Eli rannte zum Badezimmer im Flur, und als er zurückkam, lag Entschlossenheit auf seinem Gesicht. „Ich komme morgen wieder. Dann versuchen wir es nochmal."

„Ich weiß nicht, ob –", begann ich.

„Sie werden es nochmal versuchen, oder ich rufe meinen Anwalt an", knurrte er.

Ich zuckte mit den Schultern. „Okay. Versuchen kann ich es." Das konnte doch nicht schaden, oder?

„Ich bin um acht hier." Eli drehte sich auf dem Absatz um und stürmte mit hocherhobenem Kopf zur Tür hinaus.

„Das war …", begann Ty.

„Beeindruckend?", schlug Kennedy vor.

„Eher verrückt", sagte ich. „Ich habe keine Ahnung, was passiert ist, aber wir müssen herausfinden, woher dieses Amulett kommt. Wenn wir das schaffen, könnten wir einige Antworten bekommen, wie und warum Charlotte offenbar mit schwarzer Magie verflucht ist."

KAPITEL 20

*J*ax' Name leuchtete auf meinem Handy auf, gerade, als ich auf den Parkplatz von Crooner's Cauldron einbog. Ich nahm schnell den Anruf an.

„Hi! Du hast meine Nachricht bekommen."

„Gerade eben. Was bringt dich nach L.A.?"

„Ich habe mit Hollister über Zauber gesprochen, um Charlotte zu finden, und er sagte, wenn ich mit ein paar persönlichen Gegenständen von ihr hierherkommen könnte, würde er sein Bestes tun, um mir zu helfen."

„Du bist schon da?", fragte er und klang ungläubig.

„Ja. Ich war schon auf dem Weg, als ich dir die Nachricht hinterlassen habe." Jetzt, da ich die Information von Eli hatte, dass Charlottes Problem mit der schwarzen Magie wahrscheinlich von einem Amulett kam, wollte ich herausfinden, woher es stammte, bevor ich Brix davon erzählte. Ich wollte Beweise, dass sie unschuldig war und man sie hereingelegt hatte, damit kein Risiko bestand, dass sie für jemand anderen den Kopf hinhielt. „Hollister arbeitet freiberuflich für die Magical Task Force und weiß eine Menge über illegale Zauber und Tränke. Nachdem du vorgeschlagen hast, ihn anzurufen, dachte ich, er sei meine beste Chance."

„Ich wünschte nur, du hättest auf mich gewartet", sagte er. „Ich mag es nicht, dass du dich in irgendwas mit schwarzer Magie verwickeln lässt. Wir wissen nicht, wer das getan hat oder warum."

„Deshalb bin ich hier und hole mir Hilfe vom Besten", sagte ich und wurde ein wenig ungeduldig. „Keine Sorge. Ich bin heute Abend zurück."

„Du weißt, dass ich mir Sorgen machen werde, wann immer du Magie benutzt. Besonders, wenn du dich mit einem Anwender schwarzer Magie anlegen willst. Was soll ich tun? Einfach zur Arbeit zurückgehen und mir keine Sorgen um dich machen?"

Meine Gereiztheit verschwand. Es war nicht angenehm, derjenige zu sein, der warten muss, um zu sehen, was mit einem geliebten Menschen passiert, wenn er kopfüber in ein Problem rennt, ohne zu überlegen, was das für seine Sicherheit bedeuten könnte. Und leider schien ich das in letzter Zeit oft zu tun. „Ich habe nicht vor, mit Anwendern schwarzer Magie zu kämpfen. Versprochen. Ich will nur Antworten, die ich Brix übergeben kann, damit er sich um die Bösewichte kümmert."

Es herrschte Stille am anderen Ende der Leitung.

„Jax, im Ernst. Ich will nur meine Schwester finden und sie nach Hause bringen. Das ist alles." Einen Moment lang glaubte ich nicht, dass sie dort sein wollte, wo sie war. Selbst wenn sie damit einverstanden war, mich und Dad wieder zu verlassen, würde sie Minx nicht im Stich lassen. Sie liebte diesen Hund viel zu sehr.

„Okay, aber bitte ruf mich an, wenn du auf dem Rückweg bist. Ich werde abgelenkt sein, bis ich dich wieder in meinen Armen habe."

Mein Herz schmolz. „Das werde ich. Und ich verspreche, ich werde keinen Ärger suchen."

„Weißt du, Marion, ich glaube wirklich, dass du das glaubst. Aber der Ärger scheint dich einfach zu finden."

Ich hatte kein Gegenargument, weil es stimmte. Stattdessen sagte ich: „Ich werde vorsichtig sein. Versprochen."

„Freut mich, das zu hören. Ich treffe dich später bei dir zu Hause?"

„Minx wird auf dich warten", sagte ich sanft.

„Wir werden beide auf dich warten. Fahr vorsichtig. Vergiss nicht, anzurufen, wenn du wieder unterwegs bist."

„Ich melde mich auf jeden Fall." Wir verabschiedeten uns, dann sprang ich aus dem Auto, griff den Beutel mit Charlottes persönlichen Gegenständen und eilte in Hollisters Laden.

Der Duft von Lavendel und Vanille schlug mir entgegen, sobald ich eintrat. Kräuter und Rezeptbücher waren an der rechten Wand aufgereiht, während unzählige Gänge mit Kerzen, Kristallen und anderen verschiedenen Werkzeugen wie Mörsern und Stößeln, kleinen Dolchen und Trankfläschchen den Rest des Ladens füllten. Ich war ziemlich sicher, dass, wenn eine Hexe nach etwas suchte, um einen Zauber oder Trank zu vervollständigen, dies der Ort war, an dem man es finden konnte.

„Na sieh an, sieh an, wer endlich beschlossen hat, uns mit ihrer Anwesenheit zu beehren."

Ich drehte mich um und sah Hollister, der in einem Türrahmen lehnte, der zu einem anderen Raum im Laden führte. Er trug Jeans, ein figurbetontes weißes Hemd und bequem aussehende Lederschuhe. Sein dunkles, lockiges Haar war mit gerade genug Gel gestylt, um es zu bändigen, aber nicht so viel, dass er zu gestylt aussah. Während er nicht wie ein Geschäftsmann wirkte, sah er auch nicht wirklich aus wie ein mächtiger Hexenmeister. Es war eine Aufmachung, die ich einem Verkäufer zugetraut hätte.

„Du würdest wahrscheinlich mehr verkaufen, wenn du wie ein cooler Zauberer angezogen wärst. Das weißt du, oder?", sagte ich mit einem neckenden Lächeln.

Er lachte. „Das Geschäft läuft gut, aber wenn die Verkäufe nachlassen, hole ich meinen Umhang heraus."

„Du hast einen Umhang?", fragte ich ungläubig. „Und du trägst ihn nicht für mich? Ich bin extrem enttäuscht."

„Er wird gerade für die Séance später heute Abend gebügelt."

„Im Ernst?", fragte ich und war mir nicht sicher, ob er mich auf den Arm nahm. Aber dann blitzten seine Augen amüsiert auf, was mich meine verdrehen ließ. „Du bist schrecklich."

„Du bist einfach zu leicht zu ärgern." Er zwinkerte mir zu, breitete dann seine Arme aus und wartete auf eine Umarmung.

Ich trat hinein und lächelte zu ihm auf. „Es ist schön, dich zu sehen."

„Dich auch, Marion." Er ließ mich los, blickte auf meinen Beutel und sagte: „Hier entlang."

Ich folgte ihm in den angrenzenden Raum und stieß einen Freudenschrei aus, als ich Kiera und Garrison sah, die händchenhaltend an einem Tisch saßen. Ich hatte Kiera getroffen, als sie vor ihrem bösen Ex floh, der zufällig Brix' Bruder war, und hatte sie schließlich mit Garrison zusammengebracht. Sie hatten gerade geheiratet und sahen aus wie frisch Verheiratete, die noch in ihrer Flitterwochenphase waren.

„Marion!" Kiera rannte zu mir, und wir umarmten uns einen langen Moment. Als wir uns voneinander lösten, hatten wir beide Tränen in den Augen.

„Es ist so schön, dich zu sehen", sagte ich und nickte Garrison zu.

„Du siehst toll aus." Kiera schenkte mir ein wissendes Lächeln. „Du hast ein Strahlen, das du nicht hattest, als du hier in L.A. gelebt hast. Darf ich annehmen, dass das was mit diesem heißen Bauunternehmer zu tun hat, mit dem du zusammen bist?"

Ich lachte. „Das, oder ich verbringe einfach zu viel Zeit in der Sonne."

Wir plauderten kurz über unser Leben, und dann, als die Glocke des Ladens läutete, verschwanden sie und Garrison, um sich um die neuen Kunden zu kümmern.

Ich drehte mich zu Hollister um. „Du hast ihr nicht gesagt, warum ich hier bin."

Er zuckte mit den Schultern. „Sie ist immer noch nicht ganz über die Erfahrung mit ihrem Ex und der Magical Task Force hinweg. Ich dachte, es wäre besser, sie einfach denken zu lassen, dass du an einem besonderen Zauber für ein Event arbeitest, als etwas anzusprechen, das ein Trigger für posttraumatischen Stress sein könnte."

Kieras Ex war ein Agent der Magical Task Force gewesen und hatte seine Position und Macht genutzt, um nicht nur ihr das Leben zur Hölle zu machen, sondern sie auch eines Verbrechens zu beschuldigen, das sie nicht begangen hatte. Sie hatte ihn in Notwehr getötet, und diese Narben würde sie noch viele Jahre tragen.

„Ich kann das verstehen." Ich zog Charlottes Rubinherzring aus der Tasche und ein Foto, das sie und Minx in einem dieser Münzfotoautomaten gemacht hatte. Sie hatte mehrere davon, aber ich hatte dieses mitgebracht, weil Charlotte das Amulett trug. Das letzte Stück war eine Kerze, die sie neben ihrem Bett aufgestellt hatte und jede Nacht anzündete. „Ich hoffe, das ist in

Ordnung. Der Zirkel hat einen Findezauber versucht, aber es hat nicht funktioniert. Sie denken, es liegt an der schwarzen Magie."

Hollister nickte. „Das ist wahrscheinlich."

„Wird das ein Problem für uns sein?", fragte ich, nicht sicher, was er tun könnte, wenn die schwarze Magie uns daran hinderte, Charlotte zu sehen.

„Nein." Er ging zu einem Schrank und holte einen schwarzen Mörser und Stößel, eine Tüte Kräuter und einen weißen Kristall heraus. „Mondstein", sagte er. „Er hilft, Klarheit zu schaffen."

„Das könnte ich gut gebrauchen."

„Ich denke, das ist allgemein gültig." Er ging zu einem kleinen runden Tisch und stellte Mörser und Stößel in die Mitte. „Nimm die", sagte er und reichte mir die Tüte mit Kräutern und den Mondstein.

Dort in seinem Hinterzimmer beobachtete ich, wie Hollister sich von einem respektablen Ladenbesitzer in etwas verwandelte, das mehr einem verrückten Wissenschaftler ähnelte. Er setzte eine Brille mit Drahtgestell auf, krempelte seine Ärmel hoch und fuhr mit der Hand durch sein gestyltes Haar, sodass es zu Berge stand.

Ich grinste ihn an.

„Was?"

„Dieser Umhang würde deinen Look jetzt wirklich abrunden."

„Hör auf, mir auf die Nerven zu gehen, und komm her." Er zeigte auf den Platz neben sich.

Ich gehorchte.

„Und wo ist dein Dolch?", fragte er.

Ich öffnete meinen Beutel und war überrascht zu sehen, dass er, obwohl ich ihn noch nicht berührt hatte, elektrisch blau leuchtete und vor Magie zu pulsieren schien. Das hatte er schon einmal getan, als wir nach Kiera gesucht hatten, aber seitdem nicht mehr. Er leuchtete nur, wenn ich ihn berührte. „Er leuchtet wieder von selbst."

Hollister spähte darauf und nickte. „Der Laden ist mit viel Magie aufgeladen. Ich wäre überrascht, wenn er nicht leuchten würde."

Deshalb hatte er gewollt, dass ich zu ihm komme. Wir würden in seinem Laden mehr Erfolg haben als im Zirkelkreis. „Okay, sag mir, was ich tun soll."

„Ich will, dass du dich dort hinsetzt." Er zeigte auf einen Hocker in der Mitte des Raumes.

„Okay." Ich setzte mich und beobachtete, wie er mit Kreide ein Pentagramm um mich herum zeichnete. Als er fertig war, stellte er einen Kreis aus Kerzen um mich auf und nahm die Tüte mit Kräutern, die ich gehalten hatte. „Gib mir einen Moment, um die Kräuter vorzubereiten, und dann fangen wir an."

Ich fühlte mich ein bisschen unwohl, während ich beobachtete, wie Hollister arbeitete. Er war der verrückte Wissenschaftler, und ich war das Versuchskaninchen. Er hatte hundertprozentig die Kontrolle über diesen Zauber, den er wirken würde, und ich war nur das Gefäß. Es war beunruhigend, jemandem so viel Macht über das zu geben, was als Nächstes passieren würde.

„Du musst dich entspannen, Marion", sagte Hollister und musterte mich. „Wenn du Charlottes Energie channeln willst, musst du dafür aufgeschlossen sein."

„Das bin ich", sagte ich.

Er lachte. „Du siehst aus, als wärst du so aufgeschlossen wie ein feuerfester Tresor."

„Das ist lächerlich", sagte ich und schüttelte den Kopf. „Ich bin doch hier, oder?"

„Dein Körper ist hier. Aber das wird nur funktionieren, wenn du dein Herz und deinen Geist dafür öffnest, Charlotte zu finden. Kannst du das?"

Ich nickte ohne Zögern. Zu diesem Zeitpunkt war ich sicher, dass sie gegen ihren Willen festgehalten wurde, und ich war bereit, alles zu tun, um sie zu finden.

„Gut. Jetzt richte deinen Blick auf den Mondstein. Ich werde den Zauber singen, und du solltest sie auf der flachen Seite sehen können."

„Okay. Ich bin bereit."

„Warte." Er griff nach meinem Dolch und legte ihn in meine freie Hand, dann arrangierte er Charlottes persönliche Gegenstände auf dem Boden um den Hocker, auf dem ich saß.

Magie pulsierte im Takt mit den Schlägen meines Herzens, und als ich auf den Mondstein blickte, war er durchsichtig geworden und sah aus, als wirbelte Rauch darin. Mein Herz begann, schneller zu schlagen. Konnte das tatsächlich funktionieren?

Hollister stand auf der anderen Seite des Pentagramms, seine Arme seitlich ausgestreckt, als er auf Lateinisch sang. Seine Stimme hob und senkte sich im Takt mit meinem Herzschlag, und plötzlich existierte nichts anderes mehr außer uns beiden und der Magie, die das Pentagramm erfüllte.

„Konzentrier' dich auf den Mondstein!", befahl Hollister.

Mein Blick schoss zurück zum Stein in meiner Hand. Und sobald er das tat, floss Magie von meinem Dolch durch meinen Körper und direkt in den Stein, der so warm geworden war, dass es fast unerträglich wurde, ihn zu halten.

Aber dann sah ich es.

Das Haus. Ich erkannte es sofort, obwohl ich nie dort

gewesen war. Meine Mutter hatte mir im Laufe der Jahre oft genug Fotos davon gezeigt. Ich hatte dieses Haus hassen gelernt, weil es all das Trauma repräsentierte, das ich durch den Weggang meiner Mutter erlitten hatte.

Es war ein kleines Anwesen, auf drei Seiten von Redwood-Bäumen umgeben, direkt am Rand des Pazifiks. Das weiße Haus stand hoch im gefilterten Sonnenlicht, und direkt auf der Veranda davor war die Frau, von der ich immer vermutete, dass sie im Mittelpunkt von Charlottes Verschwinden stand.

Unsere Mutter, Liana Adler.

Charlotte saß neben ihr und starrte in die Ferne.

Die Stimme meiner Mutter durchdrang die Luft. „Charlotte, vertrau ihm einfach. Er weiß, was er tut."

Charlottes Stimme war ausdruckslos, als sie fragte: „Wie kann ich ihm vertrauen? Oder dir?" Sie richtete ihren kalten, wütenden Blick auf Liana. „Ich wäre lieber im Gefängnis, als dass einer von euch mir hilft."

Die Tür öffnete sich, und Denver trat heraus. Ein großer blauer Fleck verunzierte seine rechte Wange.

Charlottes Blick folgte ihm, aber sie sagte nichts. Er auch nicht.

Es war meine Mutter, die schließlich sprach. „Er wird keinen von euch gehen lassen, bis ihr den Vertrag unterschreibt. Vertrau mir. Es lohnt sich nicht, dein Leben wegzuwerfen, indem du stur bleibst."

Es folgte eine lange Pause, bevor Charlotte schließlich zischte: „Fahr zur Hölle!"

KAPITEL 21

*D*ie Magie verschwand, und der Mondstein wurde wieder milchig, sodass ich sprachlos dasaß und versuchte, das zu verarbeiten, was ich gerade gesehen hatte.

„Marion?", fragte Hollister. „Geht's dir gut?"

Ich schüttelte den Kopf, mein Mund dümmlich geöffnet.

„Hast du das Haus erkannt?", fragte er.

„Ja." Ich nickte fast benommen. „Es ist das Haus von Arlo Ray. Charlottes biologischem Vater."

„Sie wird gegen ihren Willen festgehalten", sagte er, seine Stimme zitterte vor Wut.

„Denver auch", sagte ich, überzeugt, dass ich das richtig interpretiert hatte. Angesichts des Blutergusses und meiner Mutter, die ihnen sagte, dass keiner von ihnen gehen könne, bis sie einen Vertrag unterschrieben hätten, war ich sicher, dass beide Gefangene waren. Aber hatte meine Mutter ihre Freiheit? Ich vermutete, dass sie sie hatte, da sie etwas über Arlos Vorgehensweise zu wissen schien.

„Wir sollten Brix anrufen", sagte Hollister.

„Ja", stimmte ich zu und hoffte, dass es die richtige

Entscheidung war. Ich hatte noch keinen Beweis, dass Charlotte unschuldig an der Verwendung schwarzer Magie war, aber wenn wir sie zumindest nach Hause bringen konnten, konnte Sebastian als ihr Anwalt agieren, und sie wäre frei von ihrem Samenspender und unserer Mutter, die erneut einen Mann über ihre eigene Tochter zu stellen schien. Wut brannte hell in meiner Brust und ließ mich die Stelle direkt über meinem Herzen reiben.

Hollister nahm sein Handy und tippte auf die Tasten, um Brix anzurufen. Hollister arbeitete mit der Magical Task Force daran, ihre magischen Waffen auf den neusten Stand zu bringen und beschlagnahmte zu entsorgen, daher hatte er auch eine direkte Leitung zu Brix und anderen Agenten, die seine Dienste in Anspruch nahmen. Eine Sekunde später war das Telefon auf Lautsprecher geschaltet, und das Klingeln hallte durch den Raum.

Der Anruf ging sofort auf die Mailbox.

„Verdammt, Brix", sagte ich ins Telefon. „Meine Schwester wird gegen ihren Willen festgehalten, und ich glaube, ich weiß, wer sie mit schwarzer Magie verflucht hat. Ruf mich oder Hollister so schnell wie möglich zurück."

Hollister beendete den Anruf. „Soll ich jemand anderen bei der Behörde kontaktieren?"

Ich schüttelte den Kopf. „Ich vertraue niemandem sonst. Ich arbeite noch an der Theorie, dass jemand sie mit schwarzer Magie verflucht hat, aber wenn es was anderes ist, könnte ich sie der Magical Task Force ausliefern. Ich will ihnen nichts geben, das sie in noch größere Schwierigkeiten bringen könnte."

„Alles klar. Dann sind es nur du und ich. Lass mich ein paar Waffen laden, und wir holen deine Schwester da raus."

Ich starrte ihn an. „Du bist bereit, kopfüber in die Löwengrube zu rennen, um meiner Schwester zu helfen?"

Er nickte. „Du warst bei jedem Schritt dabei, um meiner Schwägerin zu helfen. Ich werde bei jedem Schritt dabei sein, um dir zu helfen, deine Schwester zu finden."

In meinem Leben hatte ich viele Freunde gehabt. Einige von ihnen waren wie Familie, von der Sorte, die ihr Leben für mich geben würden. Bis zu diesem Moment war mir nicht bewusst gewesen, dass Hollister einer von ihnen war. Ich ergriff seine Hand und drückte sie. „Danke."

„Das musst du nicht sagen, aber gern geschehen." Er drehte sich um und begann, in seinen Vorräten zu kramen. Als er fertig war, schwang er einen Rucksack über seine Schulter und sagte: „Lass uns gehen."

IN DEM MOMENT, als wir im Auto saßen, rief ich Sebastian an und hoffte, er könnte mir Arlos Adresse besorgen. Ich wusste, in welcher Stadt das Haus war, und hatte es auf ein paar Fotos meiner Mutter gesehen, aber ich war nie dort gewesen. Wenn wir keine Adresse bekämen, würden wir wertvolle Zeit verschwenden, indem wir herumfuhren, bis wir es fanden.

„Marion, ich wollte dich gerade anrufen."

Mein Herz setzte aus. „Du hast den Backgroundcheck über Denver?"

„Ja. Ist ein ziemlicher Brocken."

„Ich will alles hören, aber zuerst hoffe ich, du kannst mir einen Gefallen tun", sagte ich. „Ich brauche die Adresse von Arlo Ray in Brimstone Bay."

„Das ist einfach. Ich habe sie hier", sagte er. „Denn Denver arbeitet seit letztem Jahr für ihn."

Die Information überraschte mich. Da ich ziemlich sicher war, dass Denver gegen seinen Willen festgehalten wurde, hatte ich Fragen, warum er in Premonition Pointe gewesen war. War er gezwungen worden, sich Charlotte zu nähern? War das der Grund, warum er an jenem Abend im *Hallucinations* gewesen war?

Er ratterte die Adresse herunter und sagte dann: „Sag mir nicht, dass du allein da rein stürmen wirst."

„Nein, das tue ich nicht."

„Sagst du mir die Wahrheit?", fragte er skeptisch.

Ich lachte. „Ja. Hollister ist bei mir."

„Gibt es was, das ich sagen kann, um dich dazu zu bringen, deinen Plan zu überdenken?"

„Nein. Meine Mutter ist auch da. Ich muss herausfinden, warum sie meine Schwester gegen ihren Willen festhalten."

„Du weißt, dass ich Gigi und dem Rest des Zirkels davon erzählen werde, oder?"

Ich hatte nicht daran gedacht, aber ich würde ihn nicht bitten, mein Vorhaben vor seiner Verlobten geheim zu halten. „Das musst du nicht."

„Doch, das muss ich", sagte Sebastian. „Hast du eine Ahnung, wie wütend Gigi wäre, wenn sie herausfinden würde, dass ich wusste, dass ihre neueste Zirkelschwester in ein Wespennest rennt, und ich es ihr nicht erzählt habe?"

Ja, ich wäre auch wütend, wenn Jax mir etwas Derartiges vorenthalten würde. „Tu, was du tun musst, aber bitte sag ihnen, dass Hollister und ich nicht mit leeren Händen gehen. Hollister hat an alles gedacht. Ich habe nur vor, meine Schwester da rauszuholen und wieder zu gehen."

„Ich werde es ihnen sagen, aber du weißt, wie das läuft." Er stieß ein kaum hörbares Seufzen aus. „Sei vorsichtig, Marion. Du weißt nicht, worauf du dich einlässt."

„Irgendwelche Hinweise? Was ist Denvers Job? Was macht er für Arlo?"

„Er scheint ein Lehrling für Arlos Geschäft zu sein."

„Ein Lehrling in einem Restaurantbedarfsgeschäft?", fragte ich, sicher, dass das nicht das war, was Denver tat. Als er die Informationen in der Agentur ausgefüllt hatte, hatte er gesagt, er sei ein Künstler mit seinem eigenen Geschäft.

„Das ist zumindest, was ich habe, aber ich bin ziemlich sicher, dass Arlo nicht wirklich im Restaurantbedarfsgeschäft tätig ist. Es gibt starke Hinweise, dass sein Geschäft Geld wäscht. Wir haben noch nicht herausgefunden, wie er das Geld verdient, aber wir arbeiten daran. Es sieht nach irgendwas Computerbasiertem aus. Also sei vorsichtig, okay?"

„Das sind wir. Danke, Sebastian." Ich legte auf und schaltete das GPS ein. In einer Stunde und dreiundzwanzig Minuten würden Arlo Ray und Liana Adler einer wütenden Hexe gegenüberstehen. Und vielleicht würden sie diesmal für alles büßen, was sie zwei Frauen angetan hatten, die nie etwas anderes gewollt hatten, als geliebt zu werden.

KAPITEL 22

„*D*as ist es", sagte ich und zeigte nach links, wo ein Tor die Einfahrt versperrte.

Hollister hielt davor an, und nachdem er sein Fenster heruntergelassen hatte, drückte er auf die Sprechanlage.

„Hausieren verboten", sagte die Stimme am anderen Ende.

„Wir sind hier, um Charlotte Ray zu sehen", sagte er, seine Stimme entschlossen, aber freundlich.

Ich hatte ernsthafte Zweifel, dass uns Einlass gewährt werden würde, aber zu meinem Erstaunen öffnete sich das Tor.

Hollister warf mir einen überraschten Blick zu und fuhr die Auffahrt hinunter. Wir fuhren durch ein Dickicht von Bäumen, bis die Straße sich zu einem großen Parkplatz vor dem großen weißen Haus öffnete, das vom Pazifik eingerahmt wurde. Das Haus war ein großes viktorianisches Gebäude mit viel Charakter, und es sah nicht aus, als würde es Arlo Ray gehören. Es war viel zu warm und einladend.

„Schöne Hütte", sagte Hollister mit einem Pfiff.

„Zu schön für Arlo", sagte ich und verbarg meinen Widerwillen nicht.

„Deine Mutter sagte schon, du würdest hier auftauchen", sagte ein Mann mit rauer Stimme vom Ende der großen Veranda.

Ich drehte mich um, und da war er. Der Schurke unserer Familiengeschichte. Arlo Ray lehnte an einem der Pfeiler, die Hände in den Taschen und die Beine an den Knöcheln übereinandergeschlagen. Er stieß sich ab und ging zum Rand der Veranda.

„Ich dachte immer, wir würden uns früher treffen, Marion", sagte er, seine Lippen zu einem fast spöttischen Grinsen verzogen.

„Warum?", fragte ich, wirklich neugierig. „Du wolltest nichts mit deiner biologischen Tochter zu tun haben. Warum solltest du ihre Halbschwester treffen wollen?"

„Du bist Lianas Tochter", sagte er, als wäre das offensichtlich.

Ich schüttelte den Kopf, mir war dieses Thema völlig egal. Ich hatte Arlo nie kennenlernen wollen. Tatsächlich hatte ich einen erheblichen Teil meines Lebens damit verbracht, so zu tun, als existiere er nicht. „Ich bin hier, um Charlotte zu sehen. Kannst du ihr sagen, dass ich da bin?"

„Sie weiß es schon." Er blickte zu einem der Fenster über sich hoch.

Es gab Bewegung am Fenster, aber die Sonne stand so, dass es fast unmöglich war, ins Innere zu sehen.

„Kannst du ihr bitte sagen, sie soll herunterkommen?", fragte ich höflich.

„Sie kommt runter, wenn sie will", sagte er mit einem Achselzucken.

Die Tür schwang auf, und anstelle von Charlotte trat meine Mutter heraus, ein breites Lächeln im Gesicht. „Marion! Was für eine angenehme Überraschung!"

Ich runzelte die Stirn. „Angenehm? Ich vermute, du dachtest, ich würde nie herausfinden, dass du mit Arlo unter einer Decke steckst."

„Unter einer Decke?", fragte sie lachend, als wäre ich der lustigste Mensch auf dem Planeten. „Bitte. Arlo hat angerufen, um mir zu sagen, dass Charlotte hier ist, direkt nachdem du und ich heute Morgen gesprochen haben, also bin ich sofort hierhergekommen. Es war eine stressige Woche mit der Verhaftung und allem. Sie brauchte einfach ihre Mutter."

Ich hustete, um halbherzig zu verbergen, dass ich „Unsinn" murmelte.

Das Lächeln meiner Mutter verblasste, und sie kniff die Augen zusammen, als sie Hollister ansah. „Du hast uns deinen Begleiter nicht vorgestellt, Marion. Wo bleiben deine Manieren?"

Ich verdrehte die Augen. „Das werden wir nie erfahren." Ich winkte mit der Hand zu meinem Freund. „Das ist Hollister. Hollister, das ist meine Mutter, Liana Adler, und Arlo Ray. Er ist Charlottes biologischer Vater."

„Hallo, Hollister", sagte meine Mutter mit einem angespannten Lächeln.

Arlo schnaubte. „Es ist nicht nötig, höflich zu ihm zu sein, Liana. Er ist nicht hier, um Freundschaften zu schließen."

„Wer scherts ich schon um vergessene Manieren?", bemerkte ich und verbarg meinen Sarkasmus nicht. „Aber Arlo hat recht. Er ist hier, um mir zu helfen, Charlotte nach Hause zu bringen."

„Ich komme nicht mit", sagte Charlotte und öffnete dann

die Fliegengittertür. Ihr Gesicht war blass, und sie hatte dunkle Ringe unter den Augen. Es war offensichtlich, dass sie nicht geschlafen hatte. So, wie sie aussah, schien sie auch nicht zu essen.

„Ich weiß, du willst nach Hause", sagte ich sanft zu ihr. „Minx vermisst dich."

Charlotte zuckte zusammen, und eine einzelne Träne rollte ihre Wange hinunter. Sie ignorierte sie und schüttelte den Kopf. „Ich kann nicht, Marion. Mein Platz ist hier."

„Das ist er nicht." Ich wollte auf die Veranda rennen, sie packen und zwingen, mit mir und Hollister zu gehen. Aber ich war nicht naiv. Alles an dieser Szene schrie, dass Arlo sie entweder zum Bleiben zwang oder sie bedroht hatte. „Dein Platz ist bei mir, in der Agentur. Partner, erinnerst du dich?"

Schmerz blitzte durch ihre grünen Augen, und als sie mich anstarrte, schien sie mich still anzuflehen, es ihr nicht noch schwerer zu machen.

Das konnte sie vergessen. Ich würde nicht aufgeben. Ich streckte ihr meine Hand entgegen. „Was auch immer in der letzten Woche passiert ist, wir werden das klären. Sebastian ist bereit und wartet darauf, deinen Fall zu übernehmen."

„Charlotte hat einen Anwalt", sagte meine Mutter. „Es gibt keinen Grund, jemanden anzuheuern."

Ich erzählte ihr nicht, dass Sebastian unter keinen Umständen Geld von uns annehmen würde. Er schützte den Zirkel und ihre Lieben, als wären sie seine Familie, weil sie es waren. Wenn jemand aus dem Zirkel in Schwierigkeiten war, würde er alles tun, um zu helfen, weil es Gigi wichtig war. Charlotte gehörte nicht zum Zirkel, aber sie war meine Schwester, und sie würden nicht tatenlos zusehen, wie ihr etwas zustieß, wenn sie es verhindern konnten.

„Ich habe mit Eli gesprochen", sagte ich, nur, um meine

Schwester zum Reden zu bringen. „Er wartet darauf, dass du nach Hause kommst."

Charlotte blinzelte mich an und schien verwirrt, dann sackten ihre Schultern herab. „Er braucht mich wahrscheinlich, um seine … Probleme zu heilen."

„Das stimmt, aber ich denke, er würde trotzdem gern mit dir reden", sagte ich.

Sie schüttelte langsam den Kopf. „Hier gibt es Arbeit zu erledigen."

„Wie zum Beispiel?" Übelkeit überkam mich, als ich an die Szene dachte, die ich im Mondstein gesehen hatte. „Du hast doch keinen Vertrag mit Arlo unterschrieben, oder?"

„Noch nicht, aber …" Sie holte scharf Luft. „Es ist besser für alle, wenn ich es tue."

Die Tür schwang auf, und Denver kam heraus, Wut stand ihm ins Gesicht geschrieben. „Nein, das ist es nicht." Er wandte sich Arlo zu und schleuderte plötzlich Magie auf seinen Boss, sodass der Mann von der Veranda flog und gegen einen hohen Redwood-Baum prallte.

„Denver!", schrie Liana und rannte auf ihn zu, während sie ihre eigene Magie abfeuerte. Denver hob eine Hand, wehrte ihren Angriff ab und schickte die Magie in ihre Richtung zurück. Sie tauchte hinter einen Holzstuhl und schrie, als er zersplitterte.

„Geh!" Denver drängte Charlotte zu uns. „Geh jetzt, und schau nie zurück!"

„Ich lass' dich nicht hier mit ihnen", sagte Charlotte entschlossen. „Du weißt, dass ich das nicht tun werde."

Er öffnete den Mund, um etwas zu sagen, aber Liana sprang hinter dem zerbrochenen Stuhl hervor und stellte sich vor Charlotte. Ihr ganzer Körper zitterte vor Wut. „Denver, geh zurück ins Haus!"

Denver stand da, Schweiß bedeckte sein Gesicht, während er am ganzen Körper zitterte, als würde er einen unsichtbaren Angriff abwehren.

„Was passiert hier gerade?", fragte ich und ging auf meine Mutter zu. „Was tust du mit Denver?"

„Nichts. Er arbeitet für Arlo, und ein Teil seines Vertrags ist, das zu tun, was wir beide sagen. Wenn ich sage, er soll ins Haus gehen, muss er ins Haus gehen", sagte sie und presste ihre Lippen zu einer dünnen Linie zusammen, während sie den Mann finster ansah.

Denvers Füße begannen, sich in Richtung Haus zu bewegen, aber er kämpfte bei jedem Schritt dagegen an.

„Verträge sind dazu da, gebrochen zu werden", sagte Hollister, bevor er auf die Veranda sprang. Mit einem seiner kleinen Dolche schnitt er die Kette durch, die Denver trug, sodass der Baumanhänger auf die Veranda fiel.

Rauch stieg an der Stelle auf, an der der Anhänger gelandet war, und plötzlich breiteten sich Flammen auf dem Holzboden aus.

Jemand schrie. Ich dachte, es war meine Mutter. Dann waren alle drei, Hollister, Charlotte und Denver, neben mir, und Hollister rief uns zu, dass wir sofort gehen mussten.

Wir hatten es gerade zehn Meter vom Haus weg geschafft, als Arlos Stimme aus dem Rauch dröhnte: „Stopp!"

Charlotte und Denver blieben wie angewurzelt stehen, während Hollister und ich versuchten, sie weiterzuziehen.

„Niemand wird heute von hier weggehen", sagte Arlo mit einem Knurren, als er aus dem Rauch trat und seine Magie nutzte, um das Feuer zu löschen.

„Du hast den Verstand verloren, alter Mann", sagte ich. „Hollister und ich werden gehen, wann immer wir wollen."

„Wirklich?" Er blickte zu unseren Füßen hinunter. „Ich möchte sehen, wie du das versuchst."

Ich versuchte, meinen Fuß zu heben, vorwärts oder irgendwohin zu gehen, aber es war, als wären meine Füße in Beton gefangen. Egal, was ich versuchte, ich stand einfach da, hilflos.

Hollister schien dasselbe Problem zu haben.

„Jetzt denke ich, es ist Zeit für ein Gespräch. Charlotte, Denver, geht ins Haus. Ich habe in ein paar Stunden Anweisungen für euch."

Beide drehten sich sofort um, verschwanden ins Haus und ließen die Tür hinter sich zuschlagen.

„Du hast sie gezwungen, zu tun, was du verlangst", beschuldigte ich Arlo. „Du hältst deine eigene Tochter gefangen. Wofür? Ein paar mehr Dollar für dein Bankkonto? Du bist die schlimmste Sorte Mensch. Der Typ, der sich nur für Geld und Macht interessiert. Das ist widerlich."

„Widerlich oder nicht, das bin ich", sagte er ruhig. „Es stellt sich heraus, dass die Bindung stärker ist, wenn man blutsverwandt ist, also war es kein großes Problem, Charlotte an Bord zu bringen. Es brauchte nur ein paar schlaflose Nächte und einen wirksamen Trank. Jetzt tut sie, was ich sage, meistens ohne zu fragen. Aber du bist jetzt hier und machst Probleme, also habe ich einige Entscheidungen zu treffen."

„Die einzige Entscheidung, die du treffen musst, ist, Charlotte gehen zu lassen, bevor die gesamte Magical Task Force hier aufkreuzt. Was denkst du, wird passieren, wenn sie nach uns suchen kommen und herausfinden, dass du Leute mit schwarzer Magie verfluchst, um deinen Willen durchzusetzen?"

Er hob eine Augenbraue. „Schwarze Magie? Wie kommst

du darauf, dass ich so tief sinken muss, um meine Angestellten dazu zu bringen, meinen Anweisungen zu folgen?"

„Weil du ein dreckiger Bastard bist?", fragte ich und reizte ihn.

„Das wird sicher ein Jammer sein, wenn sie nach dir suchen kommen und Charlotte ihnen sagt, dass du auf den Felsen ausgerutscht und sofort an einer Kopfverletzung gestorben bist." Ein krankes, widerlich-süßes Lächeln breitete sich auf seinen Lippen aus. „Es ist immer eine Tragödie, wenn jemand stirbt."

„Arlo!", tadelte Liana. „Das ist meine Tochter, von der du da sprichst."

Oh, jetzt verteidigte sie mich? Er musste mich tatsächlich bedrohen, bevor sie etwas sagte? Zumindest war es gut zu wissen, dass sie irgendwelche Grenzen hatte.

„Sie bedroht mich, Liana. Du weißt, dass ich das nicht dulde", sagte Arlo, und sein Blick war so kalt, dass er mich trotz des warmen Nachmittags frösteln ließ.

„Du wirst meine Tochter nicht töten", sagte Liana zu ihm, ihre Stimme voller Feuer. „Nimm sie unter Vertrag, wenn du musst, aber wenn du ihr schadest, wirst du dich mit mir auseinandersetzen müssen."

Arlo lachte. „Mich mit dir auseinandersetzen? Du hast deinen verdammten Verstand verloren."

„Und du hast diesen Mann wirklich geheiratet?", fragte ich meine Mutter und konnte nicht glauben, dass sie meinen Vater für diesen Widerling verlassen hatte. „Was hast du dir dabei gedacht?"

„Ich versuche, dir zu helfen, Marion. Jetzt ist nicht die Zeit für dein freches Mundwerk oder dein Urteil über Dinge, von denen du nichts weißt." Sie stolzierte zu Arlo hinüber, und Magie funkelte in ihren Handflächen.

Arlo blickte hinunter und lachte leise. „Du weißt, dass mir immer gefallen hat, wenn du bestimmend wirst. Das macht die Schlafzimmeraktivitäten viel interessanter."

„Ich scherze diesmal nicht, Arlo", sagte Liana. „Krümme meiner Tochter nur ein Haar, und ich reiße dir verdammt nochmal die Kehle auf."

Arlos Augen funkelten vor Interesse, als er sie näherkommen sah. Sobald sie schließlich direkt vor ihm stand, griff er in ihr Haar, packte es in der Faust und küsste sie grob. Als er sie schließlich zum Luftholen freigab, atmete sie schwer und starrte ihn in einer Lusttrance an.

„Um Himmels willen", knurrte ich, immer noch unfähig, meine Füße zu bewegen. „Wie lange willst du uns hier gefangen halten? Bis ihr fertig seid, euch gegenseitig einen runterzuholen?"

„Marion!" Liana schüttelte den Kopf. „Sei nicht so vulgär."

Meine Brust war zugeschnürt, und die Wut, die sich gegen sie richtete, war so überwältigend, dass ich dachte, ich könnte dort im Vorgarten explodieren. Es wäre nicht nötig, mich zu töten. Ich würde schon in einer Million Stücken auf dem Rasen verteilt liegen.

„Dein Ehemann oder Freund oder was auch immer er heutzutage ist, redet davon, mich zu töten, und du machst dir Sorgen darüber, dass ich mich vulgär ausdrücke?", fragte ich sie fassungslos. „Ich wusste, dass du schrecklich bist, aber mir war nie bewusst, dass es so schlimm ist."

„Du solltest anfangen, mich zu respektieren", zischte Liana. „Ich bin die Einzige, die gerade zwischen dir und Arlo steht. Wenn ich beiseitetrete, wird er dich entweder töten oder dich in einen neunundneunzigjährigen Vertrag mit ihm zwingen, durch den du tun wirst, was immer von dir verlangt wird, ohne eine Möglichkeit zu gehen. Verstehst du, was ich sage?"

„Lass mich raten. Dass ihr beide erbärmlich seid und wenn Hollister und ich nicht selbst einen Weg aus dieser Scheiße finden, wirst du die Ewigkeit damit verbringen, mir die Schuld zu geben, weil ich gekommen bin, um meiner Schwester zu helfen?"

„Du undankbares Gör!", knurrte meine Mutter und verschränkte die Arme vor der Brust. Dann sah sie Arlo an und sagte: „Tu, was du tun musst."

KAPITEL 23

„Du Miststück!" Charlotte tauchte wie aus dem Nichts auf und stürzte sich auf unsere Mutter. Beide gingen in einem Knoten aus Armen und Beinen zu Boden und rollten sich in den Blumenbeeten vor der Veranda herum.

Arlo knurrte und sagte: „Charlotte, hör auf!"

Meine Schwester erstarrte sofort. Sie war immer noch auf unserer Mutter und hielt sie fest, aber sie versuchte nicht mehr, sie zu überwältigen.

„Ich kann nicht glauben, dass du mich angegriffen hast", zischte unsere Mutter Charlotte zu, als wäre sie nicht an den letzten zwanzig Minuten voller Drohungen und Versprechen beteiligt gewesen.

„Ich kann nicht glauben, dass du eine so wertlose Mutter bist", spie Charlotte ihr ins Gesicht. „Wusstest du, dass ich jede Nacht, nachdem du weggegangen bist, nach dir gefragt habe?"

Liana schüttelte den Kopf, wirkte aber eher neugierig als beschämt, dass sie ein achtjähriges Kind zurückgelassen hatte.

„Marion hat viel Zeit damit verbracht, mich zu beruhigen,

damit ich nicht mit wundgeweinten Augen einschlafe", sagte Charlotte. „Weißt du, dass sie nie ein schlechtes Wort über dich verloren hat? Zumindest damals nicht. Du schuldest ihr eine Menge. Stattdessen hast du sie im Grunde einem Monster ausgeliefert, genau wie du es mit mir gemacht hast, als du Denver befohlen hast, mich hierher zurückzubringen, nachdem ich verhaftet wurde."

„Unsere Mutter ist dafür verantwortlich?", würgte ich entsetzt hervor. Ich hatte gewusst, dass sie versucht hatte, Charlotte zu überzeugen, Arlos Vertrag zu unterschreiben, aber ich hatte nicht begriffen, dass sie so tief drinsteckte, dass sie ihm ihre Kinder als Opfer darbrachte.

„Sie ist böse!", weinte Charlotte.

Liana stieß sie von sich und stand auf. Sie starrte auf ihre jüngste Tochter hinunter und schüttelte traurig den Kopf. „Alles, was ich wollte, war, euch warnen, ihr solltet euch fernhalten. Euer Leben leben und weit weg von mir und Arlo bleiben, aber stattdessen habt ihr beide mich abgelehnt. Ihr habt euch geweigert, mich zu treffen, als ich eine Gelegenheit hatte, euch zu warnen und zu sagen, dass du dieses verdammte Amulett loswerden solltet, das Arlo dir auf der Yacht gegeben hat. Stattdessen konntet du und deine undankbare Schwester keine Zeit für mich erübrigen. Und jetzt schau, was passiert ist." Sie wedelte mit der Hand zu Arlo, der sie finster ansah. „Ihr sitzt fest. Er wird dich entweder an sich binden oder dich töten." Sie blickte zurück zu mir. „Deine Entscheidung."

„Das ist eine tolle Wahl, *Mom*", sagte ich. „Wir haben hier die Mutter des Jahres, findest du nicht auch, Charlotte?"

Meine Schwester schnaubte.

„Genau, was ich auch denke." Meine Füße begannen, wieder zum Leben zu erwachen, und ich war sicher, dass Arlos Zauber nachließ.

Hollister, der immer noch neben mir stand, stieß mich mit dem Arm an und schob mir dann eine kühle Glasflasche in die Hand. Ich blickte hinunter und sah einen roten Trank in dem Fläschchen.

„Wenn ich ‚Jetzt' sage", flüsterte er, „wirf sie so fest du kannst auf Arlo."

Ich nickte kaum merklich. Ich hatte genug von diesem Familienwahnsinn.

Charlotte lag immer noch am Boden, während unsere Mutter mich anfunkelte.

„Du hast dir das selbst zuzuschrei-", begann Liana.

Aber Hollister unterbrach sie und schrie: „Jetzt!"

Ich warf die Flasche mit dem roten Trank auf Arlo und traf ihn mitten in die Brust. Er blickte fast ungläubig an sich hinab und hob sofort seine Arme, die Finger direkt auf mich gerichtet.

Hollister warf seinen Teil des Tranks und rief: „Neutralisiere!"

Magie funkte um Arlo herum, zuckte über seine Arme, seine Hände und sein Gesicht, nur um einen Moment später zu verschwinden und ihn im Schatten stehen zu lassen, zitternd, als wäre ihm alles Blut entzogen worden.

Arlo brach zusammen und keuchte: „Hilfe."

Liana stürmte auf uns zu, doch keine Sekunde später flog die Haustür auf, und Denver stürzte heraus, während sich Charlotte vom Boden aufrappelte.

Magie strömte von meiner Mutter und traf Hollister direkt auf die Brust. Denver ging als Nächstes auf ihn los, sprang auf ihn und fesselte ihn schnell mit Kabelbindern.

Damit war nur Charlotte übrig. Ihre Magie wirbelte um sie herum und blitzte rot, was darauf hindeutete, dass ihre Wut die Oberhand gewonnen hatte. Wenn sie wütend war und darauf programmiert, jeden anzugreifen, der versuchte, Arlo auszuschalten, kannte sie wahrscheinlich keine Grenzen.

„Charlotte!", verlangte ich. „Hör auf. Das bist nicht du. Du musst gegen diesen Zwang ankämpfen, und wir bringen dich nach Hause, wo du hingehörst."

Sie stieß ein manisches Lachen heraus. „Du denkst, das funktioniert so? Solange er lebt, bin ich an ihn gebunden. Es ist unser Blut. Ich bin seine Tochter. Ich kann ihm jetzt nicht entkommen. Alles, was passiert, wenn ich ungehorsam bin, ist, dass er die Menschen tötet, die ich liebe. Du hättest nicht herkommen sollen, Marion. Es ist nicht sicher für dich. Entweder gehst du jetzt, oder ich werde gezwungen sein, dich zu töten." Die letzten zwei Worte waren voller Schmerz, als sie mich warnte. „Verstehst du? Ich kann das nicht kontrollieren. Es gibt keinen Weg, das jetzt zu beenden, wo er es in Gang gesetzt hat. Mein Leben ist vorbei, aber deins muss es nicht sein. Geh, bitte, Marion. Leb' dein Leben für mich, und kümmere dich um Minx."

Sie schniefte, während die Tränen jetzt ungebremst flossen.

Ich streckte die Hand aus und nahm ihre Hand in meine. Sie hatte recht. Ihre Magie fühlte sich jetzt anders an. Schwerer. Voll von Bedauern.

Alles, was ich wollte, war, ihr helfen, die Fesseln abschütteln, die Arlo ihrer Magie angelegt hatte. Sie von diesen toxischen Menschen befreien, sie nach Hause bringen und ihr zeigen, dass sie viele glückliche Jahre vor sich hatte. „Ich werde dich nicht verlassen!", rief ich, als ich meinen Dolch aus der Halterung an meiner Seite zog. Magie strömte in mich und direkt in sie hinein.

Wir leuchteten wie die Sonne vor Arlos Haus, ein Leuchtfeuer reiner Güte.

Arlo stemmte sich vom Boden hoch und beobachtete uns mit Hass in seinem Blick.

„Bleib unten, alter Mann!", befahl ich und fühlte, wie die Magie sich mit der meiner Schwester verband und meine Seele erfüllte. „Oder du stirbst hier und jetzt."

Er taumelte auf die Füße und zog seinen eigenen Dolch aus der Tasche. Er war finsterer als meiner, mit einer gezackten Klinge, die ernsthafte Schäden anrichten sollte.

Ich ließ mich nicht abschrecken. Ich hatte mich noch nie mächtiger gefühlt als mit Charlotte an meiner Seite.

„Komm nur, Arlo. Ich fordere dich heraus!", schrie ich.

„Marion, nein!", hörte ich einen Chor vertrauter Stimmen in der Ferne, aber ich war schon zu weit gegangen. Zu bereit, Arlo und dem Einfluss, den er auf meine Schwester hatte, ein Ende zu setzen. Das war's, entweder er oder ich, denn ich würde nicht ohne eine freie Charlotte von ihm und seinen kranken Spielchen weggehen.

Arlo stürmte auf uns zu, sein Arm erhoben, Magie direkt auf mein Herz gerichtet.

„Nein!", schrie Charlotte, sprang vor mich und fing den Treffer seiner Magie direkt in ihre Brust auf.

Charlotte erstarrte, als Arlos Magie versuchte und dabei scheiterte, die magische Barriere zu durchbrechen, die wir zusammen geschaffen hatten. Unsere Magie schützte sie, aber es war auch offensichtlich, dass uns zu bewegen keine Option war, solange sie angegriffen wurde.

Ich musste Arlo ausschalten, oder Charlotte würde dort festsitzen, bis einem von uns die Magie ausging.

Während ich meine Schwester fest an der Hand hielt, hob ich den Dolch, stürmte auf ihn zu und zielte auf seine Schulter. Arlo drehte sich im letzten Moment und versuchte, meinen Dolch mit seinem abzuwehren, sodass sie aufeinanderprallten.

Die beiden Dolche trafen aufeinander, Magie prallte von beiden ab und sandte Funken in alle Richtungen.

Ich blickte in Arlos Augen, und mit jeder letzten Kraft, die mir blieb, sagte ich: „Fahr zur Hölle, alter Mann!" Dann konzentrierte ich mich auf seinen Dolch und beobachtete, wie er ihn ganz langsam zurückzog und sich dann selbst in den Bauch rammte.

Über ihm stehend sah ich zu, wie er zusammenbrach und Blut aus der Wunde in seinem Bauch floss.

„Nein!", schrie unsere Mutter und rannte zu ihm. „Arlo? Wage es nicht, mich zu verlassen!", schrie sie durch ihre Tränen. „Du kannst mich nicht so zurücklassen. Ich kann nicht für all deine Sünden zahlen!"

„Miss Adler?", sagte Brix, der plötzlich aus dem Nichts auftauchte.

„Er stirbt", schrie sie und starrte Brix mit leeren Augen an.

„Sie müssen zur Seite treten. Die Sanitäter werden sich jetzt um ihn kümmern", sagte Brix und zeigte seinen Ausweis. „Es tut mir leid, Ihnen mitteilen zu müssen, dass Sie wegen Beihilfe und Unterstützung eines Anwenders schwarzer Magie verhaftet sind."

Während Brix unserer Mutter ihre Rechte vorlas, wandte ich mich Charlotte zu, deren Hand ich immer noch hielt. „Geht's dir gut?"

Tränen strömten über ihr Gesicht, als sie den Kopf schüttelte. Aber bevor ich etwas anderes fragen konnte, fiel sie mir in die Arme und hielt mich, als wäre ich ihr Rettungsanker.

Schließlich schluchzte sie: „Du bist meinetwegen gekommen."

„Natürlich bin ich das", sagte ich. „Du bist meine Schwester."

Sie vergrub ihr Gesicht an meiner Schulter und weinte hemmungslos. Über ihre Schulter hinweg sah ich Denver auf der Veranda sitzen, den Kopf zwischen den Beinen, während er nach Luft rang. Hollister saß neben ihm und sprach leise mit ihm.

Und gerade neben der Veranda sah ich alle sechs Mitglieder meines Zirkels. Sie hatten ein Pentagramm gezeichnet, einen Feuerkreis errichtet und führten irgendein Ritual durch. Im Feuerkreis sah ich eine Reihe Dolche, einige Anhänger und sogar ein paar Kristalle. Es dauerte nicht lange, bis ich erkannte, dass sie ein Reinigungsritual durchführten. Das wurde gemacht, wenn Hexen verfluchten Objekten ihre Macht entziehen wollten, die Gegenstände dabei jedoch erhalten wollten.

Brix hatte sie wahrscheinlich gebeten, das Ritual durchzuführen, bevor er die Gegenstände als Beweise zur Magical Task Force brachte.

Ein Truck fuhr auf den Parkplatz, und Jax sprang heraus. Er kam zu mir gerannt, und obwohl ich immer noch meinen Arm um Charlottes Schulter hatte, zog er mich in seine Arme und drückte mich fest an sich. „Du solltest mich doch anrufen, bevor du kopfüber in sowas hineinrennst, erinnerst du dich?"

Ich nickte und blinzelte Tränen zurück. Ich war einfach zu überwältigt, um etwas zu sagen. Ich hatte fast einen Mann mit meiner Magie getötet, und dann war meine Mutter verhaftet worden. Ich wusste immer noch nicht, was Arlo trieb, dass er Hexen brauchte, die gezwungen waren, alles zu tun, was er verlangte. Alles, was ich wusste, war, dass das Blut, das er vergossen hatte, als er sich selbst das Messer in den Bauch gerammt hatte, den Zauber gebrochen hatte. Das reichte für den Moment.

KAPITEL 24

„Seid ihr sicher, dass ihr nicht für die Magical Task Force arbeiten wollt?", fragte Brix mich und Charlotte.

Wir waren den zweiten Tag in Folge in seinem Büro und beantworteten Fragen, damit er seinen Fall gegen Charlotte abschließen konnte. Sobald klar war, dass Arlo derjenige war, der sie verzaubert und mit seinen Amuletten gebunden hatte, dauerte es nicht lange, bis die Anklagen wegen schwarzer Magie fallengelassen wurden.

Es gab immer noch eine Untersuchung wegen des versehentlichen Fluchs, den sie im *Hallucinations* gewirkt hatte, aber Brix hatte angeboten, auch die als abgeschlossen zu betrachten, wenn wir einen Weg fänden, jedem zu helfen, der an diesem Tag verflucht worden war. Charlotte hatte sofort zugestimmt.

„Ich wünsche mir nichts mehr, als dass das nie passiert wäre", sagte sie. „Wenn ich es rückgängig machen könnte, würde ich es tun. Das Einzige, was jetzt noch zu tun bleibt, ist, nach vorn zu blicken und es für alle wieder in Ordnung zu bringen."

„Das war nicht wirklich deine Schuld. Das weißt du, oder?", fragte Brix sie. „Du wusstest nicht, dass du schwarze Magie gechannelt hast. Wie hättest du das ahnen sollen?"

Sie biss die Zähne zusammen. „Ich hätte wissen müssen, dass ich Arlo an dem Abend, als meine Mutter mich ihm vorgestellt hat, nicht hätte vertrauen sollen. Ich habe die Amulette angenommen, weil er darauf bestand. Wäre ich einfach gegangen, wären wir vielleicht nicht hier. Vielleicht hätte unsere Mutter dann nicht neun Monate Gefängnis vor sich. Vielleicht … verdammt, ich weiß nicht."

„Dank dir hat Denver seine Freiheit zurück", sagte ich. „Wärst du nicht aufgekreuzt, wäre es ihm nie gelungen, die Macht zu brechen, die Arlo über ihn hatte."

„Das habe ich dir zu verdanken", beharrte meine Schwester. „Ohne dich hätten wir alle kein normales Leben mehr geführt."

„Du hättest einen Weg gefunden", sagte ich und drückte ihre Hand.

Brix schüttelte den Kopf über uns. „Ihr zwei seid ein tolles Team. Die Magie, die ihr zusammen einsetzt, wäre ein riesiges Plus für die Magical Task Force. Überlegt es euch, okay?"

„Ich will keine bösen Hexen jagen", sagte ich.

Charlotte biss sich auf die Unterlippe, als sie mich ansah, ihre Augen voller Mitgefühl. „Wir können nicht einfach Menschen in Not im Stich lassen, Marion. Was, wenn du nicht gekommen wärst? Wie würde mein Leben dann aussehen?"

Ich starrte sie an, mein Mund stand ein wenig offen. „Willst du damit sagen, du möchtest für die MTF arbeiten?"

„Nein. Ich sage, ich will nicht, dass jemand anderes durchmacht, was wir durchgemacht haben." Sie legte eine ihrer Hände auf eine von meinen. Die Magie flammte auf und erhellte den grauen Raum. „Wir haben diese Gabe. Ich denke, wir sollten sie nutzen."

„Jax und Denver wird das nicht gefallen", sagte ich und lachte dann. „Nicht, dass uns das aufhalten würde."

„Nein", sagte sie und wandte sich dann Brix zu. „Können wir das auf Fall-Basis machen, wie du?"

Er runzelte die Stirn, während er darüber nachdachte. „Wenn ihr für mich arbeitet, könnten wir das sicher so machen. Wenn ihr mit einem anderen Agenten arbeiten würdet, vermute ich, dass ihr ein bisschen flexibler sein müsstet."

„Ich mache es nur, wenn wir mit dir arbeiten", sagte ich.

„Nur mit mir?" Seine Augenbrauen schossen hoch.

„Ich vertraue niemandem sonst", sagte ich mit einem Achselzucken. „Und ich lasse nicht zu, dass meine Schwester von dieser Behörde als Schachfigur benutzt wird."

Ein langsames Lächeln breitete sich auf Brix' Gesicht aus. „Ich habe dich immer gemocht, Marion Matched. Jetzt bewundere ich dich. Das ist genau, was ich gesagt habe, als sie mich gefragt haben, ob ich wieder für sie arbeiten würde. Ich werde die Unterlagen fertigmachen, und dann reden wir über das, was als Nächstes kommt."

„Ich habe immer noch ein Geschäft zu führen", warnte ich ihn.

„*Wir* haben ein Geschäft zu führen", korrigierte Charlotte.

Ich schnaubte. „Ich sehe, du hast nicht vergessen, dass ich das gesagt habe."

„Nein. Es war meine Magie, die von Arlo kontrolliert wurde, nicht mein Verstand." Sie lächelte mich zuckersüß an.

Stolz durchströmte mich. Charlotte war in mein Leben zurückgekehrt und schien zunächst oberflächlich, ein bisschen faul und etwas unsicher, was sie sein wollte und wo. Jetzt war sie voll und ganz entschlossen, in Premonition Pointe zu leben, mit mir in der Agentur zu arbeiten und meine magische Partnerin zu sein, wenn die Magical Task Force uns brauchte.

Sie hatte mir auch erzählt, dass ihre und Denvers Romanze unbefristet auf Eis lag. Obwohl ihre Auren immer noch sehr stark übereinstimmten, waren beide nicht bereit, sich mit dem auseinanderzusetzen, was sie während der Zeit bei Arlo durchgemacht hatten. Besonders Denver. Er war monatelang bei ihm und gezwungen gewesen, viele von Arlos Besuchern zu verzaubern, damit sie vergaßen, je dort gewesen zu sein. Ihm war auch befohlen worden, ihre Kreditkarten und alles Bargeld zu stehlen, um Arlo zu bereichern.

Das eine, was wirklich den endgültigen Nagel in den Sarg ihrer Beziehung getrieben hatte, war die Tatsache, dass Arlo Denver geschickt hatte, um Charlotte den Hof zu machen. Deshalb war er an jenem Abend im *Hallucinations* gewesen. Er hatte auf Arlos Befehl Charlotte ausspioniert. Arlo hatte gewollt, dass sie eine Beziehung eingingen, weil es ihm dann leichter gefallen wäre, beide zu kontrollieren. Weder Charlotte noch Denver waren bereit, zu verarbeiten, was es bedeutete, dass ihre Beziehung mit einer Lüge begonnen hatte.

Wie sich herausstellte, hatte Arlo auch illegale Einwanderer über die Grenze geschmuggelt, um Geld zu verdienen, sie dann jedoch an die Höchstbietenden verkauft, die sie praktisch versklavten, während sie auf Farmen und in Fabriken für lächerlich niedrige Löhne arbeiteten. Seine Kunden verdienten das Geld, weil sie sich nie mit Lohnabrechnungen herumschlagen mussten, und Arlo bekam einen Anteil ihrer Gewinne. Er hatte auch Drogenhandel betrieben und andere Dinge auf dem Schwarzmarkt verkauft und immer seine Gefolgsleute gezwungen, seine schmutzige Arbeit zu erledigen, während er in seinem Büro gesessen und so getan hatte, als wäre er ein genialer Unternehmer.

Es war leicht, Geld zu verdienen, wenn man kostenlose Arbeitskräfte und keine Moral hatte.

Arlo würde sich von seiner Stichwunde erholen, aber er würde eingesperrt sein, sobald das Krankenhaus ihn entließ, während er auf seinen Prozess wartete. Es war sehr wahrscheinlich, dass er für Jahrzehnte hinter Gitter gehen würde, mit kaum einer Aussicht, jemals wieder freigelassen zu werden.

„Ich habe alles, was ich brauche", sagte Brix. „Geht nach Hause. Ruht euch aus. Findet die Traumpartner für eure Klienten, und eines Tages werdet ihr von mir hören. Verstanden?"

Ich salutierte. „Verstanden, Direktor Brix."

Er verdrehte die Augen. „Verschwindet, bevor ich den Sicherheitsdienst rufe."

„Wir gehen ja schon", sagte ich mit einem Lachen. „Ruf uns aber nicht an, sobald wir zu Hause sind. Familienzeit und so."

„Ich werde mein Bestes tun", sagte er und winkte uns aus seinem Büro.

Auf dem Weg hinaus sagte ich: „Char?"

„Ja?"

„Habe ich dir schon gesagt, wie sehr ich es liebe, dass du meine Schwester bist?"

Charlotte hielt inne und starrte mich an. „Hast du getrunken?"

Ich blinzelte sie an. „Nein. Warum?"

„Ich habe dich fast in einen endlosen Alptraum gezogen. Du kannst nicht wirklich froh sein, dass ich in dein Leben zurückgekommen bin."

Ich räusperte mich und sah ihr in die Augen. „Char, so

etwas kann jeder Hexe jederzeit passieren. Es ist nicht das erste Mal, dass ich sicher war, dass irgendein Idiot mich fertigmachen würde. Das ist immer scheiße. Aber der Unterschied ist, dass ich aus diesem Alptraum mit einer besten Freundin, einer Schwester und einer Geschäftspartnerin in einem netten Paket herauskomme. Und wir sind beide stärker. Das bedauere ich nicht."

„Verdammt, Marion. Du wirst mich wieder zum Weinen bringen." Sie wischte sich die Tränen weg und lachte, während sie schniefte. Dann wandte sie sich mir zu, ein ernster Ausdruck auf ihrem Gesicht. „Ich liebe dich auch, große Schwester. Aber wenn mein Hund mich für immer für deinen Freund verlassen hat, werden wir ein ernstes Wort miteinander reden."

„Das sollten wir." Ich zwinkerte ihr zu und lächelte immer noch vor mich hin, als wir in meinen SUV stiegen.

KAPITEL 25

„Trink aus!", ermutigte ich Jax. „Es ist eine Verlobungsparty. Wir sollen feiern." Wir waren im Haus von Carly Preston, um die Verlobung von Damon Grant mit seinem langjährigen Freund zu feiern, von dem niemand, nicht einmal Insider wie Carly, etwas gewusst hatte.

Er hatte es geheim gehalten, um seine Karriere zu schützen, aber nach Wochen ohne Arbeit, während sein Knöchel heilte, hatte sich etwas geändert, und er hatte sich entschieden, sich zumindest bei seinen Freunden und den Produzenten des Films zu outen. Sie hatten reagiert, indem sie seine Rolle homosexuell machten und sagten, sie hätten das schon immer so gewollt, aber sein Agent habe darauf bestanden, dass er das nie akzeptieren würde. Jetzt war er begeistert, seine Gemeinschaft zu repräsentieren und das in einem sehr positiven Film zu tun.

Charlotte und ich hatten unser Versprechen gehalten, und nach zwei Wochen beharrlicher Versuche, zu Damon vorzudringen, hatte er uns endlich Zugang gewährt. Wir hatten die Akne und alle Schlafzimmerprobleme schnell beseitigt, aber der Knöchel war nicht direkt ein Ergebnis des Fluchs, also konnten wir nichts tun, außer uns zu entschuldigen. Er war gnädig, bedankte sich bei uns und bat uns dann, ihn während seiner Genesungszeit in der Stadt zu besuchen. Also hatten wir in den letzten sechs Wochen ein paarmal vorbeigeschaut, Karten gespielt, etwas über die Filmindustrie gelernt und uns ziemlich gut mit dem sonst zurückgezogenen Filmstar angefreundet.

Jax blickte auf Minx hinunter, die sich in der Schlinge an seiner Brust zusammengerollt hatte. „Minx mag all die Leute nicht."

Ich verdrehte die Augen. „Du hättest sie zu Hause lassen können. Sie stört sich nicht an der Box, die wir für sie gekauft haben."

„Nein, das konnte ich nicht", beharrte er. „Du weißt, wie sie sich benimmt, seit Charlotte zurück ist. Anhänglich, zerstörerisch, nervös. Sie allein zu Hause zu lassen ging nicht. Ich hätte es nicht ertragen, wenn es keinen Grund gab, warum sie nicht mitkommen und mit mir abhängen konnte."

Das stimmte. Minx hatte einige Probleme. Der Tierarzt glaubte, es sei Trennungsangst aus der Zeit, als Charlotte weg gewesen war. Die beiden waren jetzt praktisch unzertrennlich, aber wann immer Charlotte ohne sie das Haus verließ, verlor Minx irgendwie die Kontrolle. Wir hatten angefangen, sie mit ins Büro zu nehmen, was in Ordnung war. Aber an Abenden wie diesem, wenn wir alle feiern gingen, war es eine größere Herausforderung.

Ty kam mit einem Glas Champagner in der Hand auf uns zu. Er wirkte ein bisschen unruhig, und ich fragte mich, was dahintersteckte. Aber bevor ich fragen konnte, erschien Charlotte mit einer roten Geschenktüte.

Ich zeigte auf den Geschenketisch, aber Charlotte schüttelte den Kopf. „Das ist für Jax von Minx."

Jax runzelte die Stirn. „Was?"

„Sie wollte dir ein Geschenk machen, und es hat eine Weile gedauert, es zu finden. Wir mussten es bestellen, und es ist heute angekommen." Sie reichte ihm die Tüte. „Los, mach auf, dann bringe ich es ins Auto, damit du es nicht halten musst."

Jax blickte auf Minx hinunter, die ihn ein bisschen selbstzufrieden ansah. Oder zumindest sah es für mich so aus, seit sie bekommen hatte, was sie wollte, als Jax beschlossen hatte, sie mitzubringen. *Diese beiden!* Ich schwöre, ich habe sowas noch nie gesehen. Sie waren in einem Wimpernschlag von erbitterten Feinden zu besten Freunden geworden. „Wir stehlen die Show, Minx", sagte Jax zu dem Hund. „Die Geschenke sollten für die Ehrengäste sein, nicht für den Hundesitter", fügte er hinzu, sein Ton süß und voller Liebe.

„Los, zeig uns, was es ist!", sagte ich und war ungeduldig, herauszufinden, was ein Hund seinem Lieblingsmenschen geschenkt hatte. Oder zumindest seinem zweitliebsten nach Charlotte.

Jax griff hinein und zog eine Jeans heraus. Nicht irgendeine Jeans, dachte ich, als ich das Etikett bemerkte. Es war genau dieselbe Marke und derselbe Stil, die Minx an diesem Morgen ruiniert hatte, als sie seine Hose zerrissen hatte.

„Minx, die hast du für mich gekauft?", trällerte Jax, was mich ein wenig zusammenzucken ließ. So süß es war, dass er sie so sehr liebte, war es manchmal ein wenig übertrieben. Wie jetzt.

Oder vielleicht war ich ein bisschen eifersüchtig.

Auf einen Hund!

Hey, ich wollte einfach von meinem Freund gedrückt

werden, aber jetzt musste das warten, weil Minx meinen Platz besetzte.

„Danke, Charlotte", sagte Jax und schenkte ihr ein dankbares Lächeln. „Du musstest das nicht tun, aber ich weiß es zu schätzen."

„Gern geschehen", sagte sie und drehte sich dann zu mir um. „Warum schaust du so finster?"

„Ich schaue finster?", fragte ich.

„Ja, als könntest du nicht glauben, dass ich deinem Freund eine Hose geschenkt habe." Sie runzelte die Stirn. „Was ist los?"

Ich lachte. „Nichts. Gar nichts. Ich wünsche mir nur gerade, ich wäre Minx. Glückliches kleines Biest."

Charlotte lachte mit mir. „Armselig."

„Wenn wir schon von armselig reden …" Ich nickte quer durch den Raum zu Denver. Er hatte etwa einen Monat damit verbracht, sich zurechtzufinden, und war dann nach Premonition Pointe gezogen. Seitdem hatte er Charlotte zweimal zu einem Date eingeladen. Sie hatte beide Male abgelehnt und gesagt, sie brauche noch mehr Zeit, um alles zu verarbeiten.

Aber ich wusste zufällig, dass sie wieder bereit war zu daten. Ich konnte es einfach spüren. Sie war es leid, mit mir und Jax abzuhängen. Und obwohl Ty und Kennedy sie ein paar Abende die Woche einluden, konnten sie nicht ihre einzigen Freunde und ihre einzige Unterhaltung sein. Außerdem brauchten sie auch ihre Zeit allein. „Er starrt dich an", sagte ich.

„Ich weiß." Sie nahm einen großen Schluck von ihrem Champagner.

„Warum gehst du nicht rüber und sprichst mit ihm?", sagte ich und stupste sie in seine Richtung.

„Weil du weißt, was passieren wird, wenn ich das tue, Marion."

„Ist das so schlimm?", fragte ich. „Es sind Wochen vergangen. Alle Flüche sind rückgängig gemacht, sogar der deines Ex, der alles tun musste, was du wolltest. Du bist frei. Denver ist frei. Und ihr mögt euch wirklich. Wo ist das Problem?"

Sie schloss die Augen und schüttelte den Kopf. „Ich denke ständig, dass alles, was ich sehen werde, Arlo ist oder sein Haus oder Mom, die uns an ihren Boomerang-Ehemann verkauft. Denn die Göttin weiß, er war ihr immer wichtiger als wir."

„Was, wenn du dich einfach darauf konzentrierst, dass ihr beide eine beschissene Situation überlebt habt und dankbar seid, einander zu haben? Er war für nichts davon verantwortlich. Genau wie du", erinnerte ich sie. „Wenn du mit ihm reden willst, ist jetzt ein guter Zeitpunkt. Wenn nicht, ist das auch in Ordnung. Ich will nur, dass du Spaß hast. Und ich denke, Denver ist ziemlich unterhaltsam, wenn er nicht verflucht ist. Findest du nicht?"

„Doch."

„Dachte ich mir."

Charlotte sah mich an, verdrehte die Augen und sagte: „Bilde dir bloß nicht zu viel darauf ein. Ich hatte ohnehin überlegt, mit ihm zu reden."

„Natürlich nicht." Ich legte eine Hand auf meine Brust. „Jetzt geh. Lass den Mann nicht warten."

Während Charlotte durch den Raum schlenderte, tauchte Celia plötzlich auf.

„Wird aber auch Zeit", sagte mein Hausgeist. „Sie muss dringend flachgelegt werden."

Damon Grant und sein Verlobter kamen vorbei, und

Damon, der gerade einen Schluck getrunken hatte, prustete: „Celia, wo zum Teufel bist du gewesen?"

Sie lächelte ihn süß an. „Ich habe an eurer Trauungszeremonie gearbeitet. Ihr werdet sterben, wenn ihr mich in Aktion seht."

Kelly Castor starrte Celia mit großen Augen an und wandte sich dann Damon zu. „Du willst, dass ein Geist uns traut?"

„Ja", sagte Damon. „Sie ist diejenige, die mir geholfen hat zu erkennen, dass ich das nicht geheim halten muss. Es scheint passend, dass sie diejenige ist, die uns offiziell macht."

„Kann ein Geist das überhaupt? Ich meine, ist das legal?", fragte ich.

„Marion!", rief Celia. „Hör auf, mir das zu verderben."

Damon lachte. „Nein, das kann sie nicht. Deshalb sind Kelly und ich schon zum Gericht gegangen. Wir sind schon offiziell. Celias Trauung wird rein symbolisch sein."

„Na, ist das nicht süß?", sagte Celia und wischte dann eine Träne weg.

„Weinst du?", fragte ich sie. „Ich glaube, ich habe dich das noch nie tun sehen."

„Halt die Klappe. Ich kann manchmal auch weich werden", schnaubte sie.

„Mehr als manchmal", sagte Damon mit einem Augenzwinkern und ließ sich dann wegziehen, um mit den anderen Gästen zu sprechen.

„Er ist großartig", sagte ich. „Sieht so aus, als hättest du das Beste daraus gemacht, auf ihn aufzupassen."

Sie zuckte mit einer Schulter. „Wir waren beide gelangweilt, und ehe ich mich versah, haben wir uns unsere Lebensgeschichten erzählt. Ich denke, die Geschichte meines Todes hat ihm Feuer unterm Hintern gemacht. Kelly schuldet mir was."

„Wir alle tun das", sagte ich und beobachtete, wie sie errötete.

Seit wann erröteten Geister? Ich hatte es nicht gewusst, aber es passierte gerade.

„Ich muss gehen", sagte sie und verschwand.

Ich stand auf der Party, sah mich um und spürte, wie mein Herz vor Glück anschwoll, als ich Charlotte und Denver einander auf dem Balkon küssen sah. Die meisten Menschen, die ich liebte, waren auf der Party. Der Zirkel, Jax, meine Schwester, Ty und Kennedy. Sogar mein Vater, Tazia, Tante Lucy und Gael waren eingeladen.

Als ich nach Premonition Pointe gezogen war, hatte ich nur eine erstklassige Dating-Agentur für die mittleren Jahre gründen wollen. Das habe ich getan, aber es ist nicht mehr das Wichtigste in meinem Leben. Stattdessen habe ich in dieser kleinen Küstenstadt eine Familie aufgebaut. Eine Familie, die mein Herz mit einer Freude erfüllt, die ich nie gekannt habe.

Jax und ich waren uns näher denn je. Ich hatte endlich die Beziehung mit Charlotte, die ich mir immer erhofft hatte, als ich erfahren hatte, dass ich eine Schwester habe. Ty und Kennedy sind meine Jungs, und sie bauen zusammen ein Leben auf. Hollister ist ein guter Freund, dem ich viel nähergekommen war. Wir plauderten mindestens ein- oder zweimal pro Woche über Zauber und Tränke. Und irgendwann nächsten Monat sollte der Zirkel das offizielle Ritual durchführen, um mich in ihren Kreis aufzunehmen. Ich hatte nicht bemerkt, wie sehr ich mich darauf freute, bis sie das Datum festgelegt hatten. Jetzt konnte ich es kaum erwarten.

Das Leben konnte nicht besser sein.

Mein Handy summte, und als ich einen Blick darauf warf, sah ich Brix' Namen auf dem Display.

Es gab nur einen Satz und eine Adresse: *Notfall, ich brauche mein magisches Duo.*

Ich stellte schnell mein Getränk ab, machte mich auf den Weg zum Balkon und fand Charlotte.

„Wir sind dran."

Sie blinzelte mich kurz an, dann, als sie begriff, sagte sie Denver, sie werde ihn später anrufen, und dann zu mir: „Lass uns gehen."

ÜBER DIE AUTORIN

Die New York Times- und USA Today-Bestsellerautorin Deanna Chase stammt ursprünglich aus Kalifornien, lebt aber mittlerweile mit ihrem Mann und zwei Shih-Tzus im gemütlichen Südosten Louisianas. Wenn sie nicht gerade schreibt, besucht sie mit ihrem Mann New Orleans oder verwöhnt ihre Hunde. Für mehr Informationen und Updates über Neuerscheinungen besuchen Sie deannachase.com.

www.ingramcontent.com/pod-product-compliance
Lightning Source LLC
Chambersburg PA
CBHW020403210626
46816CB00006BB/2094